U0115259

文學研究叢書・兒童文學叢刊

兒童文學論文集：圖像・文創・女性研究的多元視野

黃愛真　著

推薦序一

林序／凡走過，必留痕跡

愛真是我在兒文所教書的學生中，表現很不一樣的學生之一：話多、問題多、作業也寫得很多。我上課的要求是，課前需先研讀相關文獻，並將提問與討論作業，在上課前傳給我，使我能在課前便知道同學不懂之處，方便我在課堂上解說。而她總是很快的上傳作業，而且作業品質亦相當不錯，想必是已經耙梳研讀過相關資料才下筆書寫，所以每個提問都像是一篇小論文，令我印象深刻。

在我的課堂上，不僅有書面閱讀與作業，還時常帶領學生參與兒童文學相關場域，例如兒童文學新書發表會，或者兒童文學活動。記得有一次在課堂上，我將會到大陸幾個城市演講與交流，沒想到愛真居然找位朋友就跟著到大陸去；而今年她也安排了義大利波隆那的行程，作為兒童文學的朝聖之旅，可見她對於兒童文學學習的熱切投入與熱忱。

而每年定期發表兒童文學的相關論文，累積下來居然也成了一本論文集。我相信愛真作品的出版，對於臺灣薄弱的兒童文學論述研究，或許貢獻不大，不過能帶出這樣醉心於兒童文學論述與行動力的學生，也算欣慰。

國立臺東大學兒童文學研究所榮譽教授

林文寶

推薦序二

游序

歡喜愛真要出版論文集了。

從論文集多元的內容可以看出，這些年來，愛真在兒童文學與兒童文化領域耕耘的足跡，在在顯現她寬廣的文化視野與關懷兒童閱讀的軸心。這當然與愛真接受的訓練有關：她大學時的專業是廣告、行銷，碩士攻讀成大的藝術研究所，碩論是《徐素霞〈媽媽，外面有陽光〉圖畫書中的女性主體研究》，而目前已經修完臺東大學兒童文學研究所博士班的學分，正在準備博士論文的研究與書寫。當行銷廣告、藝術研究與兒童文學三者結合時，會迸出什麼樣的火花？我們從愛真的身上，可具體知曉。

然而，愛真不只是個研究者，還是一位踏實、積極在兒童閱讀領域耕耘的實踐者。她因陪伴自己的孩子閱讀，轉而成為推廣閱讀的「故事媽媽」，進而無私地投入時間與精力在相關的民間團體，以服務臺南在地的孩子為職志，先是在社團法人臺南市府城故事協會扮演重要的推手，也跟臺南市政府公共圖書館密切合作，更舉旗一揮，成為臺南市智慧森林兒童閱讀文化學會籌備處的召集人。因此，跟一般論文集不同，在本書中，我們除了學術論文，還可以閱讀到愛真深度的童書導讀，以及精心研發與現場實踐中誕生的閱讀推廣教案。

本論文集中，一篇關於手塚治虫的研究，以及一篇關於日本童書店的研究，原本是愛真在我的博士班課堂上提出的期末報告。由此，就可以窺見即使僅是課堂報告，愛真也是全力以赴。

這本論文集，是愛真走入「兒童閱讀」領域生涯至今的回顧，對她而言是展望未來博士論文大成之前的奠基磐石，同時也真切的述說了她自己；跨領域、理論研究與現場實踐並重，這就是黃愛真。

國立臺東大學兒童文學研究所所長
游珮芸

推薦序三

蕭序

認識愛真是在二〇〇七年，我擔任愛真碩士學位考試的審查委員，她的論文書寫《徐素霞《媽媽，外面有陽光》圖畫書中的女性主體研究》。那天下午我們在成功大學與劉瑞琪教授、劉鳳芯教授進行的一場有關「繪本圖畫書」、「女性插畫家」、「出版」等等相當有趣的討論。

二〇〇八年教育大學舉辦「圖文並茂——繪本原畫展」，《媽媽，外面有陽光》一書中的二幅畫作也受邀展出，愛真特地出席研討會並發表論文，持續關注徐素霞教授畫作中的女性議題。

二〇一二年六月幾位研究生們在教育大學的藝術中心展出自行創作的八冊繪本「塗圖話畫——當雙手忘情塗抹，故事的旋律將欣然奏起」，他們覺得有必要邀請一位專家提供文本書寫與圖畫對應的建議，我因此推薦愛真來到展出現場，幫學生解決圖畫書創作的書寫困難。

二〇一五年我主筆藝術教育館《美育雙月刊》105年度的焦點話題〈看！是誰在說畫？〉，邀請愛真書寫一篇〈圖畫書插畫的空間閱讀——為兒童書寫書評〉，並且在二〇一六年三月來到教育大學為大學部學生解讀圖畫書《書中書》，分享拉岡的「鏡中之我」，讓聽講的同學在創作繪本時理解到必須調整以兒童為本位的思考角度。

愛真除了擔任教師，熟悉學校機構的教學元素，也透過部落格的經營，還有故事團的推動，持續供給兒童閱讀、親子共讀的園地大量養分。本次論文集的出版，不但是愛真過去十年來的學習與經驗整理，也是更為成熟與犀利的論點型塑，將是一份值得期待的研究記錄。

國立臺中教育大學美術學系教授
Baoling Hsiao 蕭寶玲

自序

進入兒童文學研究領域十多年，平均每年發表一篇相關論文或教案競賽，不知不覺也累積了一些研究與實作。

一開始是透過傳播學上的內容分析法來閱讀兒童文學作品，漸漸發現大學時期學習的方法，似乎總觸及不到兒童文學部份內裡。於是決定進入學院進修。

成大藝術所研修期間，一面透過臺東大學兒童文學研究所網路上老師們開的書單自修，一面研讀各種藝術理論，開始了兒童文學論文發表生涯。這些發表內容，來自於成大藝術所與歷史所研修的人類學美學、視覺文化、女性研究、歷史與空間文化；清華社會所的後現代思潮與影像；中山哲研所的精神分析美學與後設心理學；臺東大學兒文所博士班的兒童劇場、兒童文創產業、臺灣與中國兒童文學、文學理論等等領域研習下的初步成果。近期參與義大利波隆那兒童國際書展，參觀入選者插畫展及頒獎典禮，也是對徐素霞作品研究的致敬與再一次的田野回顧。期望未來能就感興趣的議題繼續深入，讓現行發表的短篇論文更具探討深度，而成就專書。

多元的方法論研習，也造就了這本論文集多元的兒童文學探討領域：圖畫書閱讀圖像的理論與方法、童話裡國家/族群意識的人文空間研究、兒童教習劇場與博物館、兒童書店與漫畫的創意文化產業、比較文學的國中教學得獎教案等。文類看來涇渭分明，實則大部分內容包羅筆者關注的圖像、女性研究、行銷與文化創意產業、精神分析後設心理學等，也大多是兒童文學各文類的女性作家作品研究。

筆者因為學習及工作橫跨多元領域，也意識到多元領域帶來的研究思維敏感度與養分，因此主張兒童文學的專業性，和文學、藝術、創意行銷、劇場等等多元領域互為跨領域，且互為主體的研究，兒童文學不應該成為文學、藝術、創意行銷等等各領域的邊陲，不應該僅被視為「童話」。因此也努力在論文內容中，運用不同領域方法論與該領域的成人文學、藝術、創意行銷等等主流研究對話，期待能盡棉薄之力，讓兒童文學在各種研究領域裡，有機會被看見，並且發現從兒童文學領域視角能提供的研究貢獻。

另一方面，筆者關注的女性作家作品研究而言，相對於戰後臺灣女作家書寫日常生活的寫實性（以敘事烘托、協助推動劇情，建構一致的敘事觀。引自學者許綺玲）與實驗性，佔至少一半比例作品的兒童文學女作家，她們作品的特質、重要性位置在哪裡？女性由於多在社會擔任育兒或小學教育現場工作，創作多來自於兒童生活日常書寫的文學，她們正視日常生活的具象轉譯為話語，並將符號中途截斷而滯留「意義」，方能反映日常生活接觸中無中介的「立即」與轉譯，完成日常生活文學書寫的具象意涵（許綺玲，〈餘地、餘影、餘音：非地點、日常生活書寫，以及楓思瓦芃的《15021》與《停車場》〉）；就此而言，兒童文學女性作家作品指涉性研究仍然較少，其中部分研究集中在蒐集資料後的歸納整理。筆者嘗試在兒童文學女性作家作品注入文化研究或多文類作品探究，思考多元文類下這些作品內涵的看見／不見。

擁有時間與能量持續十年思考、學習與撰寫論文，背後有許多重要的推手。感謝兒文所林文寶老師的耳提面命（愛真啊，該有一本自己的作品！）、跟隨游珮芸所長的學業成長、臺中教育大學蕭寶玲老師實務的引領、第一個帶領筆者進入學術領域的臺南大學張清榮老師、現在仍繼續讓筆者叨擾並不厭其煩給予指導的前兒文所洪文瓊老師，以及奠定筆者女性與視覺研究基礎的陽明大學視覺文化研究所劉瑞琪所長，精神分析方法論與人生導師的楊明敏醫師，以及其他筆者仍銘記在心的諸位老師，如學術上依舊崇拜的劉鳳芯老師、吳玫瑛老師，不時關切筆者兒文研究領域的中華民國兒童文學學會邱各容理事長、前國立臺灣文學館鄭邦鎮館長等等。

另外，父母與弟弟、妹妹的心靈與生活打氣；兒子宣瑞、宣嘉跟著筆者一起進修、成為十多年來兒童文學的實驗作品；外子默默揀起照顧全家人的經濟與家務工作等，擁有他們支持，朝著自己的理想前進是一件幸運且幸福的事。

最後，感謝這段時間陪我一起走過的臺南市智慧森林兒童閱讀文化學會夥伴們，及兒童文學領域熱忱耕耘的朋友們。跟著大家一起前進，能走得更久，共同實現某些社會責任與貢獻。

當然，最感謝的是你，作為讀者，敬請給予批評與指教。謝謝。

國立臺東大學兒童文學研究所博士生

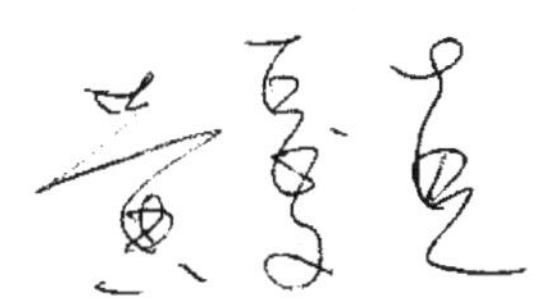

目次

伊芙・邦婷的圖畫書《爺爺的牆》中兒童的哀悼儀式*

導讀

伊芙・邦婷（Eve Bunting, 1928-）為美籍愛爾蘭兒童文學作家，作品包含小說與非小說，已經超過二百本。自一九七一年開始出版兒童文學作品的她，曾經囊括世界重要兒童文學獎項，如凱迪克金牌獎、南加州委員會兒童暨青少年獎項等等。

圖畫書《爺爺的牆》（*The Wall*）是伊芙・邦婷於一九九〇年美蘇冷戰結束、兒童文學寫實盛行的環境中，以美國越戰紀念碑為背景，創作透視死亡、創傷、哀悼等多重性作品。

一般研究者解讀這篇文本，重心放在小男孩對戰爭中死亡爺爺的親情及哀悼爺爺過程中，認知到的戰爭意涵，比較少注意到同樣在圖畫書中以大篇幅出現的父親角色：父親哀悼的療癒作用及其對孩子哀悼的影響。

這篇論文發現，《爺爺的牆》涵蓋兩個層次的哀悼敘事：第一個層次為父親對爺爺的哀悼，目的為滿足美國人在越戰中的創傷與療癒需求，並達到對兒童的哀悼示範與越戰集體記憶的傳承。第二個層次

* 本論文的完成，感謝匿名老師的審查與建議、劉瑞琪老師的指導，黃蘭心、柯倩華老師、幸佳慧學姐的意見提供，給我莫大的幫助與啟發，在此致謝。
本文發表於二〇〇七亞太藝術教育國際研討會「文化與創意——在地性與全球化之藝術教育」。

為孩子對爺爺的哀悼，哀悼行為來自於對父親及環境的觀察，進而內化的學習歷程，並由被動的模仿父親的哀悼行為，在「放置照片」的儀式過程中，轉為主動的哀悼。

父親與孩子的哀悼行為：尋找、撫摸、擦拭、拓印牆上爺爺的名字，放置照片等，為越戰紀念碑前參訪人們重複的哀悼行為，有協助父親和孩子通過越戰傷痛與爺爺死亡記憶的儀式作用。其中在「放置照片」的哀悼儀式中，「風吹走照片，孩子撿回」具有象徵孩子由被動轉為主動的哀悼行為及哀悼認知轉變的關鍵意義。

《爺爺的牆》呈現越戰紀念碑及父子哀悼的雙重意義，具有以公共藝術作品及圖畫書的文字與圖畫配合特性，呈現美國歷史與文化傳承的社會教育意涵。

一　前言

《爺爺的牆》（*The Wall*）為愛爾蘭裔美國兒童文學家伊芙·邦婷（Eve Bunting, 1928-）於一九九〇年創作具有議題性的作品，邦婷認為具有議題性的作品似乎能引起讀者較大的關注，在一次閱讀美國華盛頓特區內的越戰紀念碑書籍中，看到參訪者哀悼行為及遺留現場哀悼物的照片讓邦婷落淚不已，而誕生了這本圖畫書。（Jennifer Polichenco, 2005）書中以兒童的眼光，描述和父親在越戰紀念碑前悼念爺爺的過程。賈雅希·恰特吉（Jayashree Chatterjee, 1996）認為紀念碑作為一種處理死亡與最終和平的方法，是一種讓孩子透視死亡多重意涵及發展歷史觀的好例子。越戰是美國自南北戰爭以來，國內爭議最大的戰爭。在越戰期間（1965-1973，1959年美國派遣軍事顧問協助南越軍事訓練，派遣部隊直接對北越作戰為1965年，1973年簽署巴黎協定退兵），美軍死亡人數高達五萬八千多人。戰爭帶出了美國國內的爭議：維護美國防止共產主義極權擴張的國際責任而參戰，或是美國干涉南、北越內政並讓無辜的美國及越南人民送死的不義之戰，引起許多的意見分歧及衝擊。（Robert S. McNamara & Brian VanDeMark，汪仲等譯，2004）戰爭中死亡的軍人因為美國介入戰爭的不智，面臨是否被否定的不確定中；退伍的軍人回到家鄉，經驗到國人的生氣與敵意的痛苦，美國人對越戰強烈而矛盾的感受導向退伍軍人身上，讓他們體會另一個「前線」的創傷。（Victoria M. Follette & Josef I. Ruzek & Francis R. Abueg，楊大和等譯，2004）戰爭帶給美國社會的分裂及越戰老兵的邊緣化，在一九八二年華人藝術家林瓔作品「越戰紀念碑」（Vietnam Veterans Memorial，又稱 “The Wall”）落成後，因為給了參與越戰軍人認同及參訪者強烈的感受，而弭平了參與越戰者的邊緣化，也給予了生者一個哀悼及和平教育的空間。

然而，兒童可以哀悼嗎？兒童是否有哀悼的能力？英國精神科醫師強．鮑比（John Bowlby）認為兒童六個月大已足夠發展出某個特定依附，他們對分離的反應和哀悼過程相關。（引自 Lavinia Gomez，陳登義譯，2006）兒童對死亡的哀悼則需要在二歲到五歲之間，孩子發展出固定、內化的客體關係，才能對死亡有些許了解。隨著年齡的成長，不同認知發展階段的孩子對死亡觀念不同，七歲到九歲以後，死亡觀念逐漸與成人相同。孩子會哀悼，只是他們需要找到適合的哀悼模式。（J. William Worden，李開敏等譯，1995）

然而，圖畫書《爺爺的牆》中如何讓兒童認知越戰的歷史觀點與死亡的多重意涵？認知建立後如何哀悼？圖畫與文字如何搭配述說故事？是本文欲探討的主題。

二　文獻回顧

本論文以和英出版社於二〇〇二年出版的中譯本圖畫書《爺爺的牆》為分析文本，作者以孩子為第一人稱，述說與父親從遠地來到越戰紀念碑上尋找爺爺名字的經過，過程中觀察四組人物（坐輪椅的軍人、相擁哭泣的老公公與老婆婆、一對祖孫、老師及一群女學生）行為與對話，並觀察父親尋找、撫摸、擦拭、拓印爺爺的名字，在爺爺名字下方放置自己的照片，而逐漸認知到爺爺在越戰中的死亡與榮譽。國內對《爺爺的牆》的評論多放在以祖孫情訴說的戰爭與和平（吳庭非，2006；林素珍，2004；虫雅各，1995）、歷史傷口的見證（和英出版社，2002）、[1]圖畫書文字陳述死亡概念的量化分析（張梅

1　《爺爺的牆》書中所附導讀手冊簡要說明了越戰紀念碑的設立經過及紀念碑呈現美國歷史傷口見證的意義，並以王鼎鈞與陸傳傑文章帶出盧溝橋對日抗戰及民國三十八年臺灣與中國大陸分治等戰爭及家人死亡、分離的歷史傷口。

虹，2005；鄧蔭萍和何佩芬，1999）、圖畫書功能「提供樂趣、增進了解、獲得資訊」（張子樟，2004）的脈絡，歸類在戰爭、死亡、親情（黃慧玲，2005）[2]等大類別下做概念性說明，並未深入論述。相對於臺灣評論者概念化《爺爺的牆》，美國評論較多元化。英美兒童文學自二次戰後的半個世紀籠罩在原子彈、美蘇冷戰期間的核武競賽陰影及一九八八年五月的冷戰結束等歷史事件，造成一批至今仍為戰爭兒童文學經典的產生[3]及反應時代變化的寫實主義作品，（John Rowe Townsend，謝瑤玲譯，2003）一九九〇年創作的《爺爺的牆》故事背景及寫實手法呼應這股兒童文學寫作風潮，以一座紀念冷戰期間美國介入防止南越赤化的越戰事件的越戰紀念碑為場景，平實又生活化的文字呈現一對父子的故事。另一方面，《爺爺的牆》也以公共藝術作品越戰紀念碑為場景，呈現了美國人對越戰兒童文學的戰爭與和平、歷史與社會教育、創傷與療癒的多元意義。恰特吉（1996）認為透過紀念碑對歷史的記憶，豎立對死者生前的記憶而讓他們不朽，兒童在具體的記憶下更能理解死亡，給予死亡尊貴。恰特吉（1996）也提到《爺爺的牆》解決的問題在於隔代的兒童如何處理他根本沒見過的在越戰中死亡的爺爺及與爺爺的情感，而書中提出解決問題的四個漸進步驟，同時也是一種療癒與淨化作用。[4]恰特吉（1996）的分

2 唯一在黃慧玲的碩士論文中有多角度評論，但仍在戰爭、死亡與親情的範圍中，且為配合和英出版社關懷系列十三本圖畫書集體歸納分析的需求，無法針對《爺爺的牆》做深入的專論。見《繪本中的生命教育——以和英關懷系列為例》（花蓮市；花蓮師範學院國民教育所，2005年）。

3 如《六十個父親》、《樓上的房間》（智茂出版社），見虫雅各：〈為什麼要讓孩子讀戰爭文學〉，頁96-99。

4 分別為1.在牆上尋找及拓印爺爺的名字，2.老師說，牆是屬於大家的。普遍化了男孩的經驗，幫助他站在一個距離看待這件事，3.把照片放在靠近祖父名字的地方，及祖父的死是由於愛國心及為國犧牲的驕傲，4.男孩認知到祖父的死亡是不可改變的事實，希望祖父在他身邊的願望無法實現。見 Jayashree Chatterjee, "Investing Grief with Dignity: Eve Bunting's *The Wall* and Eleanor Coerr's *Sadako Books*," pp.236-239.

析說明了書中兒童對戰爭、爺爺、爺爺死亡認知的轉折，並呈現恰特吉對越戰軍人愛國心的榮譽與認同、哀悼與療癒的美國中心觀點。

然而，我認為在恰特吉的分析中忽視了一直呈現在畫面中父親哀悼的重要性，及其哀悼行為與哀悼儀式對孩子的作用。本論文將分別說明《爺爺的牆》中藉由越戰紀念碑，呈現的哀悼儀式及其在父親與兒童哀悼的關鍵位置為何？父親如何哀悼，父親的哀悼如何具有療癒作用並對兒童產生影響？兒童對未知的歷史記憶與未謀面的爺爺如何建立認知？認知建立後的兒童對爺爺的哀悼如何由被動轉為主動？來闡述我認為歷史記憶不僅留存在紀念碑，也留存在父親身上，孩子對爺爺的認知與哀悼來自對父親及環境的觀察與模仿，而哀悼儀式串連了父親與兒童的哀悼，承擔父親的記憶與療癒及兒童的哀悼由被動到主動轉變的關鍵位置。整本圖畫書的鋪陳其實讓我們看到了孩子進入哀悼的歷程，書中的療癒與淨化內容，其實是針對父親的設計，也就是一般美國人心理對越戰創傷療癒的需求。

三　哀悼儀式

從一九八二年十一月越戰紀念碑在華盛頓特區廣場落成開始，成為華盛頓最多遊客駐足的地方，（Charles L. Griswold, Jr.，暮心等譯，1999）它記錄了美國越戰的歷史，也成為人們情感傾訴的對象。越戰紀念碑的設計呈現二面黑色花崗岩牆面，以夾角125度的 V 字形切入地面，牆面中心最高，二端逐漸縮小，右邊指向華盛頓紀念塔（Washington Monument），左邊為林肯紀念堂（Lincoln Memorial）。《爺爺的牆》圖畫表現中，紀念碑的場景以遠鏡頭出現時，右後方出現的白色高塔，即華盛頓紀念塔，代表了太陽光的生命、溫暖和光亮的來源，[5]也是書中不時出現的希望象徵。越戰紀念碑的二面牆完全對稱，牆的開始與結束都在中心，由牆的中心右手邊開始往牆的右邊盡頭，再由牆的左手邊盡頭往牆的中心，上面刻有五萬八千名於一九五九年到一九七五年在越戰中失蹤或死亡的戰士名字。[6]紀念牆上右手頂端緊接在「1959」之後的短文寫著「此紀念牆用以紀念曾於越戰中服役的男女士兵。牆上的名字是以時間順序記錄下那些於戰役中犧牲和失蹤的戰士。」左手邊牆的底部，緊接著「1975」之後寫著「我們的國家以這些曾於越戰中勇敢抗敵及犧牲奉獻的戰士為榮。這座紀念牆是由美國人民私人捐助所建。一九八二年十一月十一日。」(Charles L. Griswold, Jr.，暮心等譯，1999）越戰紀念碑的設立讓卑微、平凡、社會底層、本來是不可見的人，因為偶然與不幸與權力相碰撞而登錄在官方檔案中，成為生命的靈光（Michel Foucault, 2000)（如同《爺爺的牆》中父親對兒子所說：「我知道，不過這裡也是充滿榮譽的地方。我覺得你爺爺的名字能刻在牆上，是一件很了不起的事。」[7]）紀念碑因此成為安撫與療癒的象徵，卻也因為承載著不幸的歷史記憶而成為屹立的傷口，呈現療癒與傷口的再次揭開的矛盾性。另一方面，紀念碑排列的死者名字成為死者的象徵性存在，黑得發亮的花崗岩映照著參觀者的影子，呈現生與死的二個世界的交會與淒涼。如同《爺爺的牆》文字敘述及圖畫表現中「這片牆黑黑亮亮的像鏡子。我在這面鏡子上看見了爸爸和我。我還可以

---

5 由於華盛頓紀念塔位居廣場上的中心地位，周圍的紀念建築圍繞著它，於是紀念塔象徵著太陽，越戰紀念碑是放射狀的紀念建築，就像太陽射出的光芒。Charles L. Griswold, Jr. 著：〈越南戰士紀念牆和華盛頓廣場——政治圖像的哲學思考〉，頁125-127。

6 越戰紀念碑實景影像可參看：http://dcpages.com/Tourism/Virtual_Tour/Image45_pf_web/Image45_pf.shtml (visited on August 15, 2006)

7 見《爺爺的牆》第14個跨頁。

看見背後那幾棵葉子掉得光禿禿的樹，和飄動著的黑雲。」[8]花崗岩與鏡子的冰冷與堅硬、不具人性，光禿禿的樹、飄動的黑雲，營造陰鬱與淒涼氣氛，（Jayashree Chatterjee, 1996）讓生死交會世界深邃動人。

在紀念碑現場，人們把私人物品留在牆邊成為對死者的情感交流、回憶與冥想的文化物品，包括照片、信件、詩歌、玩具熊、戰靴、衣服、榮譽勳章、十字架、鮮花、小旗子等等，將戰爭的個人記憶化成了集體記憶。許多攝影作品記錄了參觀者對死者名字沉思與集體行為，如尋找、撫摸、擦拭、拓印牆上的名字，作為一種集體療癒與哀悼教育的象徵。（Marita Sturken，潘琴譯，2003；Charles L. Griswold, Jr.，暮心等譯，1999）

圖畫書《爺爺的牆》中展現了主角父子尋找、撫摸、擦拭、拓印爺爺名字及放置照片的集體化儀式行為。學者李亦園（2004）認為儀式是表達與實踐信仰的行動，一套標準化的行為。主角父子透過在紀念碑前的儀式行為，幫助個人通過生命過程中的關口，並達成與死者爺爺進行超自然界的溝通。

邦婷在《爺爺的牆》中敘述父子找尋爺爺名字的經過：

> 「找到爺爺的名字了嗎？」我問。「還沒，」爸爸說，「這裡有太多名字了。這些名字是按著這些人被殺死的年代順序排列的。我已經找到1967年了！」爺爺就在那一年過世。爸爸的手指循著一排排的名字滑過，我也一樣。牆上刻的字一個接著一個，就像是一列接著一列的士兵，好看又整齊，比我寫的好看多了。這片牆摸起來很溫暖。[9]

8　見《爺爺的牆》第3跨頁。

9　見《爺爺的牆》第7跨頁。

為了尋找爺爺的名字，父親必須閱讀一連串別人的名字，讓每一個陣亡士兵都受到注意，在尋找名字時，也會碰觸及撫摸名字，類似父親的行為一再的上演，（Charles L. Griswold, Jr.，暮心等譯，1999）成為紀念碑前典型的哀悼儀式。儘管花崗岩的材質冷硬與牆上的名字像士兵般整齊的排列而聯想到戰場上一排排的士兵的戰爭與死亡，（Jayashree Chatterjee, 1996）卻也因為陣亡士兵名字的受注意及父親尋找爺爺名字產生的感情，讓這片牆變得溫暖起來。

父親找到爺爺名字後，觸摸、擦拭爺爺的名字，在帶領孩子觸摸爺爺名字的同時，父親也進入兒時記憶中：

> 爸爸在名字之間一直找，一直找。「艾柏・詹森、查理斯・布諾斯基、喬治・馬諾」他喃喃的唸著。他的手指停下來，「在這兒！」我問：「是我爺爺嗎？」爸爸點頭，「你的爺爺，」他的聲音有點兒含糊，「也就是我爸爸。他死的時候差不多是我現在這個年紀。」爸爸在爺爺的名字上擦了又擦，好像想把他擦掉似的。也許他只是想記住這名字摸起來的感覺。他把我抱起來，讓我也可以摸到爺爺的名字。[10]

父親閱讀牆上的名字時，標示了一個名字背後其實代表著一個故事。在越戰紀念碑現場遺留了許多信件，信件中敘述了很多故事：「親愛的麥克爾，你的名字在這裡，而你的人卻不在，我擦了你的名字，我想如果我擦得用力點，我能把你的名字從牆裡擦出來，你就可以回到我的身邊，我想你。」（Marita Sturken，潘琴譯，2003）擦名字代表了希望死者的名字沒有寫在牆上，還是活生生的人。恰特吉

10 見《爺爺的牆》第8跨頁。

（1996）認為擦掉名字也有擦掉整個戰爭事件，希望戰爭沒有發生的寓意。一再的觸摸與擦掉亡者名字成為另一種哀悼儀式。而父親在爺爺死亡的年紀再次哀悼，顯現出童年時期哀悼的回返，是一個要再去完成的哀悼歷程。（J. William Worden，李開敏等譯，1995）

父親繼續進行拓印與放置照片的哀悼儀式行為，孩子在儀式行為中由注意外在事件（如拓印到別人名字及自己的噁心照片），逐漸在自己微笑的照片中感受到現在的自己與照片中自己情緒的不同，而進入哀悼：

> 我們帶了白紙來，爸爸把紙蓋在爺爺的名字上，用鉛筆在上面慢慢塗，紙慢慢變黑，有白白的字浮出來。我提醒爸爸：「你把別人的名字也拓印了一點點！」
> 爸爸把拓印出爺爺名字的那張紙折起來，收到皮夾裡。他從皮夾裡抽出一張我的照片，是他們在學校裡幫我拍的那種很噁心的照片，媽媽硬是要我打上領帶照相。爸爸把照片放在爺爺名字下面的草地上。一陣風把照片吹走了。我跑去撿回來，放到原來的地方，還拿了一些小石塊壓著。我看見照片裡的自己穿過石頭縫向我微笑。[11]

爺爺在牆上的名字，成為生者寶貴的簽名而珍藏。（Charles L. Griswold, Jr. 暮心等譯，1999）父親拿出兒子的照片放在爺爺名字下面的草地上，有學者李亦園（2004）稱此為神聖儀式中與超自然界溝通的意圖。然而，父親為什麼要用孩子的照片放置現場？我認為孩子的照片代表孩子同時也是父親自我的延伸。希格蒙．佛洛伊德（Sigmund

---

11 見《爺爺的牆》第13跨頁。

Freud, 1914）在〈論自戀：導論〉中提及父母對自己孩子的態度，是父母早已拋棄的自戀的復活或重現，也是父母從孩子身上滿足自己從未實現的願望和夢想的補償。（賀明明譯，1989）所以儀式中孩子照片的意涵代表了：「孩子」、「父親自我的延伸」及「父親小時後與爺爺的連繫」等三重意涵。

孩子的照片代表父親自我的延伸，父親拿出孩子照片放在現場，象徵父親的性慾本能從對象（爺爺）轉回自我，[12]以佛洛伊德（1917）在〈悲痛及抑鬱〉的觀點，父親悲痛的原因在於愛的對象的失去（爺爺的死亡），性慾本能要從父親依附的對象（爺爺）收回的反抗而產生，療癒的方法在於以性慾對象轉向自我或尋找新對象（孩子）來切斷對爺爺的依戀。（賀明明譯，1989）作者選擇「孩子的照片」作為放在現場的儀式物品，代表父親對爺爺的哀悼經由依附對象轉移到孩子及自身而得到療癒。

父親在童年時期哀悼的回返下，進行尋找、撫摸、擦拭、拓印爺爺名字及放置照片的儀式行為。父親的儀式行為象徵著兒童與父母即將分離前過渡的儀式，藉由過渡行為完成與爺爺的分離。英國精神分析師唐納・溫尼可（Donald Winnicott）提出兒童與父母融合到體認自己為一獨立個體要與父母分離時，在融合與獨立二者邊界上形成絕對與相對依賴的過渡領域，在過渡地帶中，兒童可藉由某一特別客體、聲音、儀式行為或事件作為其害怕分離或獨處的方式，同時也認識到已經和父母分離。（引自 Lavinia Gomez，2006）《爺爺的牆》中，父親由童年哀悼的回返象徵性地回到童年時期，藉由整個哀悼儀式的過渡作用，表現了內心的害怕孤獨、獨處，也認知到與爺爺完全的脫離，而達到療癒。

---

12 依佛洛伊德的概念，孩子出生時性慾本能在自我身上，然後逐漸轉移到性對象，最早的性對象是父母。

哀悼儀式的進行由父親擔任主導，孩子在一旁觀察並模仿父親的儀式行為。圖畫的表現可以見到孩子一直在觀察與父親進行儀式的過程、別人留下的儀式悼念物、路人的哀悼行為、父親拓印到別人的名字、自己噁心的照片等外在世界中各種活動的兒童哀悼特徵。（Lavinia Gomez，陳登義譯，2006）《爺爺的牆》中父親藉由主動的儀式行為回憶及哀悼爺爺並達到療癒，孩子擔任被動的觀察角色，最後在「風把照片吹走後撿回」行動中，才由被動轉為主動。然而，在父親的哀悼中，除了儀式的療癒，作者與繪者還安排了哪些療癒的線索？父親的哀悼行為帶給孩子什麼影響？兒童在父親的影響下如何哀悼、如何由被動轉為主動哀悼？分別在以下的章節中說明。

四　父親的哀悼與記憶

父親在兒童時期經歷了爺爺在越戰中死亡的記憶與創傷，在成年重返紀念碑現場中重新喚起早期的經驗而再次揭開傷口，（Phil Mollon，汪淑媛譯，2002）進入哀悼。圖畫書《爺爺的牆》中，父親的哀悼畫面主要表現在二個面向：儀式行為及背對觀者。儀式行為表達了對爺爺哀悼與切斷的療癒意義；持續的背對觀者而面對越戰紀念碑，其實就是面對爺爺與專注在自身的內在世界，（Roland Barthes，趙克非譯，2003）內在世界意味著「延宕或等待」，就是父親對爺爺的「渴望」被爺爺已死的現實與理智壓抑、禁止，本能的慾望無法直接表達。（Anthony Bateman & Jeremy Holmes，林玉華等譯，2004）同時藉由觀者對父親的認同，帶領觀者面對這面牆，也就是面對越戰的歷史記憶。越戰的歷史記憶透過紀念碑前的儀式而持續，個人的生命記憶卻隨時間而逐漸淡忘，只有藉由歷史記憶連繫，父親內心的相關經驗才會再度活絡起來。（Lewis A Coser，邱澎生譯，1993）越戰的集體記憶也藉由《爺爺的牆》中觀者與父親哀悼的認同，透過面對紀念牆的象徵演示傳遞給兒子與觀者的我們，讓記憶歷久彌新。

父親對爺爺哀悼的記憶中，可以見到父親的兒時記憶及記憶透過改裝讓當前印象合理化的痕跡。圖畫書中二處直接表現父親對爺爺記憶的對話：一是當父親拓印牆上爺爺的名字同時也拓印到別人的名字時，兒子提出：「你把別人的名字也拓印了一點點！」爸爸回答：「你爺爺應該不會介意吧！」二是當父親把兒子照片放在爺爺名字下方，兒子告訴父親：「爺爺不會知道我是誰！」父親回答說：「我想他知道。」[13]爺爺在父親小時候死亡，父親兒時的記憶回答了兒子在拓印及照片二個情境下對爺爺的疑問。父親擁有的是童年時期記憶，這些記憶在後來被相關經驗所喚起。喚起的記憶依據敘事者動機與目的而重新建構，不考慮童年記憶的真實性。（Phil Mollon，汪淑媛譯，2002）父親的記憶顯現一個配合當時情境而重新改裝與「創造」的記憶，讓當前的情境合理化的手段。（王明珂，1993）

因為童年時期哀悼的回返，父親在爺爺死亡當時的年紀，帶著兒子到紀念碑前再次哀悼，讓父親的創傷在父子關係的再建構中得到重新敘事的可能而療癒。（Michele L. Crossley，朱儀羚等譯，2004）《爺爺的牆》中爺爺年輕時參與越戰陣亡，父親為爺爺年幼的兒子，二十多年後父親與兒子來到紀念碑前，二對父子的關係在象徵的時間（當時的爺爺與現在的父親同年）與越戰的象徵空間（越戰紀念碑）中重現：

時間	人物	地點
1967年越戰	當時的父親（爺爺）死亡與兒子（父親）	越戰空間（越南戰場）
現在	父親與兒子活著	越戰紀念碑現場（越戰象徵／替代空間）

13 以上四句對話引自《爺爺的牆》第9、10、14跨頁。

在重新敘事中，父親伴隨著兒子出現改寫了父親童年時期爺爺死亡的缺憾，象徵性的替代及修補了童年時期爺爺不在的斷裂敘事，讓父親的創傷得到療癒的可能。

《爺爺的牆》中，作者及繪者呈現了父親在越戰紀念碑前對爺爺的記憶與哀悼，透過儀式行為及重新敘事達到創傷的療癒與淨化，由於越戰的爭議及公共事件的哀傷讓爺爺死亡呈現更大的創傷，（Caroline Case，陳鳴譯，2004）父親的哀悼顯現出美國越戰文學揭發傷口及療癒的任務與心理需求。（Ken Lopez, 2006）在兒童圖畫書中，父親哀悼的重要性在於傳承美國觀點的歷史記憶給予兒童，並透過圖畫書對兒童的教育意義傳承給觀者，同時擔負了兒童認知的建立及模仿的任務，讓兒童順利進入哀悼。

五　兒童的哀悼

瑞士心理學家金・皮亞傑（Jean Piaget）認為知識的發展來自於經驗中的外源知識及從主體動作內部協調產生的內源知識，（引自李其維，1995）兒童從環境中取得的經驗會同化於內源建立的知識結構中產生重構，形成新的認知。（引自王文科，1989）《爺爺的牆》中兒童需要建立的認知，同時也是書中兒童面臨的問題有三：沒有戰爭記憶、不認識爺爺及祖孫關係、不知如何哀悼。

對於戰爭的記憶與認知，作者安排了兒童對越戰紀念碑的認識、二組人物的觀察（坐輪椅的軍人、老師及一群女學生），逐步建立對戰爭的認知。並在理解到戰爭與自己的關聯後，開始進入對爺爺的哀悼歷程：

> 這就是那片牆，我爺爺的牆。牆上面刻著很多人的名字，那些人很久以前在一場戰爭裡被殺死了。

> 有一位坐著輪椅的人，盯著牆上的名字，他沒有腳。我看著他，他看見了我，對我微笑。「嗨！孩子！」「嗨！」他戴了一頂軟軟的綠色帽子，上面別了一些獎章。他的褲管壓在身子底下，身上穿著軍人的襯衫。……
>
> 有一群穿著制服的大女生走過來，有老師帶著她們，她們手上都拿著小旗子。有位女生大聲的問：「葛老師，這片牆是為了那些死去的軍人而建立的嗎？」老師說：「這些名字代表那些軍人們，但是這片牆屬於我們每一個人！」[14]

藉由越戰紀念碑場域、牆上排列的死者的名字、沒有腳的軍人、女學生的問話，逐步呈現了戰爭引起的歷史傷口、人的死亡與傷殘，也讓在旁邊觀察的兒童了解了何謂戰爭及戰爭可能引起的後果。恰特吉（1996）認為各型各色的女學生再現了外在世界生命的持續與多樣性，如同孩子生命的持續與傳承，也和牆上排列整齊的死亡士兵的名字形成對比。最後女學生與老師的對話中，老師回答「這片牆屬於我們每一個人！」[15]將戰爭的創傷由參與的越戰軍人普遍化到一般人，（Jayashree Chatterjee, 1996）也將越戰的歷史創傷與死亡轉到與兒子的關係，在兒子逐步吸收外在訊息及納入戰爭創傷後，開始進入哀悼。

對爺爺的認知，建立在兒子對另外一對祖孫的觀察中：

> 有位老先生和一位小男孩從我們旁邊走過。那位小男孩問：「爺爺我們現在可以去河邊了嗎？」「可以，」老先生牽著小男孩的手，「不過你得先把外套的釦子扣好，天氣很冷！」[16]

14 見《爺爺的牆》第4、11跨頁。

15 見《爺爺的牆》第11跨頁。

16 見《爺爺的牆》第10跨頁。

認知到爺爺對孫子的關懷，帶他出去玩，對兒童而言真實且活著的爺爺似乎更能連結兒童的生活與需求。（虫雅各，1995年）心理社會學家艾瑞克・艾瑞克遜（Erik Erikson）從文化與社會觀點認為兒童學習的對象主來自於認同的對象，因為認同而採用某人或某群體的觀點，進而產生模仿行為。（引自 Diane E. Papalia & Sally Wendkos Olds，黃慧真譯，1994年）對祖孫關係及爺爺的認知建立後，產生認同故事人物的觀點，模仿故事人物的行為產生擁有爺爺的需求及願望：

> 我更希望爺爺可以在我身邊，帶我去河邊玩，告訴我要記得扣上外套的釦子，因為天氣很冷。我更希望他就在我身邊。[17]

《爺爺的牆》文圖表現中，兒童對哀悼的認知與學習來自一對老夫婦的相擁哭泣、父親背對觀者的沉思、哀悼的儀式行為、紀念碑前遺留哀悼物的觀察，直到女學生與老師的對話之後，逐漸接受外在世界的事實而對內在世界產生相對應的改變，於是由外在世界的觀注轉換到內心的悲傷，藉由直接認同並依循父親的悲傷，（Caroline Case，陳鳴譯，2004年）模仿父親背對觀者，與父親一同哀悼。

兒子哀悼的關鍵表現在把照片放在爺爺名字下方的儀式行為中，哀悼由被動轉為主動，並由照片中看到哀悼前與哀悼後自己的對應來象徵主動哀悼的轉換成功：

> 他〔爸爸〕從皮夾裡抽出一張我的照片，是他們在學校裡幫我拍的那種很噁心的照片，媽媽硬是要我打上領帶照相。爸爸把照片放在爺爺名字下面的草地上。一陣風把照片吹走了。我跑

17 見《爺爺的牆》第15跨頁。

> 去撿回來，放到原來的地方，還拿了一些小石塊壓著。我看見照片裡的自己穿過石頭縫向我微笑。……
> 我靠爸爸更近一些，「這裡讓人好傷心。」他的手摟著我的肩膀，「我知道，不過這裡也是充滿榮譽的地方。我覺得你爺爺的名字能刻在牆上，是一件很了不起的事。」「我也這麼覺得！」真的。[18]

風把照片吹走，兒子主動撿回來的過程中，象徵兒童在「丟—撿」（fort-da）遊戲過程中的主動性。佛洛伊德（1926）在〈抑制、症狀與焦慮〉中提到，被動經歷創傷的兒童，會主動在遊戲中表現出來，在遊戲中重新創造經驗。從被動到主動的改變，正是兒童企圖以具體的方式主宰他們的經驗。（引自 Caroline Case，陳鳴譯，2004年）兒子的哀悼藉由儀式中象徵性的遊戲行為由被動轉為主動。在撿回照片，看到照片中的自己向現在自己的微笑，照片中的自己代表從前的自己，也是快樂的自己，與現在哀悼的自己的情緒對比，象徵哀悼的轉換成功，在兒子終於說出「這裡讓人好傷心。」[19]確認了兒童的主動哀悼。但因為圖畫書表現到此進入尾聲，結局提出爺爺名字在牆上的榮譽及對爺爺的期望即告結束，並未進一步陳述其他發展，因此我認為在兒童進入哀悼後並未提供療癒的可能。

在兒童的哀悼中，作者及繪者安排了兒童藉由四組人物的進入、越戰紀念碑的場景、父親的儀式行為及現場遺留哀悼物的觀察，由外部環境及人物行為的觀察形成內部認知的重構，逐步建立戰爭及對爺爺的認知，並模仿父親的哀悼行為對爺爺進行哀悼，在放置照片的關鍵儀式中從被動轉變成主動的哀悼行為。哀悼的過程中，仍可見到兒

---

18 見《爺爺的牆》第13、14跨頁。

19 見《爺爺的牆》第14跨頁。

童不脫離現世環境、注意外在世界，並透過對成人及環境的模仿建立哀悼模式的哀悼特徵。

六　《爺爺的牆》圖文關係

兒童圖畫書中圖畫與文字同時傳遞訊息，因此觀看圖畫書時要同時思考圖畫與文字的配合及圖畫如何幫助我們了解故事（Perry Nodelman，劉鳳芯譯，2000年）。《爺爺的牆》中邦婷的文字產生在先，推動圖畫的行進及故事情節的進行，並傳達了父親對於越戰的記憶時間、父子出現在越戰紀念碑的現代時間的關係。繪者羅奈德．希姆勒（Ronald Himler）創作表達了整本圖畫書的風格與情緒、書中人物的情緒轉折及越戰紀念碑的空間特性。

希姆勒主修插畫與繪畫，兒童圖畫書及少年小說封面資深創作家，圖畫書創作多以水彩表現。（Storyopolis Art Gallery, 2006年）《爺爺的牆》圖畫中以黯淡渲染的水彩呈現畫面孤寂哀傷基調，書中人物服裝則以紅、黃、藍、綠等鮮豔溫暖的色調傳達生命與溫暖。背景水彩表現平淡、暗沉與模糊，呈現環境氛圍，如同蘇珊．桑塔格（Susan Sontag）對戰爭的影像反思後提出「戰爭不是一場壯麗的奇觀」。圖畫中人物臉孔模糊不清，表現出「類似的事件曾經發生」，（Susan Sontag，陳耀成譯，2004年）暗喻這樣的故事可能發生在任何一個美國人身上。

圖畫中呈現人物情緒的轉折呈現，明顯表現在父親的哀悼及兒童從認知建立到哀悼的轉變。父親背對觀者及哀悼儀式的進行，呈現出對孩子哀悼與歷史記憶的教育意義及提供不同身分觀者視覺的文化先備知識。兒童文學學者培利．諾德曼（Perry Nodelman）認為，所有視覺意象蘊含的觀者，透過學習具有先備知識和文化素養，才能正確的理解該視覺意象。（Perry Nodelman，楊茂秀等譯，2005年）對不同身分觀者及沒有去過越戰紀念碑的兒童而言，圖畫的視覺表現具象化不同文化及理解故事內涵的先備經驗。圖畫中兒童從認知建立到哀悼的情緒轉變，則提供了觀者及兒童認同的對象。兒童在認同主角兒子中學習事件的觀察與哀悼，內化並重構兒童的認知。

越戰紀念碑空間呈現在圖畫表現中幾乎佔據著滿版的背景位置，遠大於主角父子。諾德曼認為角色大小與背景的關係暗示角色與環境的關係，角色包圍在廣大的環境中有受到威脅、迷路或淒涼的感覺。（Perry Nodelman，劉鳳芯譯，2000年）越戰紀念碑高大又無限延長的圖畫表現，花崗岩材質映照著父子二人孤單的影像，更顯淒涼。圖中出現的斷腳軍人、相擁哭泣的夫婦、經過的祖孫，及父親的儀式行為，也都襯托單純的紀念碑環境。諾德曼提出空洞的背景讓觀者專注角色的姿勢與表情所顯露的情緒意義；豐富的場景如兒子觀察紀念碑下遺留的哀悼物及一群女學生和老師的來訪，則表現了環境（一群女學生及其對話）對角色的影響。（Perry Nodelman，劉鳳芯譯，2000年）

結尾表現中，邦婷的文字平實交代了兒子希望爺爺活著帶他去玩的願望，表現失落的哀傷。圖畫表現搭配文字調性，父親與兒子背對著觀者佝僂前行。因為兒童圖畫書的閱讀對象一般設定在兒童，在認定兒童應該擁有純真及樂觀的童年下，通常會強調童書的圓滿結局和希望。（Perry Nodelman，劉鳳芯譯，2000年）希姆勒在結局空洞的背景中讓父親與兒子朝向象徵希望的黃色太陽及華盛頓紀念塔方向前進，呈現哀傷中仍有希望的遠景。

七　結論

兒童文學的驅動力主要是教育性的，作家往往從平鋪直敘的情節中，找出呈現深層意義的方法。（Perry Nodelman，劉鳳芯譯，2000年）圖畫書《爺爺的牆》透過邦婷平實的文字及希姆勒的黯淡水彩表現，以具議題性的越戰紀念碑故事為主題，呈現了透視歷史記憶、死亡與哀悼的多重意涵。

圖畫書創作及研究者幸佳慧（1998）認為圖畫書中的插畫是時代下造型藝術的一種，插畫表現出來的內容與藝術風格呈現出地方與時代的文化脈絡，加深圖畫書文字故事的意涵，同時也提供兒童美感感知與鑑賞的園地。《爺爺的牆》中插畫呈現出越戰紀念碑簡潔的建築造型、人們留在紀念碑下的紀念物圖像，凸顯了時代的藝術風格與美國對越戰的觀點與文化，清淡的水彩表現，暗示了現場的氛圍。越戰紀念碑與圖畫書插畫呈現出雙重的美感感知與文化。

另一方面，《爺爺的牆》敘事中，以兒童為第一人稱，敘述和父親一起到紀念碑前找尋在越戰中死亡的爺爺名字的經過。我認為故事的表現其實是在呈現兒童進入哀悼的歷程與儀式，其中紀念碑具體的歷史情境、父親的哀悼、其他人物的出現位居引導兒童進入哀悼位置的任務。當兒童主動哀悼轉換成功，故事也告結束。其中父親哀悼的突出性在於成為兒童認知及行為建立的模仿對象，也在於表現美國人對於越戰記憶的創傷與療癒的矛盾情節，是越戰文學表現中普遍需要滿足的主題。在越戰紀念碑現場的哀悼儀式則是表達父親與美國人對越戰創傷的標準化信仰與行為，儀式擔任了父親的療癒作用及兒童哀悼由被動到主動的關鍵地位，也串連了父親與兒子對爺爺的情感及歷史記憶。透過兒童與一般觀者對主角父子的認同，圖畫書以圖像的藝術性與文字的故事性表達了美國中心的越戰觀點與歷史記憶的教育意涵。

文字與圖畫在《爺爺的牆》中表達了相同的平實與哀傷調性，也各自說著不同的故事。文字推動情節及圖畫的進行，也表達了記憶與現實多元的時間觀點。圖畫表現了書中的黯淡氛圍與個性、具象化紀念碑現場的文化情境與空間特性、父親與兒子情緒的變化與轉折，並補充結局在文字中並未呈現的未來與希望，讓觀者閱讀圖畫書《爺爺的牆》時，呈現哀悼中仍然擁有安心的結局。

參考資料

（一）中文資料

1 書籍

Anthony Bateman & Jeremy Holmes 著　林玉華、樊雪梅譯　《當代精神分析導論——理論與實務》　臺北市　五南圖書出版公司　2004年

Diane E. Papalia & Sally Wendkos Olds 著　黃慧真譯　《兒童發展》　臺北市　桂冠出版公司　1994年

Eve Bunting 著　張淑瓊譯　Ronald Himler 繪圖　《爺爺的牆》　新竹市　和英出版社　2002年

J. William Worden 著　李開敏、林方皓、張玉仕、葛書倫譯　《悲傷輔導與悲傷治療》　臺北市　心理出版社　1995年

John Rowe Townsend 著　謝瑤玲譯　《英語兒童文學史綱》　臺北市　天衛文化圖書公司　2003年

Lavinia Gomez 著　陳登義譯　《客體關係入門——基本理論與應用》　臺北市　五南圖書出版公司　2006年

Michele L. Crossley 著　朱儀羚、康萃婷、柯禧慧、蔡欣志、吳芝儀譯　《敘事心理與研究——自我、創傷與意義的建構》　嘉義市　濤石文化事業公司　2004年

Phil Mollon 著　汪淑媛譯　《佛洛伊德與偽記憶症候群》　臺北市　貓頭鷹出版社公司　2002年

Perry Nodelman 著　劉鳳芯譯　《閱讀兒童文學的樂趣》　臺北市　小魯文化事業公司　2000年

Robert S. McNamara, & Brian VanDeMark 著　汪仲、李芬芳譯　《麥納瑪拉越戰回顧——決策與教訓》　臺北市　智庫文化公司　2004年

Roland Barthes 著　趙克非譯　《明室——攝影縱橫談》　北京市　文化藝術出版社　2003年

Susan Sontag 著　陳耀成譯　《旁觀他人之痛苦》　臺北市　麥田出版公司　2004年

Sigmund Freud 著　賀明明譯　《佛洛伊德著作選》　臺北市　唐山出版社　1989年

Victoria M. Follette & Josef I. Ruzek & Francis R. Abueg 著　楊大和等譯　《創傷的認知行為治療》　臺北市　心理出版社　2004年

王文科　《認知發展理論與教育——皮亞傑理論的應用》　臺北市　五南圖書出版公司　1989年

李亦園　《宗教與神話論集》　臺北市　立緒文化事業公司　2004年

李其維　《皮亞傑心理邏輯學》 臺北市　揚智文化事業公司　1995年

2 期刊論文

Caroline Case 著　陳鳴譯　〈兒童在藝術治療中的失落與過渡〉　《藝術治療的理論與實務》　臺北市　遠流出版公司　2004年　頁53-112

Charles L. Griswold, Jr. 著　暮心、戴育賢譯　〈越南戰士紀念牆和華盛頓廣場——政治圖像的哲學思考〉　《美國公共藝術評論》　臺北市　遠流出版公司　1999年　頁117-155

Lewis A Coser 著　邱澎生譯　〈阿伯瓦克與集體記憶〉　《當代》　91期　1993年　頁20-39

Marita Sturken 著　潘琴譯　〈牆、屏幕和形象：解析越戰老兵悼念碑〉　《視覺文化讀本》　桂林市　廣西師範大學出版社　2003年　頁122-142

Perry Nodelman 著　楊茂秀、顏淑女譯　〈圖畫書專題論述譯作連載——Words about Pictures:The Narrative Art of Children's Picture Books〉　《繪本棒棒堂》　2期　2005年　頁27-38

王明珂　〈集體記憶與族群認同〉　《當代》　91期　1993年　頁6-19

虫雅各　〈為什麼要讓孩子讀戰爭文學〉　《誠品閱讀》　24期　1995年　頁96-99

朱美珍　〈兒童的死亡概念與死亡教育〉　《東吳政治社會學報》　14期　1990年　頁585-603

吳庭非　《人類史上的亙古之痛——淺析圖畫書中的「戰爭」議題》　臺東市　臺東大學兒童文學所碩士論文　2006年

林素珍　〈世界的災難，人類的夢魇——兒童圖畫書中關於「戰爭」的題材〉　中興大學論文研討會論文　2004年

幸佳慧　《兒童圖畫故事書的藝術探討》　臺南市　國立成功大學藝術研究所碩士論文　1998年

張梅虹　《近十年來台灣與歐美地區繪本中的死亡概念分析》　臺北市　臺北市立師範學院課程與教學研究所碩士論文　2005年

黃慧玲　《繪本中的生命教育——以和英關懷系列為例》　花蓮市　花蓮師範學院國民教育所碩士論文　2005年

鄧蔭萍、何佩芬　〈由兒童死亡概念探討圖畫書中死亡成分的呈現〉　《幼兒教育年刊》　11期　1999年　頁83-119

3 報紙

張子樟　〈繪本的功能——淺談「和英」的「關懷系列」〉　《民生報》少年兒童版　2004年12月26日

4 導讀手冊

《爺爺的牆》導讀手冊　新竹市　和英出版社　2002年

（二）外文資料

1 論文

Chatterjee, Jayashree (1996). *Investing Grief with Dignity: Eve Bunting's The Wall and Eleanor Coerr's Sadako Book.,* in Ways of Knowing Kay E. Vandergrift, Ed. (Lanham, MD: Scarecrow Press, pp.233-258).

Foucault, Michel (2000). *Lives of Infamous Men.* in *Power.* New York: New Press. pp.157-175.

2 網站

Polichenco, Jannifer. *Eve Bunting-1928.* http://www.ncteamericancollection.org/litmap/bunting_eve_ca.htm (visited on June 20, 2006)

Lopez, Ken. *The Literary Legacy of the Vietnam War.* http://lopezbooks.com/articles/vnfirsts.html (visited on June 20, 2006)

Storyopolis Art Gallery. http://www.storyopolis.com/portfolio-dbp.asp?Artist

ID=286 (visited on June 20, 2006)

http://dcpages.com/Tourism/Virtual_Tour/Image45_pf_web/Image45_pf.shtml (visited on August 15, 2006)

徐素霞《媽媽，外面有陽光》圖畫書中的女性主體研究

導讀

一九八九年徐素霞以《水牛和稻草人》中的五幅繪畫作品入選義大利波隆那國際兒童書展年度插畫家展，成為臺灣第一位受到國際肯定的臺灣圖畫書創作者，奠定徐素霞在臺灣圖畫書中生代的重要地位。

徐素霞一九五四年出身於苗栗客家村，一九七五年畢業於新竹師專美術科，為純藝術的水墨、水彩創作及工藝勞作奠定良好基礎，並曾師事李澤藩。師專畢業後於當時臺北縣永和網溪國小從事兒童美術教育工作，期間由於學長寄了二本圖畫書及校長推薦參與中國成語故事叢書十本的繪圖工作，開始萌發對圖畫書的興趣。一九八一年因為繪畫創作與工作的需要，進入法國國立南錫美術學院（Ecole Nationale des Beaux-Arts de Nacy）就讀（1981-1985），期間研習以水彩、水墨及油畫為主，課餘在書店及圖書館大量吸收兒童讀物及應用在教育上的相關訊息，也蒐集了不少歐洲的兒童讀物。

一九八五年回臺後在新竹師院任教，引介歐洲兒童讀物，並與臺灣圖畫書圖像表現對照，發表相關論述，同時持續圖畫書圖像及兒童讀物插畫創作。一九八六年創作第一本自寫自畫的自傳式作品《媽媽小時候》，有意識的將臺灣一九六〇、一九七〇年代農村風貌及生活景物透過細膩的筆觸描繪出來。一九八六及一九八七年創作的中華兒

童叢書《水牛和稻草人》、《老牛山山》延續徐素霞對臺灣農村生活的記憶與描繪。同時期以作為一個母親的觀察，描寫自己的兒子得知家中會有一個新生兒的複雜感情的自寫自畫傳記性作品《家裡多了一個人》，得到當時臺灣的第一個兒童文學獎「洪建全兒童文學創作獎」第十三屆的兒童圖畫書佳作。一九九〇年與中國大陸兒童文學創作者任大霖合作的《第一次拔牙》，由於畫中「以鄉土的心情投入」，畫出臺灣「很多現在已經消失的東西」，對於「民俗失傳的生活情景，有文化的傳承功效」的作畫態度與對兒童文學的深入經營，成為第三屆中華兒童文學獎美術類得主。一九九〇至一九九七年徐素霞在法國史特拉斯堡人文科學大學（Universite des Sciences Humanines de Strasbourg）攻讀造型藝術博士，理論與創作以水墨畫為主，就學期間常到居住的法國東北角斯塔斯堡市（Strasbourg）的美術學院中參與插畫課程的進修，並參加法國兒童讀物相關展覽、講座與研討會。一九九三年回國後，除教學外，並從事多元的兒童文學活動如圖畫書創作、翻譯、論述與書評發表、圖畫書獎評審、插畫個展或聯展等。其中對於圖畫書的圖像語言與純藝術的區分與探討，對建立圖畫書圖像研究的論述，在臺灣兒童文學界具有領導地位。至今（2016）已從新竹教育大學退休，仍不斷翻譯、創作兒童文學作品。

二〇〇三年創作自法國二度進修後的自寫自畫作品《媽媽，外面有陽光》，書中描繪徐素霞家庭內外景物、母女間互動及母親在工作與育兒間的擺盪。《媽媽，外面有陽光》再次因為國內相關獎項受到矚目：包括「聯合報讀書人2003年度最佳童書」的年度大獎、民生報「好書大家讀2003年最佳童書」獎、行政院新聞局中小學生優良課外讀物等兒童文學界、政府單位肯定。

本論文以《媽媽，外面有陽光》為研究對象，針對書中母女關係的故事主軸進行分析。書中母女關係的發展，呈現了母親主導故事行進的主動力量，及透過構圖呈現母親作為創作者對畫面安排的主控性，讓畫面中不論是否出現母親，都可以感受到母親的存在。而在對畫面的主控性之外，也表現與畫中女兒互為主體的構圖，及透過女兒遊戲意涵象徵母女間的連結，展現女性創作中主體與主體間連結或互為主體的特質。

本論文揭露《媽媽，外面有陽光》書中呈現的女性主體力量，期能在臺灣兒童圖畫書研究中，奠定本書在女性研究的地位。

一　緒論

《媽媽，外面有陽光》的產生是由於徐素霞在承接國立臺灣藝術教育館研究計畫，編著《台灣兒童圖畫書導賞》[1]一書時，一面教學一面編書，異常忙碌，無暇顧及子女，兒子問媽媽在這麼忙碌的生活中她快樂嗎，引發徐素霞的感慨，在《台灣兒童圖畫書導賞》於二〇〇二年編輯完成後，將這段時間在心中累積對家庭的情感，透過創作抒發出來，完成《媽媽，外面有陽光》。[2]書中以女兒小豆的角度，提到母親似乎總有做不完的工作，每次小豆渴望到草原玩，媽媽總是回答：「等我忙完……」，小豆自己玩時也和媽媽一樣畫圖，和玩偶小熊及小貓、小狗玩耍時，也會模仿媽媽說要等她忙完。媽媽從小豆的畫作、小豆和玩伴的對話及孤單睡著的臉龐中感受到女兒的心願，於是帶小豆到住家附近的草原散步、野餐、打滾、蓋草棚、畫圖、和水牛玩、看夕陽。最後小豆說：「媽媽，你下午都沒做什麼事！」媽媽說：「有啊！我做了好多事，而且是和你一起做的！」故事最後媽媽仍回到廚房做飯，小豆收拾背包，家中玩偶和小狗、小貓則模仿小豆和媽媽的對話，「明天你還會帶我出去玩嗎？」「等我忙完……」。圖像中的父親與哥哥僅在故事開頭一個遠景模糊的帶過，文字敘述中提及爸爸在外地上班、爸爸帶哥哥參加營隊活動等，故事主軸放在母女間互動。

圖畫書出版型式為精裝四十頁，直式開本21公分×29.7公分設計，故事從封面的繪畫就開始說故事，到封底結束。封面為白底，圖像放在整個版面右上方四分之一的位置，內容表現出小豆開窗，看到外面天空放晴了，回頭說話的情景。然而，小豆伸長著脖子回頭看

1　徐素霞編著：《台灣兒童圖畫書導賞》（臺北市：國立臺灣藝術教育館，2002年）。

2　黃愛真，訪問徐素霞，2007年10月25日，花蓮市。

誰？和誰說話？在小豆打開的窗戶外面，觀者可以正面看到爬滿窗邊、牆上及住家四周的綠色、褐色、紅橘色植物，及遠方觀者才可見到的彩虹，暗示了小豆住家環境及這是一個與大自然有關的溫暖、正面結局的故事。然而這一大片天空、植物、原野圖像的表現卻也在短暫吸引小豆的注意後，小豆望向一個不在場的他者，這一切都沒有這個他者重要，所以畫面上小豆的視線凝結在尋找重要他者的這一刻。封面中間以彩虹的七色水彩、仿兒童筆觸書寫書籍名稱及作者名字所產生的童趣看來是以兒童為主要的設計考量，正中央的書名《媽媽，外面有陽光》呼應著封面右上角的圖像，讓我們可以推測，這重要的不在場他者應該就是母親。封底接近帶黃的淺灰色，傳遞昏黃近晚的天色，版面正中央放置約九分之一大小的圖像，縮小的圖像表現，暗示觀者位居窗外遠眺室內，室內黃色的燈光下，媽媽與小豆隱約在用餐。圖畫書內字體運用也加以設計，小豆對話字體以拙趣的類 POP 字體獨立開來，媽媽對話字體與故事陳述字體則為標楷體印刷。

從題目到內頁文字故事敘述角度、封面的圖像人物小豆與書名字跡、內頁的對話字體，處處見到以孩子為中心的角度，然而位於配角的母親，透過圖像的視覺表現及母女互動的關係中，呈現更大的力量。本論文認為《媽媽，外面有陽光》中女性的主體呈現在母親的主體性表現，其中之一為圖畫書中的母女關係，也是書中內容進行的主軸：故事內容的陳述以小豆的角度貫穿全篇，然而故事高潮在於母親態度的轉變，引領小豆進行大自然的探索與玩耍，在媽媽、小豆與自然的融合中，整個故事節奏因此快速，內容活潑豐富，圖像色調也在媽媽決定走出戶外後，由室內的褐色調轉變為象徵陽光的黃色調。同時在小豆與母親的關係中，見到小豆對母親的依附與模仿、母親因為忙碌而對小豆的拒絕，其中也隱含著小豆的成長中必須離開母親才能獨立的意涵，小豆在獨自玩耍中出現的玩伴小貓、小狗與玩具小熊，象徵著母親不在，孩子對母親既依附又要獨立的過渡狀態，玩具與貓狗成為母親的替代物。

另一方面，如同藝術家芝加哥（Judy Chicago）認為作為一個母親與藝術家的生活往往是對立的，在藝術史上也很少二種身分並存的成功例子，對孩子的責任往往干擾創作，創作時疏忽孩子也會引起不安。[3]徐素霞以一個母親身分書寫，介入故事成為書中人物為自己發聲，故事中母親的責任與藝術工作並置，同時在帶女兒進入自然玩耍與創作的情節中，進一步找到了作為母親工作與藝術創作並行的方法，巧妙的化解了兩種身分的對立與緊張。在《媽媽，外面有陽光》圖畫書發行之際，徐素霞將個人記憶化為集體記憶，也把私領域、公眾發行、專業等定義合併，破除公、私領域二元劃分與衝突的僵化概念。

徐素霞創作《媽媽，外面有陽光》時懷著對家庭的情感：學校與編書工作對高中孩子的忽略，卻將故事設定在剛從法國修完博士課程全家剛回國，孩子小學的時候。[4]這中間有著對圖畫書閱讀以兒童為對象的考量，但是似也有創作者對自我童年生活的投射與補償。在《媽媽小時候》書中提到，徐素霞小時候跟著媽媽忙進忙出如到溪邊洗衣及晾衣、捆紮柴草、用灶煮飯燒水、餵雞、餵鴨、養豬、放牛、種菜等等，因為徐素霞為家中長女，下有二個弟弟，常常要帶著弟弟玩、照顧弟弟，儼然是小媽媽的角色。徐素霞媽媽做的或買的新衣服，因為「媽媽（徐素霞）是老大，有弟弟沒有妹妹，所以外公、外婆總是買給媽媽男式的衣服，好能將來留給弟弟穿。」[5]以羅蘭・巴特的觀點，服裝具有敘事性功能，可以作為一指涉性符碼進行解讀，

3 Chicago, Judy & Lucie-Smith, Edward, Women and Arts: Contested Territory. New York: Watson- Guptill Publications, 1999, pp. 52-53.

4 黃愛真，訪問徐素霞，2007年10月25日，花蓮市。

5 徐素霞文／圖，《媽媽小時候》，頁18-54。

服裝為個體內心世界與外在社會的媒介及個體在社會、文化與心理上的表徵，服裝表述自我、給與個人認同並展示社會對自我的期許，[6]徐素霞在早期客家家庭刻苦的生活中，就服裝及「小媽媽」的角色上，在家人的期許與自我認同中已失去個人的部分內在性，若依佛洛伊德在〈論自戀：導論〉（1914）中認為每個人都有原始的自戀，在正常的性發展過程中有利己主義自我保存的本能，自我內在本能衝動如果與主體文化和倫理思想產生衝突，就會形成壓抑。[7]童年時期失落的自戀與壓抑，透過創作中的想像而復返，也就是說，《媽媽，外面有陽光》中的女兒既是女兒小豆，也可能是徐素霞童年自我的想像，在徐素霞既是母親又是童年回返的身分下，文本中的母親與女兒「既是一且是」固定指涉中的徐素霞與小豆，也「既不是一也不是」母親與小豆，徐素霞以女性創作者的身分在認同政治上的流動位置，豐富了傳統母親表現與母女關係的形象與意含。

本論文將以和英出版社於二〇〇三年出版之徐素霞自寫自畫圖畫書《媽媽，外面有陽光》為研究對象，針對書中的圖像與文字，及圖文配合的視覺整體提出分析。二〇〇五年《媽媽，外面有陽光》在徐素霞要求下改版，封面圖像更換並放大、內頁及封底圖像比例放大，部分內頁增加描述性文字及圖像中尋找小動物遊戲的說明性文字。二〇〇八年二月和英出版社三度改版，封面與封底沿用第二版圖像，內頁改為第一版本縮小圖像，並減少描述性文字。由於第三版圖像與內容表現並未超越一、二版，本論文將以第一版本內容進行討論，擴及第二版改版封面圖像分析，再於結論時陳述三個版本的比較說明。

---

6 轉引自 Ann Hollander 著，楊慧中、林芳瑜譯：《時裝·性·男女》（臺北市：聯經出版事業公司，1997年），頁5。

7 Sigmund Freud 著，賀明明譯：〈論自戀：導論〉，《佛洛伊德著作選》（臺北市：唐山出版社，1989年），頁17-35。

二　文獻回顧

徐素霞圖畫書作品研究文獻包含三部分：一為徐素霞作品的專論或綜論：目前專論僅有一本蔡佳純的碩士論文《徐素霞插畫創作研究》[8]，將徐素霞自一九七六年中國成語故事叢書十本至二〇〇六年《踢踢踏》圖畫書圖像創作及其間在卡片、雜誌、教科書等其他媒體插畫作一整理分析，其中亦包含《媽媽，外面有陽光》分析研究。綜論為一般散見在報紙和雜誌的報導或評論，多數論及徐素霞作品風格與定位。二為部分圖畫書作品的分析或評論：由於徐素霞一九八〇年代圖畫書作品囊括臺灣當時重要兒童文學獎項及義大利波隆那國際兒童書插畫展入選，並參與對臺灣兒童圖畫書發展史具有指標性意義的中華兒童叢書的創作，在兒童文學相關獎項的研究及兒童圖畫書史料中可見到徐素霞早期圖畫書作品研究。另一方面，由於徐素霞大部分的圖畫書創作內容處理家庭中的親子關係，評論亦散見在和親子相關研究的論文中，其中由廖翠萍撰寫的《兒童圖畫書中父母親形象之探析》[9]蒐集在臺灣出版的父親或母親角色的圖畫書十九本，進行父親或母親形象圖文的內容分析，十三本母親角色圖畫書中包含《媽媽，外面有陽光》分析研究。第三部分為作家自述和訪談：徐素霞分別在一九九四年出版《視覺與心靈的合奏——徐素霞插畫創作理念》[10]、一九九八年《圖畫語言藝術與純繪畫之交融——徐素霞插畫創作理念

8 蔡佳純：《徐素霞插畫創作研究》（花蓮市：國立花蓮教育大學視覺藝術教育研究所碩士論文，2007年）。

9 廖翠萍：《兒童圖畫書中父母親形象之探析》（彰化市：國立彰化師範大學國文研究所碩士論文，2006年）。

10 徐素霞：《視覺與心靈的合奏——徐素霞插畫創作理念》（新竹市：妏晟公司，1994年）。

1994-1998》[11]、二〇〇〇年《生命旅程的窗口——徐素霞創作觀想》[12]，將不同時期的創作與生活觀想、圖像創作作品技法與意涵、圖畫書與純藝術相關論述等整理發表。由於徐素霞身兼圖畫書插畫的創作與研究的重要地位，訪談徐素霞的文章資料多以從事兒童圖畫書插畫表現的經歷、技法，臺灣與法國兒童讀物插畫比較為重心，其中曹俊彥、曹泰容文章〈徐素霞——生活寫實與內在心境的交會〉[13]一文，內容提及《媽媽，外面有陽光》的創作動機：徐素霞每每為了工作，對子女的呼喚總是回應「等我忙完再說」，等到自己有時間了，子女也已長成，換成子女對自己說「等我有空再說」的心情轉化為圖畫書內容。徐素霞自述以圖畫書作品傳達對子女的愛，同時也是一種彌補。文章中亦提及徐素霞不只一次在圖畫書中以母親的角色為孩子說故事，是母愛與生命記憶載體的創作者。[14]由於此文為訪談資料改寫的敘述性文章，亦非《媽媽，外面有陽光》專論，較少作者個人觀點的申論。

另外二篇論及《媽媽，外面有陽光》文章，也非專論且大多放在文本描述與歸納層面，對於書中母親與母愛的探討多有著墨，但流於一元且固定觀點，缺乏多元及深入論述。以下將對論及《媽媽，外面有陽光》文獻，進行分析與對話。

蔡佳純在《徐素霞插畫創作研究》中將徐素霞自一九七六年到二〇〇六年插畫作品作一整理，並將不同年代與風格分類研究。圖畫書

11 徐素霞：《圖畫語言藝術與純繪畫之交融——徐素霞插畫創作理念1994-1998》（新竹市：妏晟公司，1998年）。

12 徐素霞：《生命旅程的窗口——徐素霞創作觀想》（新竹縣：詮民國際公司，2000年）。

13 曹俊彥、曹泰容：〈徐素霞——生活寫實與內在心境的交會〉，《台灣藝術經典大系——探索圖畫書彩色森林》（臺北市：藝術家出版社，2006年）。

14 曹俊彥、曹泰容：〈徐素霞——生活寫實與內在心境的交會〉，頁35。

作品研究方面分為三期，即一九七六年到一九八五年留法回國期間作品為第一期嘗試期，一九八六年到二○○○年間作品受到法國不同文化刺激與專業技法的精進而進入第二期成熟期，第三期創作開放期指二○○一年之後的作品，圖像表現多元成熟且內含更多創作者的心思意念，《媽媽，外面有陽光》列在此時期作品。若由作品產生的角度來看，第一期圖畫書作品僅有受委託創作的中國成語故事叢書十本，第二本圖畫書創作《媽媽小時候》即進入作品成熟期，似乎有太大的跳躍性。若由徐素霞三本創作自述來看，一九九四年出版的《視覺與心靈的合奏——徐素霞插畫創作理念》中對圖畫書插畫創作語言及插畫與純藝術的關係已有所思考，提出插畫的定義、功能性、傳達性及媒材技巧等概念，並強調創作者意念與心靈透過作品傳遞出來的觀念。[15]一九九八年出版的《圖畫語言藝術術與純繪畫之交融——徐素霞插畫創作理念1994-1998》在圖畫書創作思考上更進一步提出圖像與文字的關係及系列長篇的圖像創作的特點，[16]相較於一九九四年自述中提出較普遍性的圖畫書概念，一九九八年文章在闡述圖畫書創作上有更為深入的關照。同時在創作理念上提出她個人在這段時間創作的歷程：「個人在藝術創作領域裡一路走來，經過了許多的起伏階段，有過渾沌、開竅、沮喪、興奮，亦有過面臨窒礙和豁然開朗的時刻」，並認為過去這幾年「是我創作生命中很重要的階段」，因為在人生及藝術追尋的境界變化有「見山是山，見水是水」、「見山不是山，見水不是水」、「見山是山，見水又是水」三階段，「在我個人的藝術追尋路程也體驗到了這幾個轉變的階段，而現在似乎從第二個境界邁

15 徐素霞：《視覺與心靈的合奏——徐素霞插畫創作理念》，頁1-7。

16 徐素霞：《圖畫語言藝術與純繪畫之交融——徐素霞插畫創作理念1994-1998》，頁8-9。

入到第三個境界。」[17]伴隨著一九九八年前後創作上邁入「見山是山，見水又是水」的成熟階段，對照此時期創作的圖畫書作品，應該從一九九六年《好吃的米粉》、一九九九年《蝴蝶飛，牛兒跑》開始進入圖畫書創作的成熟期，然而這二本圖畫書屬於傳遞客觀知識的科學類圖畫書，與文學類圖畫書圖像表現有很大的差異，「前者需忠於外在事物的再現，它是較客觀的，而後者可專注於內心世界的表達，它是較主觀的。」[18]在這兩本圖畫書之後創作，可以傳遞內心情感的成熟期圖畫書，二〇〇三年出版的《媽媽，外面有陽光》具有重要的代表性位置，透過技法的成熟「可以比較自由的傳達個人所要表達的東西」，因此這本書成了徐素霞具有獨立創作意識的圖畫書的第一本書，也是她最喜歡的作品。[19]

《媽媽，外面有陽光》的文圖表現，蔡佳純認為故事文字表現清雅細緻，結尾以動物模仿母女對話結束故事，拉近與兒童讀者的距離。圖像的表現具有四大特色：一為圖像中藏有符碼來表現視覺趣味，例如把書倒過來看，曬衣服的木樁及放衣服的臉盆像一對老公公及老婆婆的臉、[20]小豆與徐素霞畫中紅色屋頂的房子象徵二人的家，[21]也是二人情感之所繫等。二為大量融入設計性構圖，運用畫面切割或並置來表現不同時間或空間，或作為時間或空間的延伸。[22]三為故事書名頁與結束頁以小熊、小貓對應出現並呼應小豆的心聲，四為蝴蝶頁

---

17 徐素霞：《圖畫語言藝術與純繪畫之交融——徐素霞插畫創作理念1994-1998》，頁3。

18 徐素霞：《圖畫語言藝術與純繪畫之交融——徐素霞插畫創作理念1994-1998》，頁12-13。

19 蔡佳純：《徐素霞插畫創作研究》，頁97-99。

20 圖像表現見徐素霞，《媽媽，外面有陽光》，內頁第4跨頁。

21 見徐素霞：《媽媽，外面有陽光》，內頁第1、7跨頁。

22 見徐素霞：《媽媽，外面有陽光》，內頁第10跨頁。

顏色與圖像設計表達出時間的流動：前蝴蝶頁淡藍色渲染的天空畫作象徵一天的開始，後蝴蝶頁橘黃色天空表示黃昏，也是一天的結束。文圖配合中提到文圖間搭配設計的趣味性與韻律，並傳達人物的心情。例如配合圖畫表現有起伏情緒出現時、小貓及小狗對話時，選擇不同的文字字體及曲線排列，有別於敘述性情節的字體與整齊排列[23]等。[24]蔡佳純提出《媽媽，外面有陽光》圖畫書文圖表現型式的觀察，並未深入論述其內涵，故事發展主軸母女間的互動亦簡單敘述故事發展，沒有進一步解讀。

廖翠萍的《兒童圖畫書中父母親形象之探析》提出《媽媽，外面有陽光》圖像以寫實手法呈現，有多頁只有圖畫而沒有文字，留給讀者較大的想像空間，文圖表現各有特質並能以不同的方式傳遞訊息。母女關係中，提出女兒小豆要求媽媽帶她出去玩，屢被拒絕，只能和小熊、小貓玩耍，最後在睡夢中才能讓媽媽放下工作完成心願，凸顯了小豆的寂寞、職業與家庭二頭燒的不及格母親形象，並在文章中殷切的提醒天下的父母多花些時間在孩子身上。[25]廖翠萍對《媽媽，外面有陽光》表現的分析著重在圖文中所傳達故事情節的分析，及母女關係的道德呼籲。圖畫書中第七跨頁小豆睡著及之後母女出遊的圖像，廖翠萍解讀成小豆願望在夢中完成的補償作用，非真實的出遊，似乎忽略在第六跨頁中母親對小豆遊戲與圖畫內容表現觀察後的心情轉折的圖像表現。

目前《媽媽，外面有陽光》圖畫書研究與評論多集中在故事描述、圖像表達技巧及有趣發現，對於母女關係與圖文關係分析持一元觀點，缺乏多元及深入論述。

---

23 見徐素霞：《媽媽，外面有陽光》，內頁第7、15、16跨頁。

24 蔡佳純：《徐素霞插畫創作研究》，頁135-139。

25 廖翠萍：《兒童圖畫書中父母親形象之探析》，頁33-34、91-92、97、132、169。

三　研究方法與問題意識

本論文對《媽媽，外面有陽光》中，作者的女性主體意識呈現將從圖畫書中的母女關係及其中呈現的母親意象，以精神分析中客體關係理論並援引部分精神分析始祖佛洛伊德的觀點，作為分析主軸。

此外，由於徐素霞圖畫書作品《媽媽，外面有陽光》濃厚的自傳特質，將輔以作家訪談法，了解本書創作的背景及創作前後更深入的心理轉折與觀感，並佐以創作者自一九八六年《媽媽小時候》到二〇〇六年《踢踢踏》的自傳性作品與創作自述等文獻分析，將文本扣合作者資料深入研究。

方法論中，精神分析包含了處理人類主體性、性意識和無意識的理論，許多精神分析關鍵概念的發展來自於奧地利著名的神經學醫師及分析師佛洛伊德。十九世紀末，佛洛伊德由觀察歇斯底里症及成人精神官能症患者發病與治療的過程中，發現精神官能症來自於潛意識的衝突，而最主要的衝突則是被本能驅動的與性有關的幻想（instinct-driven fantasies），例如男孩想要佔有母親的伊底帕斯渴望並害怕被父親報復的衝突。由於潛意識的發現與潛意識在反省上的不可理解性，質疑意義真正的來源即意識自身，並使主體之建構成為可能，使精神分析的後設心理學成為人文科學的一種學說與方法。[26]精神分析應用在文學與藝術文本的批評與解讀方面也造成一股聲勢，國內學者周英雄認為精神分析的一大前提是把作品當作人類無意識的表現，批評以人及人與人的關係為核心，尤其是小家庭中父母與子女的關係。童話故事往往以家庭為問題為核心，呈現家庭內既複雜又矛盾的關係，也

26 Paul Ricoeur 著，林宏濤譯：《詮釋的衝突》（臺北市：桂冠出版公司，1995年），頁109-113。

把個人與社會間的問題透過家庭議題的縮影呈現出來。[27]

二十世紀初期，精神分析的思想吸引了一些觀念先進的分析師，其中佛洛伊德的跟隨者克萊恩（Melanie Klein, 1882-1960）由夢的解析延伸出一套遊戲治療法，並藉由治療中兒童的遊戲行為來了解嬰兒與小孩的心智，她將從兒童心智研究發現的資料，應用在母親與一歲以前嬰兒關係中的各種慾望幻想，後來移居英國，成為英國「客體關係」（Object Relations）學派的先驅。[28]「客體」一詞並非指一無生命事物，而是佛洛伊德所謂的本能的「標的」或客體（或對象），佛洛伊德視人類為生物驅力的一種體系，客體關係則把「關係」置於人性發展的最中心地位。[29]客體關係中著名的理論家同時也是分析師如克萊恩、鮑比（John Bowlby, 1907-1990）、溫尼可（Donald Winnicott, 1896-1971），及客體關係的美國社會學者雀朵洛（Nancy J. Chodorow）等。

在鮑比知名的依附理論（attachment）中，提出人出生的第一個原初依附往往是母親，或家庭，及長則是對同儕和性伴侶的依附，原初依附建構了我們的安全堡壘，外在的安全堡壘也會成為內心的安全堡壘，外在堡壘的安全性及依附行為的成熟度，影響孩童探索領域的擴大。[30]溫尼可的過渡現象理論（transition）則注意到兒童與母親從融合到個別的分離性，在這二者的邊界上有著絕對到相對依賴的過渡領

27 在文章中，周英雄提到西方小家庭制度開始發展後，家庭內在關係日益緊湊，衝突也變得尖銳起來，精神分析對小家庭內成員互動文本批評有其適切性，同時也提及對中國大家庭制度成員多，精神分析對大家庭制度文本批評的侷限性。見周英雄：〈童話故事〈小紅斗篷〉的三種讀法〉，《小說・歷史・心理・人物》（臺北市：東大圖書公司，1989年），頁132-135。

28 Anthony Bateman & Jeremy Holmes 著：《當代精神分析導論——理論與實務》，頁7-11。

29 Lavinia Gomez 著，陳登義譯：《客體關係入門——基本理論與應用》（臺北市：五南圖書出版公司，2006年），導論頁1。

30 Lavinia Gomez 著：《客體關係入門——基本理論與應用》，頁215-220。

域，在這個過渡地帶中，兒童會以某一特別的客體（事物）、儀式行為，或其他發生的事情，作為他認識到與母親分離的方式。[31]《媽媽，外面有陽光》書中小豆與母親的關係中，見到小豆頻頻關注母親從事家務及職場工作的狀態、畫圖給媽媽看、外出遊戲時要求母親的陪伴等依附關係。母親因為忙碌，小豆獨自與玩伴小貓、小狗與玩具小熊玩耍，小貓、小狗與玩具小熊象徵著母親不在時，孩子依附的過渡客體，同時，在遊戲中見到小豆對她的玩伴說媽媽對她說過的話「你們想出去玩？現在還不行！」「要等我忙完！」此時小豆扮演起母親的角色，玩具小熊、小貓、小狗成為小豆自我的象徵，扮演遊戲成為一種過渡的儀式行為，成為要放開忙碌母親的同時所要攫取的安全感，同時也認知到自己逐漸脫離母親獨立。

雀朵洛就目前美國社會多由女性擔任「母職」的社會狀態，探討母女之間的關係，及現今的母女關係其實是母親與女兒相處時，母親的無意識內在反應下造就的，同時也塑造了孩子的內心世界與自我。雀朵洛進一步提出，由於母親與女兒相同的性別及女兒是母親自戀的延伸概念，將女兒視為母親自我心理與生理界線的延長與共生，而產生一種母女間的連結關係。[32]圖畫書《媽媽，外面有陽光》中，母親與小豆的連結表現在二人在牧場玩耍的連續圖像中，親密且一體的融合在自然環境裡，圖像外圍逐漸淡化的留白處理，美化了圖像的氛圍，同時讓觀者似乎正在透過鏡頭窺視母女的世界，鏡頭內自成一個美化的、永遠的親密世界，與鏡頭外觀者的現實世界分隔而對立。

31 Lavinia Gomez 著：《客體關係入門——基本理論與應用》，頁126-129。

32 Nancy J. Chodorow 著，張君玫譯：《母職的再生產——心理分析與性別社會學》（臺北市：群學出版公司，2003年），頁序7-11、126-133。

四　母女關係中的母親力量

《媽媽，外面有陽光》故事的進行以母女關係為主軸，故事開始交代了全家人常在草原間散步，與自然的融合關係，然而不知不覺間，爸爸到外地工作，媽媽雖然在身邊，也總有做不完的工作，在一次爸爸帶哥哥參加營隊活動後，一家人的故事正式進入到以母女互動為主軸，貫穿整本書直到結束。母女間互動從母親工作疏於陪伴女兒，到母親決定帶領女兒到牧場遊戲，形成故事行進及母女關係由疏離到融合的轉折，在母女關係及故事的轉折中可以見到母親具有較大的主動性與決定力量。在現今家庭經濟型態多為「男主外，女主內」的分工方式，父親作為家庭經濟主力，外出工作較少分擔育兒事務與責任，女性不論是否工作仍擔負主要的育兒責任，對孩子的食、衣、住、行、教育及休閒等各方面生活，多所掌握及期待，形成母親對孩子既親密又獨斷的主控力量。同時，研究者[33]多認為徐素霞的圖畫書作品呈現出鄉土關懷與「母性情懷」。對於「母性情懷」，阮愛惠認為徐素霞的圖畫書作品中洋溢著濃郁的母性溫柔與拙趣，她提出徐素霞二十七歲（1981）和先生赴法留學，隨後孕育第一個孩子，從此藝術領域與育兒成為徐素霞生活二個並行的重心，也因此徐素霞作品具有結合自我實現與母親情懷的豐盛感受。[34]曹俊彥、曹泰容則認為徐素霞透過部分圖畫書創作，以母親角色傳達自身生命記憶的故事，《媽媽，外面有陽光》中顯現了更為濃郁與溫馨的母愛及親情之愛的美好時光。[35]在今社會多由女性擔任母職的情況下，女性的自我實現與母

33 如阮愛惠，〈兼具自我實現及母性情懷——徐素霞的彩繪生涯〉，《自立早報》家園版；曹俊彥、曹泰容：《台灣藝術經典大系——探索圖畫書彩色森林》，頁34-36等。

34 阮愛惠：〈兼具自我實現及母性情懷——徐素霞的彩繪生涯〉，家園版，1989年4月26日。

35 曹俊彥、曹泰容：《台灣藝術經典大系——探索圖畫書彩色森林》，頁34-36。

親角色的結合在現實社會中其實充滿衝突與妥協，筆者認為徐素霞在《媽媽，外面有陽光》結合自身藝術領域工作與母職的表現中，看似呈現溫馨甜美的母愛及親情的美好時光表象之下，其實表達了女性擺盪在工作與育兒並行的兩難，及母親與孩子在母親自我實現中從衝突到必須和解的難題。從母親角色的主控力量，與追求自我和育兒選擇間的無耐等種種矛盾，展現複雜多元的母親形象。

至於《媽媽，外面有陽光》中母女關係的發展，表現出母女間由疏離到連結的過程。在母親忙於工作屢次拒絕陪伴小豆出遊而產生疏離，但疏離中仍可藉由小豆扮演母親的遊戲，顯示出母女間的連結；隨後母親陪伴小豆到住家附近草原玩耍，將電腦與打掃工作轉換成繪畫創作，工作及親子空間由室內轉移到草原，在大自然中達到創作與育兒兼顧，及母女關係的和解與再度的連結。其中母性力量與女性主體的產生，在於母女間的連結中女兒對母親語言、行為、畫圖的模仿，及女兒對作為母親出身標記的臺灣鄉土自然景物的渴望與融入中，所呈現的傳承關係。圖畫書視覺表現以女兒為圖像中心，同時又在圖像元素、構圖安排及視覺的觀看中，暗示正在畫框內或畫框外的母親，以可見或不可見的創作者身分存在，成為不可忽視的主導性力量。

另一方面，徐素霞圖畫書中的母女關係充滿了寫實與虛構的雙重性，《媽媽，外面有陽光》創作的產生是由於徐素霞接下《台灣兒童圖畫書導賞》研究計畫，在忙碌的生活中，犧牲與兒女互動時間的感情呈現，然而儘管呈現當時的心境，書中孩子並不是當下孩子的年齡與生活寫照，而將故事中孩子的年齡設定在小學二年級，剛從法國回來時的虛構故事，在虛構的生活故事中，又畫入當下生活的真實場景，及相當女兒幼稚園、小學一年級的肖像，也將女兒兒時的作品放入書中，《媽媽，外面有陽光》成為母女從以前到當下，穿越線性時間、寫實與虛構關係中的連繫。其中的女性主體思維，展現在寫實與虛構的母女關係中，母女關係的多元想像，以及母親作為創作主體自我投射的流動意象。

以下將就《媽媽，外面有陽光》創作者與書中母親作為發言的主體、不論圖像中出現或不出現母親，母親依然在構圖中充滿力量、圖畫書中的母女關係等，分別論述。

（一）可見與不可見的母親力量

二〇〇三年初版的《媽媽，外面有陽光》封面（圖三十一）圖像中，見到一片黃色、綠色、紅色充滿秋意的草原，及綠葉紅花爬滿的牆壁中開著一扇窗，觀者由窗外看入，女兒小豆正開窗望向窗內不在場的他者，而時間凝結在小豆望向不在場他者的這一刻，由書名「媽媽，外面有陽光」躍動活潑的、樸拙的彩色字體，推斷正是小豆的話語，不在場的他者指涉著母親，在小豆開窗看向佔一大半篇幅的自然景觀後，畫面凝止的回頭動作，暗示了母親的重要性，更甚於自然及當下的一刻，封面圖像及書名雖然畫出小豆及小豆的話語，然而從圖像與書名對「媽媽」的指涉，母親才是隱含的重要人物。

二〇〇五年改版圖畫書，封面（圖三十二）圖像更換並放大，圖中觀者和小豆、小貓、玩具小熊同在室內的位置，並順著小豆與小貓的視線帶領觀者由室內往窗外看去，戶外一大片黃色、綠色、紅色層層重疊的山丘與草原，黃色、藍色渲染的明亮天空，一道明顯的彩虹暗示天氣由雨到晴的變化，同時也暗示了故事擁有一個雨過天青的進展，改版圖像中小豆直視窗外，顯見大自然對小豆有更大的吸引力，雖然書名仍放在圖像的最上方，書寫著「媽媽，外面有陽光」，然而圖畫中，仍不見母親，小豆也沒有尋找母親或向母親述說的視覺表現，書名與圖像似乎沒有互相指涉的表現。仔細觀察畫面中陪伴小豆的五隻小貓與玩具小熊，發現位在邊緣的一隻小熊與正攀爬在小豆袖子上露出一隻眼睛的小貓看向畫外，這居於半隱藏或邊緣位置直視觀者的小貓、小熊，透露了創作者／觀者的存在。同時，封面構圖因窗戶而分割成室內與自然二空間，室內空間中小貓、小熊與小豆等近景人物因窗戶阻隔形成迫近觀者的構圖，也暗示了創作者／觀者的存在，及創作者／觀者的親近關係。

英國藝術史學家波洛克（Griselda Pollock）研究印象派畫家莫莉索（Bethe Morisot, 1841-1895）和卡莎特（Mary Cassatt, 1844-1926）作品，認為二人部分畫作運用欄杆、陽台圍牆、室內牆壁將繪畫空間分隔成二個空間，並營造前景空間的壓縮感或接近感，淺近的空間讓畫家作畫的地方似乎也變成畫景的一部分，並將觀者放置在與畫家相同的空間裡，帶出觀者與畫中人物的虛構關係，迫使觀者經歷前景人物所在空間的錯位感，並與前景人物對話，由於莫莉索和卡莎特畫作中前景人物專注於從事其他活動轉離觀者視線，而破壞了觀者視線的主控策略，同時淺近的圖畫空間讓畫中主角處於主控地位。[36]《媽媽，外面有陽光》圖像中小豆與小貓、小熊因窗戶與牆壁分隔的空間而形成前景空間的壓縮感，被壓迫在室內牆壁圈圍起來的封閉空間裡，而窗外卻是開闊的大自然景觀。由於小豆渴望大自然卻又無法到大自然裡玩耍，筆者認為圖畫書中壓迫的空間似乎表現兒童在家庭場域中受到的禁錮。同時，這種迫近創作者／觀者的構圖空間，暗示創作者／觀者與小豆、寵物間的親近關係，而創作者／觀者對小豆、寵物的主控地位，則由於小豆與寵物的看向窗外自然景物而受到破壞，淺近的構圖空間也展現出小豆在成為觀看景觀的被動性上也取得主控地位，使創作者／觀者與畫中兒童形成互為主體的局面。

---

36 Griselda Pollock 著，陳香君譯：《視線與差異》（臺北市：遠流出版公司，2000年），頁95-102。

另一方面，位在前景邊緣的小熊、攀爬在小豆袖子上露出一隻眼睛的小貓，二者直視觀者，並藉由小熊左手指向戶外、右手對著室內的動作透露小熊心聲及與創作者／觀者對話的企圖。從分析心理學觀點，故事中的動物往往代表孩子的自我象徵[37]或是另一個分身。[38]因此手指向戶外小熊的心聲象徵了小豆的心聲，小熊眼神、動作與創作者／觀者對話，在書名文字的指涉下表示小豆與母親的對話，傳遞小豆走出戶外的想法。在創作者／觀者為母親的情況下，母親的封面畫作展現女性創作中創作者／觀者與畫中兒童互為主體的觀點，同時透過小豆分身小熊、小貓看向創作者／觀者，暗示不可見的母親的存在。作為「看不見」的母親創作者所營造的圖像空間，如同波洛克對畫家莫莉索和卡莎特畫作構圖及空間的分析，畫作中迫近的前景產生的接近感、親密感的空間特性，提供了在傳統透視繪畫營造的創作者／觀者獨立於畫框外的超然、支配位置之外，不同的觀看關係及陰柔氣質的空間表現。[39]

《媽媽，外面有陽光》第七跨頁左頁（圖二十七）二個以留白分割的長方形圖像，分別作為「看不見」的母親與「看得見」的母親圖像的對照，顯現不論看得見與否，同樣「在場」的母親與女兒小豆的互動關係。故事文字表現中，小豆以對話性口吻對小狗、小貓說：「你們想出去玩？現在還不行！」「要等我忙完！」圖像表現小豆正在牆外煮飯，和小狗、小貓玩媽媽與孩子的扮演遊戲，牆上高處有一扇窗戶，左側圖像小豆與狗、貓位於近景圖像較大，仰角角度構圖看

37 耿一偉：〈導讀：女性的分析之道〉，《童話治療》（臺北市：麥田出版公司，2004年），頁3-8。

38 河合隼雄著，詹慕如譯：《小孩的宇宙》（臺北市：天下雜誌公司，2006年），頁84-102。

39 Griselda Pollock 著：《視線與差異》，頁94-108，128。

來像是從小豆角度出發，看向位於中景高處的窗戶，從位於近景的小豆到中景的窗戶看來距離遙遠，且窗戶裡沒有人；右圖母親出現在窗戶並與牆外下方小豆同在中景位置，俯角構圖似乎暗示觀者由母親的角度往下觀察小豆遊戲。美國比較文學學者梅比爾斯（William Moebius）指出圖畫書裡出現的大門、窗口是故事象徵意義的基礎，不是偶然的現象，位置的高處可能是社會地位或權力的標記。[40]由於家庭門戶象徵成人對兒童設限與隔離活動的權力所在，圖像中不論「看不見」或「看得見」母親，位於高處的窗戶成為母親的象徵，小豆與牆上高處窗戶的關係，成為女兒與母親的關係。母親因為忙碌屢次拒絕小豆出遊的要求，讓小豆與母親的關係產生距離，如同小豆與窗戶隔著長長的牆面，左圖中窗戶高高在上，與小豆距離遙遠，窗戶中不見母親，暗指從小豆觀點中與母親出遊的崇高與艱難挑戰，母親雖然如窗戶般「在場」，卻在小豆生命中「缺席」；右圖母親出現窗中往下看向小豆，母親與小豆同在中景，主角小豆卻被安排在下方較小的位置。依梅比爾斯觀點，主角位在書頁的低處或尺寸變小，暗示主角心情低落或居於劣勢。[41]徐素霞在〈圖畫書的圖像傳達藝術表現〉亦提及主角位置規劃在畫面角落，與旁邊空間的遼闊形成對比呼應，能營造出孤寂氣氛。[42]此時小豆母女間仍有距離，但由於母親的「在場」與「看見」，成為母親觀念改變的契機，為母女關係的進展埋下伏筆。

隨後的第七跨頁右頁（圖二十八）母親開始正視小豆的需求，從書桌資料找出小豆圖畫，看到圖畫內容充滿對戶外自然的幻想願望，

---

40 William Moebius：〈圖畫書符碼概論〉，《兒童文學學刊》第3期，2000年5月，頁160-182。

41 William Moebius：〈圖畫書符碼概論〉，頁172-173。

42 徐素霞：〈圖畫書的圖像傳達藝術表現〉，《台灣兒童圖畫書導賞》，頁54-55。

相對於小豆圖畫中小鳥、蝴蝶、烏龜、蝸牛及花草、太陽、白雲、房子、人的熱鬧與生機盎然，母親書桌上書籍與資料豐富而零亂，第八跨頁左頁（圖三十五）小豆玩累了睡著的畫面中顯得單調與安靜。第八跨頁左圖中單調又單色的大片牆面下，小豆與小貓們都睡著了，只有小熊與小狗睜大眼睛，小狗如同小豆的另一個自我，高興得看向不在畫中的母親，畫外不可見的母親也僅透過影子出現在畫面，映照在小豆身上，更添畫面的沉寂及小豆的孤單。就分析心理學觀點，影子代表二種想法，一為外界的模擬，另一為內界的狀況，後者是為了適應人內在的要求而產生的潛意識動向活動。[43]因此小豆母親影子的出現不僅暗示母親在旁，也表示了母親在意小豆活動的潛意識動向。由於先前故事發展母親在繁多的工作中忙碌，此時母親影子在畫內、身體在畫框外的現身，其實暗示了母親心中對小豆生活的關注與現實工作中自我實現的兩難。如同美國當代女詩人芮曲（Adrienne Rich）發表於一九七七年討論自身母職經驗的經典作品《女人所生——母性的經驗與制度》（*Of Woman Born: Motherhood as Experience and Institution*），書中述說作為母親，在與孩子的緊密關係中重新發現自己、對自己生命有所體悟，然而自我也因為母職制度而被隔離在自己的身、心之外，母親自我的需求總是和孩子牴觸，放棄的也總是母親，母親在工作、自我與瑣碎、疲倦、與世隔絕的育兒生活中掙扎，也在真實的自我和無私、無我的模範母親典範中掙扎，在心中的怨懟與甜美無助的孩子間幸福、滿足的情感中掙扎。[44]

母親影子的出現顯現母親擺盪在自我主體與育兒間的二難，然而

---

43 河合隼雄著，羅珮甄譯：《如影隨形——影子現象學》（臺北市：揚智文化事業公司，2000年），頁14-20。

44 Adrienne Rich, “Anger and Tenderness,” in *Of Woman Born: Motherhood as Experience and Institution*. New York: W. W. Norton & Co., Inc. (1995), pp. 21-40.

母親影子的加入，滿足了小豆的需求，也將母女關係帶向另一個段落，在隨後帶領小豆進入自然的故事圖像中，小豆心情轉換如同服裝顏色由冷冽的藍色、綠色搭配換成溫暖強烈的紅、藍配色，母女間關係也由疏離走向融合。

母女出遊畫面第十二跨頁（圖二十一），小豆拿著草與水牛嬉戲，圖中母親身影仍不可見，而由散落一地的水彩媒材、圖中與自然合一的畫作及一隻穿著鞋的大腳，暗示母親以創作者的身分存在及試圖介入畫面的企圖，然而創作者對畫作的主控性在圖畫裡小老鼠拿著畫筆畫出母親的腳，表現自然界的動物才是畫作的創作者，呈現出母親既是創作者，也是自然創作下的產物，自然中的動物既是被創作的景觀，也是創作者的互為主體關係。

徐素霞認為，一般圖畫構圖，主角地位鮮明、刻畫較多，賓角居陪襯地位，可幾筆帶過，但有些插畫家將畫中「賓」、「主」易位來創造出獨特的繪畫效果。[45]《媽媽，外面有陽光》中，創作者將小豆安排為畫面的中心與主角，母親成為配角位置，然而母親／創作者角色透過構圖中放入的線索則不時暗示「幾筆帶過」或「看不見」的母親其實仍「在場」，並展現出「賓」、「主」易位的獨特效果，如同巴特（Roland Barthes）以符號學對文本的分析研究指出，能指的不在並不是真的不在或結束，而是「我不在你認為我在的地方，我在你認為我不在的地方」，這個存在的「別處」才是意義所在及意義分離之處。[46]《媽媽，外面有陽光》可見或不可見的母親同樣成為意義的充盈所在，也是故事的行進與轉折的變化關鍵。

45 徐素霞：〈圖畫書的圖像傳達藝術表現〉，《台灣兒童圖畫書導賞》，頁54-55。

46 Roland Barthes，徐晶譯：〈今日神話〉，《形象的修辭》（北京市：中國人民大學出版社，2005年），頁14-16。

（二）寫實與虛構的母女關係

《媽媽，外面有陽光》創作背景來自於徐素霞承接研究計畫工作，影響與家人互動的生活品質，且不知不覺間發現兒子準備住校，逐漸脫離父母親進入另一個人生的學習階段，產生情感上的衝擊而創作。然而在創作的對象上選擇以女兒作為書中的主角，並非長大離去的兒子，也不是如以往自寫自畫自傳性作品《媽媽小時候》、《家裡多了一個人》，二個孩子的故事一起畫入書中；《媽媽，外面有陽光》主角女兒年齡的設定亦非當下的高中生，創作時間設定在剛從法國回來女兒小學二年級的時候，書中女兒的肖像約是幼稚園、小學一年級的年紀。[47]

對於以女兒作為主角，並在《媽媽，外面有陽光》呈現出母女關係的圖像，而不是父母與子女四人的關係，徐素霞提及因為當代家庭已經是多元型式，有單親家庭或家人分隔的遠距家庭，也有因家人忙碌而多是單親照顧兒女的家庭，希望在創作上能反映當前社會的家庭真實情況，讓處在多元家庭型態中的兒童在閱讀圖畫書時不致產生一種對傳統的、甜美的、理想的家庭意識型態的再複製或羨慕情緒，對於父母與子女四人的理想呈現，認為是教科書的作法。至於主角選擇女兒，徐素霞說明是因為已經在多本圖畫書中呈現出兒子，女兒沒有，而選擇女兒作為書中主要表現對象。[48]

然而，早在一九八六年創作《媽媽小時候》、《家裡多了一個人》，書中已二次出現「女兒」的角色，筆者在訪談徐素霞，深入了解這二本圖畫書著作中出現的「女兒」圖像時，徐素霞表示二本書創作時間正好是在懷孕老二的期間，書中的女兒是她「假設」、「想像」

---

47 黃愛真，訪談徐素霞，2007年10月25日。

48 黃愛真，訪談徐素霞，2007年10月25日。

的性別，同時女兒的樣子也是想像出來的。[49]《媽媽小時候》中的女兒圖像，如第十四頁二兄妹小樸、小怡看著水缸中金魚的圖像，女兒小怡臉部放大，面向觀者，細眉、杏眼，看來是中國孩子五官的典型，紅通通的圓臉、豐厚的鼻子與嘴唇，顯示中國民間孩子福態的臉部形像，第十七頁媽媽對小樸、小怡說故事的圖像中，小怡與媽媽的對照下，臉型、髮型、眉眼與五官一致，像是縮小版的媽媽形象，徐素霞懷孕時假想中的「女兒」有中國民間女兒的普遍典型，也有縮小版的媽媽形象，形成對母親形象與文化中國意象的自戀與延伸幻想。相對母女關係的多元想像空間，兒子小樸為二歲左右的肖像，臉部形狀表現較為有型，與媽媽長相差異，書中呈現單一性的母子關係。

法國精神分析學家克里斯多娃（Julia Kristeva）對妊娠中母性的思考，認為懷孕是母親主體的分裂與分裂主體整體自戀的延伸與幻想，[50]也就是說，母親懷孕時由於在母體內產生另一體，即自我與他者而形成主體的分裂局面，而在主體的分裂中，這個分裂的他者正是從自己身體中分離出來的他者，從而又接受自我與他者雙方成為整體主體的完整。[51]懷孕成為主體的分裂，同時也是完整主體的自戀幻想。母女關係中，女兒成為徐素霞在第二胎懷孕期間作為他者又是母體的一部分，成為母親自戀的延伸與幻想，反覆展現在圖畫書創作中，成為女兒與母親間既是幻想與理想的虛構關係，同時也是母女的實質關係；另一方面，對於懷孕母親而言，胎兒在腹中既是他者，又

49 創作《家裡多了一個人》時，故事腳本已先產生，繪圖則在女兒出生的月子期間，但由於女兒剛生出來太小，書中的小女孩經歷會坐、長牙階段，所以仍是想像的圖像較多。

50 Julia Kristeva 著，吳芬等譯：〈婦女的時間〉，《誰是第二性》（臺北市：貓頭鷹出版社公司，2001年），頁623-638。

51 西川直子著，王青、陳虎譯：《克里斯多娃──多元邏輯》（石家莊市：河北教育出版社，2002年），頁319-321。

在自我體內，這種既是我、又是他的互為主體性關係，似乎也延伸表現在徐素霞的圖畫書創作中。

《媽媽，外面有陽光》書中創作者不時在近景中以迫近的構圖、女兒或小寵物看向母親的視線、母親的腳入畫，暗示身為創作者的母親的存在及對畫面的主導性安排，在母親主體的表現中，仍在故事內容、字體設計與圖畫表現以女兒小豆為創作中心，展現與女兒互為主體的關係，同時在女兒模仿母親創作及家事遊戲、母女對自然土地渴望親近與融合的安排中，形成母親主體的延伸與母系的傳承。

《媽媽，外面有陽光》中女兒小豆的語言與遊戲，一再複製母親的語言與家務工作，及對親近大自然的渴望，宛如母親創作者徐素霞的延伸。例如，故事中小豆每次找母親去草原玩，母親總是說，等我忙完。書中出現小豆與小貓、小狗、玩具小熊的對話如第七、十五、十六跨頁，完全模仿小豆與媽媽的對話：「你們想出去玩？現在還不行！」「要等我忙完！」在第七跨頁的左右二頁不同的遊戲中，左頁戶外石桌上放著綠葉、像鍋子的花盆、筷子與盤子，石桌邊圍繞著小狗和小貓，似乎小豆正在扮演媽媽在石桌上做著蔬菜料理給孩子小狗、小貓吃；右頁小豆的圖畫創作中，[52]有象徵家的紅色屋頂房子、拿著鑰匙和包包，背向觀者的長髮人物[53]、充滿著畫面大部分空間的大自然景物及動物，尤其在動物的圖像中有鳥兒、蝴蝶、貓、蝸牛、烏龜等等多樣物種，充滿動態且型態各異，接近書中大半篇幅風景畫

---

52 徐素霞受訪時表示，女兒的圖畫作品也放在《媽媽，外面有陽光》中，媽媽的畫作與女兒的畫作同時展現在本書作為敘事的主體，徐素霞認為這本書與女兒的關係「等於是我們之間的小故事」。黃愛真，訪談徐素霞，2007年10月25日。

53 筆者在二〇〇八年二月二十四日拜訪徐素霞，女兒雨潔回憶畫中人物為自己。一般手提包包，拿著鑰匙開門或關門，是孩子們熟悉的媽媽形象，然而畫中長髮、拿著包包與鑰匙的，是創作者雨潔本人。幼小的孩子們心中與媽媽形象間的各種呼應關係如投射、替代、合一等等，在圖像視覺表現中是一個有趣的研究面向。

作中，徐素霞對生存在大自然中動物物種的多樣性及活潑性的觀察與呈現。

第三跨頁表現下雨時，小豆無法外出，在窗前看雨、想松鼠、小鳥，對自然充滿渴望的故事。其中右半頁圖像裡小豆與小貓、寵物小熊正由室內窗戶看向窗外的自然景物（也正是看向觀者的位置）；左半頁圖像呈現出觀者站在小豆的位置，看向窗外的景色，觀者／小豆與自然隔著一層窗戶，透過窗戶與雨滴的阻隔看向自然，自然在窗及雨的阻隔下看來隱隱約約、模糊不清，人與自然的關係似乎透過這層阻隔而距離遙遠。這種因雨點而凸顯出玻璃窗對自然的「隔」的意象，也出現在一九九八年徐素霞創作「大自然的呼喚──窗內窗外」作品中，透過窗框與戶外的鐵絲網象徵人與自然的人為隔離，玻璃窗上細膩寫實的雨點，除表現天候，也凸顯玻璃窗作為透明式的「隔」；[54]創作理念提到了徐素霞在搬遷到牧場附近後對自然依戀的情感表現在「大自然的呼喚」作品中，這系列畫作「記錄了我徜徉於其中的心情寫照，腳踩草地與天合一的感覺，聞草味花香時單純的快樂，當然它也描述了我常因工作或其他因素無法如願地親近它時的悵惘。」，透過鐵絲網與玻璃窗「大自然在那一邊向我呼喚……」[55]徐素霞對自然親近的渴望及與自然隔離的失落，在《媽媽，外面有陽光》中以小豆的身分表現出來，書中小豆似是母親的延伸。

美國精神分析學者雀朵洛提出，母親由於懷孕、哺乳與擔任母職，而能對嬰孩產生同理心，將嬰孩視為自我的延伸，並由於母親與嬰孩的關係多出自母親幼年經驗，母職與期待往往建立在自己的童年

54 徐素霞：《圖畫語言藝術與純繪畫之交融──徐素霞插畫創作理念1994-1998》，頁28-29。

55 徐素霞：《圖畫語言藝術與純繪畫之交融──徐素霞插畫創作理念1994-1998》，頁28-29。

歷史及與原生家庭的關係，在照顧嬰孩時能再度體驗自己原初的嬰孩狀態而退化到自己幼年的關係立場上，啟動母親幼年已建立的客體關係與內在心理機制。母親與女兒[56]由於性別相同，母親在某種意義上認為女兒和自己一樣，將女兒視為自己身體與心理上自戀的延長共生狀態與分身，因此女兒成為母親幻想的自我：[57]你是我而我也是你。[58]小豆在書中的家家酒遊戲、語言、圖畫創作、對自然的渴望與融合呈現出與母親的一致性，[59]小豆成為母親自戀的重現，甚或就是母親的投射。《媽媽，外面有陽光》中的媽媽成為徐素霞母親的翻版。若對照描述徐素霞兒時生活《媽媽小時候》故事表現中與母親的關係，可以見到在《媽媽小時候》中母親出現的圖像都是在工作中，如晾衣服、編織稻草、修改衣物、磨米漿等等，兒時的徐素霞與母親的關係建立在工作的幫手，徐素霞在自述亦提及爸爸是獨子，外出工作回家後還要作田裡工作，媽媽為獨子的老婆及農家婦女非常忙碌。[60]

《媽媽，外面有陽光》中的媽媽總是在工作，只是改換成現代的工作場景，電腦、寫作、晾衣服、打掃環境，故事中的媽媽成為現實中的徐素霞工作場景，也象徵性的成為徐素霞兒時的母親翻版。小豆的身上既是女兒小豆也投射著徐素霞兒時的身影，媽媽角色既是創作

---

56 此處的女兒依 Chodorow 分析為處在前伊底帕斯期的女孩，而前伊底帕斯期的女孩由於與擔任母職的母親性別相同，母女關係的共生與延伸狀態為母嬰融合為一關係之延續。見 Nancy J. Chodorow 著，張君玫譯：《母職的再生產——心理分析與性別社會學》，頁110-141。

57 依 Chodorow 觀點，由於兒子與母親性別不同，母親對兒子的心神專注是一種對性慾他者的客體專注，將兒子視為對立的男性，並強調這樣的分化。Nancy J. Chodorow 著：《母職的再生產——心理分析與性別社會學》，頁140-141。

58 Nancy J. Chodorow 著：《母職的再生產——心理分析與性別社會學》，頁110-133。

59 相較於描寫兒子為主的圖畫書《家裡多了一個人》，兒子雖然也畫圖，遊戲則以書籍、積木等為主，場景多室內空間，語言、行為表現並無與母親相同或接近之處，展現兒子與母親間清楚的區分與差異的獨立性表現。

60 黃愛真，訪談徐素霞，2007年10月25日及2008年2月24日。

者徐素霞，也是創作者母親的投射。就精神分析師克萊恩（Melanie Klein, 1882-1960）的母嬰／女孩觀點，當母親認同自己的母親或她希望擁有的母親，並以此典範照顧幼兒，在照顧孩子及同理退化[61]時，母親能再度體驗成為被照顧的幼兒，產生和自己的孩子一起分享了一個好的母親的感受。[62]因此在《媽媽，外面有陽光》中創作者藉由與女兒小豆的合一，在書中再次成為孩子，回溫童年與自然的融合時光並和女兒共同分享書中的好母親——故事進行前半段忙碌無法陪伴孩子，之後體會到女兒的心境，轉而配合女兒的願望出遊，以女兒為中心，一同融入自然的母親——前半段的真實生活與母親，到後半段虛構的情節與假想的母親，是否也暗示著創作者身為長女，兒時即須分擔大量家務，[63]以家庭為中心而失去部分自我的補償，及身為農婦的母親無法陪伴創作者而產生童年失落願望的復返？

（三）女兒遊戲寓意與母親間的連結

《媽媽，外面有陽光》母女關係的行進，多方並進的指向母女間的連結與傳承。然而，母女間的連結不僅展現在母親角色的能動性，女兒小豆的遊戲也隱含與母親的連結與傳承。

從女兒小豆要求母親一起出去玩耍的過程及小豆與布偶、動物的遊戲中，透露出與母親間關係的連結與疏離，最後在自然裡與母親融合時，透過接受象徵母親原鄉的水牛與紅屋頂圖畫中，達到與母親原

61 如同 Adrienne Rich 在 *Of Woman Born: Motherhood as Experience and Institution* 書中提到，當女兒成為母親時，在妊娠與育兒過程中會再次想到自己的母親，彷彿回到兒時母親對自己的餵哺記憶。

62 轉引自 Nancy J. Chodorow 著：《母職的再生產——心理分析與性別社會學》，頁113-115，由於就 Chodorow 觀點，前伊底帕斯期女孩的母女關係是母嬰關係的延續，故就本書母親與小豆而言，母親仍能再次體會兒時對母親的感受。

63 黃愛真，訪談徐素霞，2008年2月24日。

鄉的連結，形成母親體系的傳承關係。

《媽媽，外面有陽光》第二、四跨頁圖像，小豆觀察媽媽除了自己的工作，同時從事晾衣服、清潔屋內環境等家務工作，文字中提到媽媽「整天都在忙」。隨後在第五、七跨頁，小豆扮家家酒遊戲的圖像中表達了到戶外的渴望及與母親關係的疏離：小豆在二把有靠背的椅子上夾上布幕，儼然是一個舞台，小豆操縱著小狗布偶對台上坐著的小熊、小花豹玩偶說話，小熊旁邊放著紅色包袱、小花豹旁放著手杖，三個玩偶似乎準備外出或外出歸來，由舞台上貼著的手繪法國地圖，看得出法國應是外出的目的地或是舞台戲發生的地點。舞台下二隻倒著的小熊玩偶，觀眾席上坐著小狗、小兔、小老鼠三隻布偶。畫中二隻貓咪，一隻在觀眾席的椅子下玩耍，另一隻正鑽過一個兩頭開口的小箱子，地板上散落著二張圖畫紙，一張紙用注音與國字交錯寫著「媽媽小豆想出去」，另一張未完成的圖畫紙上畫著房子、蝸牛與花。沒有文字故事敘述。舞台上下無生命讓人擺弄的玩偶似乎表現出小豆失去主動性的處境，舞台上的包袱、手杖，二張圖畫紙的內容表達小豆走向戶外的願望。精神分析師克萊恩對兒童遊戲的研究，認為兒童透過行動而非口語傳達思想與情感，遊戲與玩耍象徵性的表達了兒童的幻想、欲望與真實經驗，同時透過遊戲的表現與幻想，探索與駕馭外在世界與焦慮。[64]何斯特（S. Hoxter）認為自發性的兒童遊戲，運用象徵性的客體及與客體的戲劇性互動，創造立體的遊戲情境——將自己投身其中或以玩具代表自己，讓兒童內在經驗主動外顯，表現兒童的成見、衝突與幻想。[65]

---

64 Melanie Klein 著，林玉華譯：《兒童精神分析》（臺北市：心靈工坊文化事業公司，2005年），頁8-10。

65 轉引自 Tessa Dalley，陳鳴譯：〈藝術作為治療〉，《藝術治療的理論與實務》（臺北市：遠流出版公司，2004年），頁32-33。

圖畫書中，媽媽對小豆出遊的屢次拒絕，讓依附媽媽的小豆產生內在衝突，以舞台上、下、觀眾席等多數沉默靜坐、被操控的玩偶代表自己，表達小豆發言的被動性及出去遊玩的低能動性，由於玩偶們都是大自然中的動物形象，小豆只能透過對玩偶出遊的操弄完成去大自然玩耍的願望幻想。也就是說，小豆遊戲表達對母親拒絕的衝突，及衝突來自母親又必須自行化解的疏離。

然而，小豆遊戲圖像中，亦透露出與母親連結的訊息。克萊恩提出兒童遊戲的表達如同夢的語言，透過佛洛伊德對夢的解析可以完全了解兒童遊戲的意涵。[66]圖畫中小貓穿越的箱子、紙上小豆畫的房子可以視作容器或子宮，也就是母親的象徵，[67]依分析心理學觀點，故事中的動物同時也是孩子的另一個自我，小貓穿越箱子、紙上畫著的房子表示了小豆親近母親、與母親連結的渴望。

小豆與母親既連結又疏離的關係，在第七跨頁扮演母親作菜的家家酒遊戲中，母親高高在上、小豆位在牆角的距離中達到最高點，然而即使二人關係遙遠，小豆和小狗、小貓玩的作菜遊戲中仍透露出對母親行為的內化與連結。雀朵洛認為，當孩子為因應焦慮或不愉快的感覺而無意識的創造自己在世界中的初步圖像，同時就形塑了自己的內在世界與自我。[68]也就是說，在作菜遊戲中，小豆對母親拒絕的焦慮所作的模仿母親的遊戲，反而內化了母親的行為，以母親的圖像塑造自己的內心世界，如同雀朵洛及心理學者吉利根（Carol Gilligan）提出，相對於男性創造出拒絕關聯和單獨存在的自我，女性所感覺的

66 Melanie Klein 著：《兒童精神分析》，頁8。

67 S. Freud 著，賴其萬、符傳孝譯：《夢的解析》（臺北市：志文出版社公司，2004年），頁306-313；蘇振明：《台灣兒童畫導賞》（臺北市：國立臺灣藝術教育館，2002年），頁54-55。

68 Nancy J. Chodorow 著：《母職的再生產——心理分析與性別社會學》，序頁8。

是人際關係、與世界連繫的自我，[69]雀朵洛更進一步認為母女的內在連繫對於女兒的自我感與連繫的心理來說，是非常重要的，母親在某種意義上認為女兒和自己一樣，相應於母親的態度，女兒透過自己心理內部的幻想能力，對焦慮的防衛反應、欲望與衝動，挪用並轉化這些無意識建立起來的母性溝通。[70]在女兒與母親內在連繫的無意識基礎下，小豆的遊戲轉化、排解了母女間的疏離，而以內化母親從事家務的圖像，作為遊戲中的無意識投射，再次產生了母女間的連結。

在小豆出現的圖像中，往往也出現許多動物與寵物，這些動物與寵物象徵小豆的自我，顯露出小豆的欲望，同時也擔任母親不在時連結小豆與母親的過渡與中界客體，也就是母親的替代物。在兒童圖畫書中，孩子與動物的關係具有一種流動性：如果孩子在社會化之前被視為純真與自然的化身，與我們所認為屬於自然領域的動物接近，動物與自然都被視為次於人類，需要被征服與馴化，如同孩子的認知次於成人，需要被管教，因此動物的故事往往被認為是孩子的故事，孩子的故事中，也往往把孩子的人格投射在動物身上。[71]人類學者穆蘭與馬文（Mullan & Marvin）提出，觀賞動物園中動物的吸引力，就在於動物的魅力讓我們在既「像我們」又「不像我們」中擺盪，[72]同樣的動力顯現在動物呈現的故事中，兒童故事中的動物既代表了孩子，又同時具有動物原來的本性而「不像孩子」。《媽媽，外面有陽光》中的動物與寵物既成為觀者對動物本性的認知投射，同時也代表小豆。

---

69 Carol Gilligan 著，王雅各譯：《不同的語音——心理學理論與女性的發展》（臺北市：心理出版社，2003年），頁35-52。

70 Nancy J. Chodorow 著：《母職的再生產——心理分析與性別社會學》，序頁8-11。

71 黃愛真：〈關於《11個小紅帽》的幾種讀法〉，《毛毛蟲兒童哲學雙月刊》192期，2007年6月，頁48；Molly H. Mullin 著，陳玉雲譯：〈鏡子與視窗：人類與動物關係的社會文化研究〉，《中外文學》32卷2期（2003年7月），頁41-71。

72 轉引自 Molly H. Mullin 著：〈鏡子與視窗：人類與動物關係的社會文化研究〉，頁54。

另一方面，日本心理師河合隼雄在孩子與動物的案例研究中，發現在孩子的夢與幻想中，將動物視為自己分身或愛恨二歧的父親或母親。佛洛伊德對「狼人」案例的分析，認為案主「狼人」童年夢境中的「狼」與童話故事中的「狼」連結，可同時象徵與案主較親近的父親及孩子自身。《媽媽，外面有陽光》第二版封面，小豆望向窗外自然景觀，直視觀者的玩偶小熊與小貓成為小豆的象徵，第五跨頁圖像舞台上無生命的布偶與貓分別表達了小豆的處境、願望、第七跨頁小豆扮家家酒玩耍與第八跨頁小豆睡覺圖像中小狗表達了小豆的願望與看見母親的愉悅心情，到第十二跨頁小豆與母親出遊，圖像中水牛及牛背鷺鷥代表了母親記憶中的原鄉，小豆和牛玩耍的圖像象徵性的接納與融入母親的體系，圖中另一幅小豆的繪畫裡畫著小豆愛大自然與紅屋瓦的家，由於紅色屋瓦房代表了母親兒時成長的三合院家屋，房子同時代表了兒童畫中母親的象徵，[73]小豆的圖畫再次表達對母親及來自母系成長環境中的連結與融入。

另一方面，和小豆一起出現的動物及玩偶，因為母親忙於工作無法陪伴小豆而成為母親的替代，具有母親與小豆間母女關係的過渡作用。過渡現象是介於兒童早期與母親的融合到體認獨立並與母親分離，二者邊界的過渡地帶，在此過渡地帶中，兒童運用某一特別的客體如玩偶，將客體當作母親，與客體形影不離，作為處理其害怕與母親分離或獨處的方式，客體的外在代表了母親的外在，透過過渡性客體，兒童在與母親的融合與分離間創造出一個停留的可能，並逐漸進入獨立與自主。過渡性客體是兒童和母親曾經融合的象徵物，也是早期母親與兒童間無比幸福的代表記號。[74]《媽媽，外面有陽光》小豆

73 蘇振明：《台灣兒童畫導賞》，頁54-55。

74 Lavinia Gomez 著，陳登義譯：《客體關係入門——基本理論與應用》，頁126-129。

身邊出現的小熊，陪伴小豆寫作業、遊戲、找媽媽……等等，與小豆「焦不離孟，孟不離焦」，成為小豆另一個自我的顯現，同時也是母親的分身，象徵小豆與母親間親密關係的過渡客體。第八跨頁圖像，小豆、小貓們睡著了，小豆手中仍緊抱著小熊，二者的臉朝向陽光出現的同一方向，母親的影子逆光出現，唯一醒著的小熊與小狗看向母親的位置，小熊張眼直視、小狗搖尾巴嘴角微笑雀躍地看著母親，二種動物的態度似乎代表小豆的二種心情，高興媽媽的來到，同時也疑惑的看著媽媽。小豆緊抱著的小熊，除了成為表現小豆心情的分身，同時也是媽媽不在的替代。徐素霞在訪談時曾提及一段與女兒分離的故事：約在女兒三歲的時候，為申請二度留法的學校而出國二個月，回國時在機場接機，女兒突然緊抱著媽媽一直哭得歇斯底里反應，在這次經驗之後，女兒睡覺一定勾住媽媽的脖子，媽媽翻身時也會把媽媽的臉轉回來，扣住媽媽睡覺。[75]小豆睡覺時緊扣著小熊如同扣著媽媽，小熊成為小豆與媽媽間的過渡作用，也是母女間親密融合的另一標記。

然而，在書名頁，出現了一幅小熊和貓咪在窗邊看向窗外、卻不見小豆的圖。圖中窗內一片單調的咖啡色系室內景物和窗外藍天、綠草、紅花豐富活潑的自然景觀形成對比，大開的窗戶似乎正在邀請觀者從室內走向戶外，圖內不見小豆身影。在客體關係理論中，由於過渡性客體是兒童掙扎著放開母親，同時攫取的安全感來源，客體的外在同時代表母親的外在，另一方面，圖畫書書名頁擔任故事的行進與提要作用，從故事的發展來看，小豆與小熊的分離，似乎表示小豆不再需要客體的過渡作用，透過與母親出遊大自然，回到生命早期與「真實的」母親融合的關係中。

75 黃愛真，訪談徐素霞，2007年10月25日。

五　小結

《媽媽，外面有陽光》圖畫書為徐素霞編輯完《台灣兒童圖畫書導賞》後，對家庭情感的抒發作品，也是徐素霞在法國博士學位完成，對創作技法與理念有所整理與感悟後的創作，因此成為她在圖畫書創作的轉捩點及邁入成熟期的作品，由於書中描繪了住家環境與生活點滴，承載了母女間及自己的情感，因此也是徐素霞最喜歡的作品。筆者在第二度訪談徐素霞時，造訪了創作者在新竹的家，見到了書中場景、動物、主角小豆。女兒雨潔（小豆）最喜歡的母親作品並不是《媽媽，外面有陽光》，因為她認為書中以圖為主，故事性薄弱。徐素霞提到第一版《媽媽，外面有陽光》上市後，她認識的國小老師反映在親子共讀的需求下，圖像中母女進入自然後的連續畫面完全沒有文字，不知該如何「說」故事。於是在二〇〇五年改版的版本中，所有的圖像幾乎都加上了說明性文字。同時因為書中安插眾多的小動物及圖像翻轉後仍可以閱讀的小趣味，因此在書後內頁介紹作者文字的下方，安排一個「尋找遊戲」的提示，建議小朋友尋找書中的有趣圖案及動物，同時也將書籍內頁圖像放大，讓書中的小昆蟲、小動物圖像更為清楚，便於閱讀者辨識。

第二版圖像放大後似乎更能產生圖像的衝擊力與震撼性，一頁頁的風景圖像連續翻閱，即使不用閱讀文字也有到畫廊欣賞一幅幅水彩畫的感受，圖像本身產生的視覺力與感受性可見一斑。同時，放大後的風景圖像與觀者距離接近，似乎也有吸納觀者進入自然的親切感受。相較第一版本風景圖像縮小、圖畫邊緣的大量留白，營造出母女與自然自成一個美好的夢幻體系，觀者成為在現實世界中探看母女與自然的故事而被排除在外，也因此讓觀者意識到現實自然環境的美好已不復存在。二個版本的風景圖像在縮放與留白間，產生美感上的差異與視覺的趣味性。然而在臺灣兒童閱讀文化中仍偏向把兒童導向文字閱讀或學習認字的觀念，輕忽圖像閱讀能力的養成，家長對於沒有文字或文字較少的圖畫書，仍要付出一般市售精裝版本的高價格考量，以至於臺灣兒童圖畫書創作中文字可以精簡，卻往往不能沒有文字。《媽媽，外面有陽光》第二版增加文字後的圖像意境，說得「清清楚楚」、「明明白白」，被文字意義固定後的圖像，意境與感受上也受限了。

對於一、二版封面圖像比較方面，若依視覺心理學觀點，第二版封面似乎較第一版在視覺動力表現上穩定，而較適合作為書籍封面。第一版封面繪畫可見到自然圖像佔大部分面積而成為視覺注意的重點，其中位在右方的彩虹形成一種視覺上往右方移動的牽引力量，然而左方打開的窗戶中露出小豆向左方觀看的臉，由於人臉因視覺辨認的熟悉與興趣而成為重要主題，小豆向左的視線亦成為一股向左方運動的視覺重力，形成視覺上順著小豆的臉向左觀看的移動力量，觀者的觀看於是移動在右方的自然與左方小豆視線的表現間，成為不穩定的視覺心理而造成干擾。第二版封面圖像小豆的臉與自然風景方向一致，形成在視覺觀看方向的一致，讓觀看有穩定與安心的心理感受。若圖像表現加上封面文字，即圖畫書題目「媽媽，外面有陽光」，第一版的圖文配合似乎故事意思較為明朗，圖像中小豆「尋找」的動作與意圖相當明顯，配合文字後點出尋找的對象為母親，也帶出隨後故事內容發展的重心。第二版小豆望向自然的圖像則完全與文字提及的母親「無關」，看不出圖文的關聯性，讀者必須仔細的看出圖畫中望向觀者的小熊與小貓，同時具有讀圖能力的訓練背景下，讀出小熊、小貓與觀者間的親密關係，推測觀者等同畫者，也等同母親的關係，才能理解文圖間的關聯，或是讀完整本圖畫書後，再回頭理解封面的圖文關係，因此第二版文圖配合後的封面表現解讀能力難度較高。

至於第三版本封面設計與第二版相同，內頁圖像則改回第一版本大小，文字較第二版減少（但仍比第一版多），由於作者徐素霞並未要求調整版面大小，[76]因此第三版的出版顯現了出版社編輯的品味。在第一版出版時間（2003）較能傳達徐素霞圖畫書創作歷程上的時間意義、文字少，讓圖像的解讀較為自由、從封面圖像到內頁中的大量留白表現與市面上的圖畫書大相逕庭，同時思考三個版本的成因（第一版見論文前幾章所述，第二版改版，部分反映了圖畫書消費者的需求與品味，第三版則為出版社編輯觀點）。因此本文仍以第一版圖畫書為分析研究對象，指陳其中圖像的意含，並將第二版封面圖像納入解讀，之後再參酌第三版來陳述三個版本的優劣，作為補充說明。

參考資料

（一）中文資料

1 書籍

Ann Hollander 著　楊慧中、林芳瑜譯　《時裝．性．男女》　臺北市　聯經出版事業公司　1997年

Carol Gilligan 著　王雅各譯　《不同的語音——心理學理論與女性的發展》　臺北市　心理出版社　2003年

Griselda Pollock 著　陳香君譯　《視線與差異》　臺北市　遠流出版公司　2000年

Lavinia Gomez 著　陳登義譯　《客體關係入門——基本理論與應用》　臺北市　五南圖書出版公司　2006年

76 筆者於二〇〇八年五月二十三日曾致電請教徐素霞關於第三版設計與改版的想法。

Melanie Klein 著　林玉華譯　《兒童精神分析》　臺北市　心靈工坊文化事業公司　2005年

Nancy J. Chodorow 著　張君玫譯　《母職的再生產——心理分析與性別社會學》　臺北市　群學出版公司　2003年

Paul Ricoeur 著　林宏濤譯　《詮釋的衝突》　臺北市　桂冠出版公司　1995年

S. Freud 著　賴其萬、符傳孝譯　《夢的解析》　臺北市　志文出版社公司　2004年

西川直子著　王青、陳虎譯　《克里斯多娃——多元邏輯》　石家莊市　河北教育出版社　2002年

河合隼雄著　詹慕如譯　《小孩的宇宙》　臺北市　天下雜誌公司　2006年

河合隼雄著　羅珮甄譯　《如影隨形——影子現象學》　臺北市　揚智文化事業公司　2000年

徐素霞編著　《台灣兒童圖畫書導賞》　臺北市　國立臺灣藝術教育館　2002年

徐素霞　《視覺與心靈的合奏——徐素霞插畫創作理念》　新竹市　妏晟公司　1994年

徐素霞　《圖畫語言藝術與純繪畫之交融——徐素霞插畫創作理念1994-1998》　新竹市　妏晟公司　1998年

徐素霞　《生命旅程的窗口——徐素霞創作觀想》　新竹縣　詮民國際公司　2000年

蘇振明　《台灣兒童畫導賞》 臺北市　國立臺灣藝術教育館　2002年

2 期刊論文

Julia Kristeva 著　吳芬等譯　〈婦女的時間〉　《誰是第二性》　臺北市　貓頭鷹出版社公司　2001年

Molly H. Mullin 著　陳玉雲譯　〈鏡子與視窗：人類與動物關係的社會文化研究〉　《中外文學》32卷2期　2003年7月　頁41-71

Roland Barthes　徐晶譯　〈今日神話〉　《形象的修辭》　北京市　中國人民大學出版社　2005年

Sigmund Freud 著　賀明明譯　〈論自戀：導論〉　《佛洛伊德著作選》　臺北市　唐山出版社　1989年

Tessa Dalley　陳鳴譯　〈藝術作為治療〉　《藝術治療的理論與實務》　臺北市　遠流出版公司　2004年

William Moebius　〈圖畫書符碼概論〉　《兒童文學學刊》第3期　2000年5月　頁160-182

周英雄　〈童話故事〈小紅斗篷〉的三種讀法〉　《小說・歷史・心理・人物》　臺北市　東大圖書公司　1989年

耿一偉　〈導讀：女性的分析之道〉　《童話治療》　臺北市　麥田出版公司　2004年

曹俊彥、曹泰容　〈徐素霞——生活寫實與內在心境的交會〉　《台灣藝術經典大系——探索圖畫書彩色森林》　臺北市　藝術家出版社　2006年

黃愛真　〈關於《11個小紅帽》的幾種讀法〉　《毛毛蟲兒童哲學雙月刊》192期　2007年6月　頁48

廖翠萍　《兒童圖畫書中父母親形象之探析》　彰化市　國立彰化師範大學國文研究所碩士論文　2006年

蔡佳純　《徐素霞插畫創作研究》　花蓮市　國立花蓮教育大學視覺藝術教育研究所碩士論文　2007年

3 報紙

阮愛惠　〈兼具自我實現及母性情懷——徐素霞的彩繪生涯〉　《自立早報》家園版

（二）英文資料

1 論文

Chicago, Judy & Lucie-Smith, Edward, Women and Arts: Contested Territory. New York: Watson- Guptill Publications, 1999, pp. 52-53.

Adrienne Rich, "Anger and Tenderness," in Of Woman Born: Motherhood as Experience and Institution. New York: W. W. Norton & Co., Inc. (1995), pp. 21-40.

附錄

徐素霞訪談表

次數	日期	時間	地點	訪談主題
第一次	2007年10月25日	下午5-7點	花蓮市	1. 《媽媽，外面有陽光》故事的產生、人物設定等創作歷程、改版的原因。 2. 其它自傳性圖畫書的創作與生活。 3. 師專求學生活、留法經驗與創作。
第二次	2008年2月24日	上午	新竹市香山牧場	1. 《媽媽，外面有陽光》創作現場探看與對照。 2. 論文觀點與發現等相關議題訪談。

第一次訪談徐素霞內容整理

整理：黃愛真

日期：2007年10月25日

一　關於徐素霞女兒及與女兒的關係

問：《媽媽，外面有陽光》為什麼選老二當主角？

徐素霞：因為很多創作上的內容都有老大的出現了，女兒沒有。在創作《家裡多了一個人》時家中只有兒子，還沒有女兒，當時懷孕，還不知道嬰兒的性別，（我）假設是女兒，推測兒子的心理，會怎麼接受妹妹的出生，幫她做小事情，書中的的老大情緒是觀察一般情形來編的。這本書以兒子做模特兒，女兒就很少著墨。《家裡多了一個人》小朋友造形就是以兒子為肖像，畫中的先生也是我先生的造形，裡面的場景是我家的，文字寫作時女兒還沒出生，在創作圖畫時則已經出生了，知道是個女孩。

《媽媽小時候》也是（畫）兒子二歲的時候，沒有女兒，女兒是假設的，也是（在我）懷孕時所創作的。

以前水彩作品都是畫兒子，女兒出生後就一直很忙碌。這輩子比較不忙碌的時候就是在法國，臺灣要教學、工作忙很多，在法國純唸書，在臺灣工作量太多太多了。

有一次為了教鄰居小朋友畫圖，畫了一幅鉛筆（女兒肖像）畫。另有一次也是她小學時，讓她一直坐在椅上（畫粉彩肖像），到現在粉彩還是在那裡，沒完成又停下來了。很多年前有一次，想畫兒子和女兒，根據我拍的一張兒子和女兒的照片，要用油畫的媒材畫他們，可是也是還沒有完全完畢，也沒時間。

關於這本書中的角色，當時想說不要照教科書那樣，總是安排有兒子和女兒的這種故事模式，已經有太多這種的了，現代社會則常常有單親這種情形，不要都有爸爸、媽媽，這樣很像教科書。所以這本書中安排爸爸帶哥哥去營隊，（書）前面也交待爸爸常常不在家，實際上爸爸有一半的時間在淡江（大學）。

問：為什麼小豆設定在這個年齡？

徐素霞：因為（現在）女兒已經長大了。我把時間設定成第二次去法國剛回到臺灣，女兒小學二年級時，不是畫當時（剛完成《臺灣兒童圖畫書導賞》研究計劃時）的狀況，（但）心情寫照則在當時。如果畫（女兒）高中或國中較沒意思。當時（第二次留法回國）回國教學外也接行政工作，還沒搬到鄉下，約女兒四年級時才住鄉下。（但）也不完全是參照（女兒）小二的模樣，大概是以幼稚園大班、一年級時候的樣子畫的，尤其是睡覺的那一幅。有時也沒有畫得很像、也不完全（都）畫的很像。

問：在這本書之外，還有畫女兒嗎？

徐素霞：還有一個她引以為傲的，就是聯合國兒童基金會的〈一個夢〉（圖內容為小女孩看星空）卡片。是在一九八八年畫的，我女兒才兩歲，畫中小女孩看星星（卡片中的小女孩）其實不完全是我女兒，那時候她還小，就用想像的。那幅圖畫聯合國兒童基金會好像很喜歡，連續二年印成卡片。（另一幅入選的）〈雪中散步〉是畫兒子。

問：女兒也畫圖嗎？

徐素霞：小時候畫很多，慢慢就不畫了，（但是）喜歡做勞作。

問：談談和女兒的關係？

徐素霞：我很忙碌的時候，她國中放學後我沒辦法馬上帶她回家（待在我研究室），偶爾我在我辦公桌上看到字條，女兒寫：媽媽壞壞，趕快回家啦！

我第二次出國進修的前一年暑假，出國二個月申請學校，她心裡上突然發現媽媽不見了，我回國的時候，她在機場一看見我就歇斯底里，（叫）媽媽，一直哭，抱得緊緊，那時她三歲，從那次以後，睡覺一定勾住我脖子，我如果翻身臉轉過去，她會把我的臉轉回向她，怕我跑掉，扣住我。

老二出生後，白天給學校旁邊的保母照顧，晚上都自己帶。

我女兒和我是蠻親的。

女兒現在大四，畢業後想去法國念書，幼稚園中班、大班、小一在那裡（法國）讀，三歲之前在臺灣，記憶蠻模糊，比較清楚是在法國的時候，我們偶爾有去法國，（她）也曾有個暑假去遊學，所以法語也還可以。

二　關於《媽媽，外面有陽光》創作背景

問：為什麼《媽媽，外面有陽光》想畫家中的故事？

徐素霞：那時做《臺灣兒童圖畫書導賞》和孩子接觸很少，本來合約上不用做那麼多，但我每次做什麼事就想做得很好，量就超出很多，時間、精力上自然也超出很多，家裡在最後期足足有二個禮拜沒有煮飯，只能吃便當，而且他們（家人）還支援我，我先生還幫忙買便當到我辦公室給工讀生吃。我女兒當時讀高一，下課就待在我的研

究室，不能馬上回家，兒子從學校回來就被我抓公差，幫忙做最後處理的事，星期六、日也是。

有一次，晚上十二點多，我先生載女兒回去，我和兒子坐另外一部車，我兒子說，媽媽，現在已經晚上十二點半，我們還在校園裡，媽媽，你快樂嗎？我兒子這樣問我。

我說我知道這陣子拖累你們很多，但也很難得做這樣的事，我想把它做好，以後給小學老師或其他很需要的人參考。

我自己感覺到我不能這樣下去。那一年暑假，我先生出國開會，我們就一起出去了，在往機場路上還一直遙控助理哪些東西要處理。回國後決定不再接任何研究案了，我要跟小孩在一起。因為那個暑假安排老大住校，我們回國後，發現學校希望他繼續住校，我心裡很難過，當時想要停下來和他們在一起，但他們現在已經慢慢長大要離開了。

（當時）情感上想要先處理對家裡滿滿的情感，（把它）寫出來，一定有很多人跟我一樣，爸爸、媽媽忙碌很無奈，所以我把這本書獻給忙碌的爸爸、媽媽和孩子。

問：畫完後呢？老師的感覺？女兒的感覺？

徐素霞：情感上的釋放，（也是）一種記錄。

女兒（就）很高興，裡面也有她的畫，等於是我們之間的小故事。

哥哥這裡，也向兒子講，如果都照哥哥、妹妹來畫，太模式化了。臺灣有很多單親或很多情況沒辦法，不要每次讓大家看了書，心裡難過，好像人家家裡都是這樣。（這本書）也符合很多家庭的情況，因為各種原因，有的是爸爸出國、爸爸去世，或只有婦女，也讓她們有可以單獨這樣子的時候。

三　關於徐素霞母親及與母親的關係

問：《家裡多了一個人》中的阿嬤是徐老師的媽媽還是婆婆？

徐素霞：是我的媽媽。因為比較少有岳母住在家裡，所以把她詮釋成阿嬤。當時我婆婆還沒有從日本回來。

裡面的阿嬤是假設的，因為三代要穿插一個老人家，實際上當時沒有（和）老人家一起住。

一開始（第一次留法）回來時住在苗栗我媽媽家，住了幾個月，當時懷孕通車不方便，在新竹租房子一、二個月，太吵了，後來買一個小公寓，之後都沒有和我媽媽一起住。（婆婆則是回國後有幾年和我們一起住，直到搬去臺北和我先生的姐姐做伴）

我媽媽在我老二生完後，就幫我把老大接下去（苗栗）照顧，我其實沒有作月子，（月子期間）就在畫《家裡多了一個人》，我先生有煮麻油雞給我吃，我媽媽教他的。

問：老師的媽媽也畫圖嗎？

徐素霞：畫了一陣子，現在不肯畫了。

一開始同年齡的朋友說，長青班要上畫畫課，同儕間拉著就一起去，但是老師的教法讓她很不適應就停了。畫具都準備齊全給她了，但年紀大變得不願動，心態上很封閉。

她對我畫圖也會指指點點，說哪部分太亮了，要暗一點較好啦……。

問：在《媽媽小時候》中知道老師小時候跟著媽媽忙進忙出，很像「小媽媽」？

徐素霞：我爸爸在鐵路局工作，三班制，因為是獨子，回家還要做田裡的事，等於做二份工作。我媽媽農家婦女是非常忙碌的，小時候沒有瓦斯，又要弄很多稻草起火做飯，我的角色就是幫助我媽媽做這些事情，種田、養豬、養牛、養雞、養鴨⋯⋯。《媽媽小時候》畫了我肩背雞籠出去，我根本不用參考什麼，印象太深刻，雞籠完全憑記憶畫，不用查資料。

家裡有二個弟弟，有時候會被叫去做田裡的東西，但是大弟小我三歲，小弟小我五歲，在我小時候他們其實還蠻小，幾乎都是我在做。他們更小的時候，我要背他們，有時候去外婆家、公車（站）到家裡（都）很遠，我就要背著他們，這是大姊的角色。那個年代所有的姊姊都是這樣。冬天的時候，用像被子那樣的（背巾）背著弟弟玩跳格子。

四　留法生活及作品評論

問：法國的老師和同學怎麼看你的作品？

徐素霞：由於我是在純藝術的領域進修，所以他們很少知道我的插畫作品。

我的油畫作品有一次在評畫的時候，也是因為很想要講東西，曾有老師說有插畫味道，因為我敘述的太多了。那時候因為去了國外比較容易看到自己的根源，去了國外會想到一些臺灣的東西，畫面上會有一些表現出來。比如說我去到一個華僑的家裡，看到離家鄉遠了，他對某些東西還很執著，還會想要去保留古老的東西。你會想到臺灣的家人，懷念臺灣時會一直想老家三合院的景象，好想遊一遍，大部份是地理性的空間，也會想到風俗習慣，想媽媽。

我有些圖畫外國朋友買去了，他們都很喜歡，那時候展的水墨（畫）比較多。

問：在法國生活時，如何看待臺灣？

徐素霞：你在臺灣時沒有人會注意到你是臺灣人，但在法國，人家都注意到你是臺灣人。比如說畫素描，大張的人體素描我也畫，（但是）在這個環境，慢慢你會發現你和人家不一樣，人家介紹你是臺灣來的，點點滴滴讓你一直發現自己的油畫不一樣，文化的自覺越來越強，跑到外國去，透過一個距離再回頭看臺灣，根源會更清楚。我那時嘗試用毛筆來畫水墨畫模特兒，同學們都很驚訝，看到軟軟的東西（毛筆），而且畫的時候得要快、要精準，素描老師也說，你應該要多畫一點這種東西。這是因為有味道，有我們根源的味道，慢慢就會常畫這些東西了。

同學用我的毛筆去試試看，我們是拿中鋒，但對他來看就像油畫筆那樣，整個散開，後來老師們覺得很有意思，素描老師還推薦我去別的美術學校講中國的藝術，講水墨材料和表現的課。我以前在臺灣也有畫水墨，到法國更感覺到中國東西的特殊性。

問：1970、80年代所謂的本土意識包含臺灣及中國，老師在法國意識到的臺灣是？譬如水墨及其美學是不是就是中國的東西？法國人看臺灣，是不是中國＝臺灣？老師在中國意象中有呈現出臺灣嗎？如何呈現臺灣？

徐素霞：在法國有時人們會把臺灣和中國混在一起，但後來慢慢就會發現政治上不一樣。介紹我的時候，有一個朋友曾講，她是中國太太，另一個人則糾正他，她不是中國太太，她是臺灣太太。

在《第一次拔牙》中，那是海峽兩岸第一個合作的例子，（大陸作家任大霖）他年紀比較大，他寫他以前的經驗，是大陸更早的經驗，但在臺灣出版。我如果畫大陸鄉下幾十年（前）的味道，這邊讀者的角度就較體驗不出來，所以我就把它定位在臺灣二、三十年前中南部，會比較接近一些。想把作品和這邊的生活扣住，想要再靠近一點我以前的記憶，如縫紝機及被單（的圖像）。

在《踢踢踏》中，也是外省人余光中寫的，那時候也嘗試想貼近他的原創感覺，因為聽說他的籍貫是廈門。但請和英連絡，他都沒有回音，和英覺得這樣（沒有回音）也很好，我就很高興的畫上我的故事，為了變化，也稍微改變一些些，例如三合院外面圍牆的門。三合院就是我苗栗家的三合院，及記憶中的事物，我詮釋我的《踢踢踏》。

問：參加國際性的活動或展覽時，如何挑選作品？

徐素霞：其實工作忙，都沒有主動做些什麼事，我開了五次畫展，都不是自己去接洽……。

以作品獲聯合國兒童基金會製成卡片的例子來說，在法國曾參加插畫展，手邊有一些插畫作品寄去展覽，聯合國的藝術總監寫信來，說在哪裡看到我的作品很喜歡，請我寄幾張照片給他們挑。因為他要做卡片用的，所以我就挑溫馨的、小女孩…，這些可以給人家做卡片用的，我忘了選了哪些圖畫照片，但是他們挑了這二幅，後來我把圖畫正片寄給他們。

〈雪中散步〉、〈一個夢〉是剛回來的一九八六年和一九八八年畫的，〈雪中散步〉是用我拍的幾張照片畫的，那時還是很想念法國，我和我的小孩常去散步，現在在臺灣哪有時間散步。

關於義大利波隆那插畫展的作品，我在《水牛和稻草人》中挑了幾張，鄭明進老師很好，叫我去參加。那時已有創作《媽媽小時候》，《水牛和稻草人》作品則比較成熟些。

五　徐素霞作品與臺灣美術思潮

問：臺灣美術本土風潮對老師的影響？

徐素霞：也會有知道臺灣本土的美術風潮，但其實我覺得我受那種影響比較少，大家都喜歡把它連在一起，我覺得我受我自己情感影響比較大。

我（新竹師範）畢業展時，畫一個老先生的油畫，象徵我祖父，坐在田地上，有點像美國懷斯的風格，種田人如果沒水、乾旱時是很辛苦的，所以我畫了乾作，沒有田時輪流放水的記憶。我也曾畫外祖母，臉不完全是外祖母，以她在田裡幫我媽媽挑揀蔬菜的模樣來畫她。

我讀的是新竹師專，大部份是年紀大的老師，只有一位席慕容老師較年輕，她是比較文學性的，比較講求感覺、味道。我們會去買畫冊，看新潮文庫，卡夫卡或其他東西，偶爾出去城裡會買一點。我自己喜歡懷斯風格的畫，會買一點這樣的書，自己接觸，學校很少（提供）（當時學校資源很少）。我覺得我畫的東西幾乎都是和我生活經驗有關係的。

六　關於《媽媽，外面有陽光》的二個版本

問：《媽媽，外面有陽光》為什麼要做二個不同的版本？

徐素霞：一開始我是畫這麼大的（原畫較大），後來和英想要縮小，美編和我一起修版面，我比較不會太堅持，也可以啦，就這樣印了。

因為很多細節、畫得多的時候就看不太清楚，我在封面構思鳥兒部份的時候，剛好有鳥飛來給我畫，是鳥媽媽餵小鳥，就在我窗子那

邊，可是畫面縮的這麼小怎麼看得見，我想要畫幅保持原尺寸這麼大的，但我那時候沒有太反駁，印出來後也有人覺得這封面不像圖畫書，因此書再版時，我想說也順便繪製另一幅封面，讓它比較明顯一點，主要讓角色明顯。 書中內頁圖像也改了一些些，畫幅並比第一版放大些。

第二個版本加多了點文字，一方面是因為有老師講說如果想唸書給小孩聽時，她可能自己無法講很多，希望有個引導，我就給了。我之前想要讓讀者你去感覺、感受，但顯然有些訴求不一樣，有些我刻意安排的圖沒有被觀察到，所以我後來才多加了一些文字敘述。

註：括號內的字為筆者所加。

第二次訪談徐素霞內容整理

整理：黃愛真

日期：2008年2月24日

問：書中女兒的名字為什麼叫小豆？

徐素霞：是指她個頭比較小的意思。主要是來自於兒子小學時的綽號，（我希望）兒子去法國前能先學些中文，所以跳級（就學），年紀比同學小些，老師就叫他「小不點」，我就覺得「小不點」很可愛。（「小不點」）就等於「點」，「點」就很像「豆子」一樣。這樣也比較有一些好玩。

問：為什麼不像兒子一樣，其他書中兒子是用自己的名字出現，可是女兒是用其他的名字出現？

徐素霞：兒子出現時（即《家裡多了一個人》一書）比較據實描寫，當然現在也據實（指《媽媽，外面有陽光》一書內容），但那時想讓他看出是屬於他、代表他，有一個記錄及紀念。至於《媽媽，外面有陽光》這本書是因為我想獻給很多的人，當然孩子們也都知道這些都是講他們的故事，也不一定每一次都要用他們的名字。（這本書）兒子的出現怕太制式化，因為也要考量會有單親的家庭。

問：老師與父母的關係？

徐素霞：我們上一輩子的人很少像我們這樣和孩子有肢體接觸。我父親很嚴格，不太喜歡我們玩耍，都是在做家事或做學校課業，媽媽比較鬆一點。早年臺灣不作興肢體語言。我可能是老大的關係，都一直在做什麼家事，父母親有忙不完的農事，我們也要幫忙做家裡的雜務。因為在西方社會生活的經驗，我有了一些想法感觸，慢慢覺得我有孩子的話，我會和他們有肢體的接觸。

小時候會去看日本電影、黃梅調（電影），大部份是他們（指父母）要看，我們也去看。父母很少為了我們特別去哪裡，只有他們要去親戚家的時候，去外婆家也是因為媽媽要回娘家。外婆家在苗栗山上，有一些果園可以跑，所以我們很高興，去親戚家就等於我們的出遊。曾經有一次，他們說要去外婆家，後來又變卦不能去了，失落感就很重，我那時後就變得有點悲觀，學到不要去太期望，要不然會很失望。外婆家有山，在鄉野，讓我對大自然更喜歡（家中是田）。在師專唸書時我幾乎每週假日就回家。

記得有一次腳被鐵釘刺到，鐵釘生繡腳發炎了，踵得很痛，走路一跛一跛，那時父親叫我做什麼事，但我痛得很難去做，父親說哪有這麼痛，我覺得很不可思議。所以，我也學習到不要用自己的觀念，認為一定怎麼樣，也要聽聽孩子的話。

媽媽生養五個孩子，早年走了二個，今年又走了一個，她一輩子過得很辛苦。我記得我爸爸生病時需要我照顧，學法文方面我就先停了。

我在新竹師專五年級時，爸爸胃出孔，我去新竹的醫院照顧他，後來他到臺北榮總住院，我又剛好畢業分發到永和教書，可在下班後去照顧他，病很重時，又剛好碰到暑假，我在家裡又能照顧他。爸爸一直是非常疼愛我們的，但因為他本身勤儉耐勞，個性又剛毅，所以是用一種嚴格的方式教養我們。

讀師專是公費沒有用到家裡錢，後來又能有教職的工作賺錢，我爸爸很高興。

媽媽守寡後，因為常常仰賴我，雖然有二個弟弟，絕大部分事情就還是希望我去做。我要去法國這件事，她當然很不能接受，一直用別的方法叫我不要去。那時爸爸已經去世兩三年，我等法國學校申請好了，簽證下來，和我媽講的時候，她電話都沒聽完，就哭了，跑到別的房間，換我嬸嬸聽我講完電話。媽媽一直生活在鄉下大家庭中，好處是大家可以互相照顧，但一方面，一舉一動也會被注意。她守寡了就不敢穿色彩較鮮的衣服，怕人講話。

（我）為了去法國才結婚，因為媽媽說，去法國進修不知道會要幾年，結了婚才好住在一起，相互照顧。

媽媽曾說如果爸爸在世他一定不會讓我去，但我還是想去，不認識我先生前我就想去了。我很堅持去法國，雖然那時爸爸走了，就媽媽一個人，弟弟們在外工作，但我知道媽媽很安全，有大家族在。我真的感到很需要（去法國），那時候留學考考法文，我第一次沒考過，我哭得好傷心，沒辦法睡覺，第二年才考通過。我的心願很強很強，我只想到要去（法國），很想要，但是在我爸爸剛過世時，我就停掉，我不敢再講這種事。

我喜歡畫圖，因為學校工作、家務非常忙碌，我就把畫圖放在最後面位置，但我一直沒忘掉這一塊。

出國期間靠寫信和家裡聯絡，偶爾也打電話（給媽媽）。剛到法國留學時，發現生活從過去要做很多的家事，照顧堂弟和弟弟，變成只有夫妻二個人，有一天猛然發現我只要洗二個人的碗、衣服，做二個人的家事，管好自己的學業就好，而媽媽那邊那麼遠，我也沒辦法去照顧。變得這麼輕鬆，讓我感到快樂得不好意思。

去年弟弟過世，媽媽倍受打擊。因為弟媳一個人要養育二個孩子，也為了陪她，就搬過去一起住，媽媽心境上在調適。有一陣子她腳不太好走，慢慢調養，有二個月了，我有一個好朋友，每個禮拜帶媽媽來新竹這裡看中醫，目前狀況還好。

我媽媽那一輩是很傳統的，我在二者之間，我媽覺得我很勇敢、大膽，她覺得教小學很好，怎麼還要跑去法國，做一般女孩不敢做的事情。想到爸爸媽媽這樣的觀念，我之前教書時，還會去學做洋裁、幫忙做田事，做上一代人做的事情，但我又不願意只像上一代那樣子。我想做傳統角色有限之外的，我知道我這邊有責任（指對學校教學與家庭的責任），但我又很想要有個人創作的一些東西，我自己雖知道有這個需要，可是我目前這個階段，在擺次序時，不知不覺又把我的創作放在後面，前面有學校、有家庭。只有像聯展，必須要哪天交件時，我的創作才能提前，才能畫圖，有幾次展覽都是有這樣被要求，所以才能完成，如果沒有這樣，我又會把它放後面了，這是很矛盾的。我雖然很喜歡做創作，可是我卻不敢因為自己很喜歡而做，做抉擇時，又容易妥協。我希望幾年後在時間上可以充裕些，以便多做創作。

註：括號內容為筆者所加。

圖畫書插畫的空間閱讀

——為兒童書寫書評*

導讀

一般人常從時間的觀點看圖畫書（圖畫書的翻頁與直線敘事，象徵著時間的流動）或單純的場景作為圖畫書插畫的空間閱讀。然而許多的文學家、思想家、地理學家等等，已經注意到文學作品裡空間的相關思考，例如空間關係中的人：人在空間中的移動／不動，帶來的人與環境、人與人間關係的微妙改變，人同時也是在地性與全球化地理空間流動下的交會點。兒童圖畫書中，圖畫的呈現原來就具有空間性——一個跨頁可能代表一個、數個、幾分之一個空間，來呈現表面的場景或內在的隱含意義。在這股人文空間的閱讀潮流下，空間已經不僅僅是地方或場景，而承載著多元的可能。圖畫書作為一種兒童文學文類，自然無法忽視插畫表現的空間關係及其對兒童的作用。

這篇文章提出幾種空間主題的兒童文學閱讀：空間與兒童、空間與邊框、人文空間、與時間交會的空間、空間的現代性、藝術史裡的空間、東西方交流的空間、隱喻的空間、鏡子裡的空間等，並以圖畫書為例，說明空間在插畫的作用。

* 此文除「鏡子裡的空間——拉岡的鏡中之我與後設心理學」外，其他文章審查與圖像編輯感謝臺中教育大學蕭寶玲老師，特此致謝。原發表於國立臺灣藝術教育館《美育》雙月刊212期「插畫美學」專題，2016年，增補部分內容而成。

空間是一個待書寫的文本

兒童圖畫書中，圖畫的呈現原來就具有空間性──一個跨頁可能代表一個、數個、幾分之一個空間，來呈現表面的場景或內在的隱含意義。在這股人文空間的閱讀潮流下，空間已經不僅僅是地方或場景，而承載著多元的可能。

以下將以主題式推薦的圖畫書為例，說明空間在插畫的作用。

一　空間與兒童

位於臺南一間綜合書店兒童區，看到低幼兒書籍的檯面上，一本許多平塗色塊組合的圖畫書：書籍封面同時呈現冷、暖色系、對比但非正對比的並置，與略具傾斜的線條動勢，吸引了我的注意。

第一次閱讀圖畫書《海象在哪裡？》的確如書後導讀所言，每一翻頁隨著動物管理員的眼光，尋找海象。一本具觀察力的遊戲性圖畫書。第二次閱讀後，產生了另一種觀看這本書的角度。

以下將先介紹圖畫書內容，再說明筆者如何由海象角度（非動物管理員的成人角度）與空間關係來看圖畫書。

《海象在哪裡？》為一本無字圖畫書，描繪空盪盪的動物園中，一隻海象跑走，分別經過噴水池、商店、櫥窗等等，模仿所有在這些場域的人或物，動物管理員在後面追逐。當海象跑到游泳池旁，在跳水比賽中得到冠軍，向若有所思的管理員擺擺「手」，之後管理員改變了海象的環境，人潮也開始出現，同時朝向動物園中海象方向前進。

從封面加上封底來看這本書，可以發現海象與動物管理員在圖像兩個端點的位置，中間隔著好長的距離，兩者並不互相理解，但仍在同一個吧檯範圍內。

翻開內頁第一個跨頁，也可以看到海象與管理員間所處的單調環境與關係。如果這是一個兒童所處的空間（暗示與成人間的單調關係），大概兒童也很難乖乖待下去吧。

於是，在圖畫書第二跨頁開始，海象開始了自我探索的旅程。海象跑出動物園後，第一個到達的是噴水池塘，並模仿美人魚的動作擺姿勢。圖像中可以看見美人魚雕像氣定神閒的優雅姿態，但這不是海象原有的行為；海象的模仿，不但無法安靜、優雅，還頑皮地朝著他親近的人（管理員）噴了一條長長的水柱。

接下來，海象成為櫥窗女郎、砌牆的工人，但總是與環境格格不入，一下子就被動物管理員認出。從這裡開始，觀者已經不是一路順著管理員的眼光去找海象，而是順著海象的角度，一頁頁尋找海象自我的最適特質，同時，海象的追尋也牽動著管理員的觀察，認知到海象特質。最後，觀者會一起發現，海象不適合模仿別人（總是一下子就被看出牠跟別人不一樣），海象適合在跳水項目中完美的做自己，同時管理員也在海象的探索旅程中，思考了海象的最適之處，並在動物園的環境中做了調整，海象終於回到動物園，動物園也開始以海象為中心，逐漸見到人潮並充滿生氣。

如果孩子如同動物般純真，需要被教育或馴服，孩子和動物就有了相似性。圖畫書中，透過象徵孩子的海象，我們看到了孩子在探索中，透過模仿、操作、逐漸找到自己專長、興趣的過程；同時作為孩子身邊的成人（動物管理員），一面試圖馴化（手上捕蟲網的象徵）、尋回探索的孩子，一面跟隨著孩子探索而了解孩子的過程。（在這本書裡，孩子是自我探索、整合的主動行動者，一種孩子中心式的觀點）

透過圖畫書的空間布署，空間透露了孩子與成人間的關係，並找到孩子的最適空間。

二　無限延伸的空間

圖畫書有時運用邊框，將視覺意象框限在局部空間裡，有沉穩、安全安心的感受；有時刻意讓邊框出血，表示對常規的破壞或顛覆；而寶寶書《洗澡啦！》沒有邊框，同時以白色膨脹色系作為底色，讓圖像中的空間無限延伸，顯現出自由自在，無拘無束的環境樣貌。

《洗澡啦！》圖像作者岩崎知弘（1918-1974）擅長以明亮色系的水彩渲染手法，水彩內蘊層次豐富，外圍暈開的邊界讓人物輪廓不清晰，而顯現出逐漸融入環境的感覺，同時這種模糊輪廓產生光暈一般的效果，讓繪畫主角閃閃發光，充滿在柔和的幸福空間裡。

《洗澡啦！》講述幼兒即將進入浴室洗澡的愉快經驗。岩崎曾自述，小寶寶的圖像對面，一定有一個母親的位置（松本猛、松本由理子，2013年）。封面與封底中，看到一個小寶寶脫了褲子，從右到左奔跑，似乎像是從右邊畫外進入封底，跑向封面，接著即將跑出封面的感覺；同時，張開的雙手意味著沒有任何防衛，而在無限延伸畫面外的、讓孩子信任著奔跑迎接的對象，如同岩崎所說，可能就是媽媽的角色。此時媽媽沒有出現在封面，觀者卻可以感覺到延伸出書籍封面的版面之外，寶寶的母親在那兒。

從視覺閱讀的方向性來看，我們大多從左方向右觀看，封面圖像的寶寶則從右到左的相反移動方向，更加強了我們對於位在左方畫面外「看不見」的母親的好奇與視覺上的凸顯；另一方面加拿大學者培利．諾德曼（Perry Nodelman, 2010）認為角色轉向左邊，也有悠閒的意涵。

封面圖像空間，因為母親角色、寶寶的動勢與方向、顏色，讓無限擴大的視覺空間溢出了原來的封面大小，向前後延續。

相反的，《擠一擠電車》描述森林祭典要舉行了，好多人坐電車，連最後一班電車也滿了，可是還有朋友沒上車。車上的乘客說，擠一擠，讓他上車吧。於是小豬、長頸鹿、獅子、站長都上車了。框限的擁擠空間，因為人與人的關係，讓空間的文化性質改變了，電車似乎「擠」得進去而在想像中無限擴大。

擁擠的電車裡，動物們不分草食、肉食、食物鏈的初級或上層關係，全部一律平等的「擠」在電車中，就擬人化的語言來說，電車擁擠的空間屬性之所以由框架式的實體空間成為人文性質的空間，正因為空間弭平了階級、種族、性別差異，如同蘇聯文學家巴赫金（Mikhail Bakhtin, 1895-1975）所言，人們生活在狂歡節慶時，以顛覆日常生活的一切，如階級來創造歡樂。在此，空間的限制性因森林狂歡節而「顛覆」（北岡誠司，2002年）。

三　時間與空間的交會

法國翻譯圖畫書《我等待》，用一條長長的紅線串連起生命中的起承轉合與生老病死，在這裡，紅線代表了生命流逝的時間軸；然而，紅線駐足的每個生命角落，都富有意義：紅鬍子、紅領結、紅毛衣、紅臍帶、紅色點滴管、紅色電話線等等，同時佔有實體空間，表現出生命的某些片段與意涵；紅線成了臍帶；生命歷程中的物件，代表了時間與空間。同時，紅線成了時間軸、空間軸交會出來的意義生成所在。另一本圖畫書《森林深處的茶會》用顏色表現某一個事件時間中，空間氛圍的擴大或縮小。小女孩小希拿著蛋糕，追隨著早一步出發的父親，穿過森林要到奶奶家，然而小女孩在森林的雪地裡跌倒了，蛋糕摔壞，後來發現，追著的父親不是自己父親，而是一隻熊，跟著熊進入了陌生的房子與房子裡森林動物的茶會。

在茶會熱絡之前，只有小希這個人物擁有顏色：黃色的頭髮、紅色的帽子、紅裙子、紅手套，其他佔有空間的人與物，非黑即白，讓小希的行動在黑白背景間更為凸顯。

森林裡的動物，如同森林一般為黑白色系呈現，似乎來自另一時空。在此，圖像外的觀者佔據了小希的視覺位置，似乎也變成動物們凝視的對象。同時圖像的空間感也隨著動物們的視線，延伸到了圖像之外。

茶會熱絡起來後，森林裡的動物們提供各色各樣的蛋糕派給小希，換掉弄壞的蛋糕，此時圖像顏色開始豐富起來，黑白的無色系空間添上橘紅黃等溫暖的顏色。猶如二個異質空間的交會。當森林裡的動物隨著小希穿過森林到達奶奶家之前，長長的隊伍，越來越豐富的色彩，隨著動物們移動，穿越森林——森林不再是黑白色系，藏有未知的黑或一目了然的白，森林成了色彩從一個點到另一個點的移動穿透對象，森林因此成了繽紛的世界；同時這種空間中點到點的移動，帶來了孩子有能力穿透森林，開啟森林動物與人類間互通的可能，一種交流的開始。顏色成了遊行隊伍所代表的流動時間，與穿越森林空間的點對點的移動、改變交會處。

小希與動物們建立關係後一同走向奶奶家，動物和小希的多彩表達了空間移動中擴大的溫馨感受，小希到奶奶家時，動物們消失，森林回到原來的寂靜，然而在時間和空間的交流與變化之後，森林對小希而言意義已經不同。（或許，動物們的裝扮由黑白無彩色到彩色，也意味著動物們遇到小希後，心境的轉換）

四　空間的平面性

現代藝術從二十世紀初美國藝評家格林伯格（Clement Greenberg）

主張畫布的二度空間特質，繪畫在形式上也應該呈現二度空間的平面性，才能彰顯繪畫形式的特色。繪畫的前衛性因此逐漸從古典營造視覺錯覺的立體圖像轉向平面表現（黃文叡，2002年）。

《小小國王》似乎帶有這種二十世紀初前衛繪畫的平面實驗性，如同「絕對主義」或「構成主義」圖像形式將自然物體的形象抽離，以另一種元素的空間張力，重新形塑實用但純化的空間，如馬列維奇或蒙德里安的作品。《小小國王》故事插畫同樣以各種平面幾何形狀，如圓形、方形、三角形等思考圖像表現與創作，抽離了自然物體的結構元素。

記得初次邂逅《小小國王》繪本是在東京的童書專賣店。飽和明亮的顏色搭配簡潔的幾何形狀構圖，非常美麗。當時日本版書腰上寫著：產經兒童出版文化賞《美術賞》，書架上則標示：「（2013）日本最美麗的繪本」。

繪本故事講述一個小小國王，住在大大的城堡，擁有大隊的衛兵，騎著大匹的馬，有著大大的浴缸、床、長長的餐桌和豐盛的食物等等，但是他並不快樂。相對於周遭環境的大，國王小得似乎微不足道，卻又有大大的權力去管理或使用這些所有的空間，襯托小小國王實質上的寂寞和他擁有的權力與空間的不成比例。

小小國王和一位大大的公主結婚後，生了十個寶寶，為了寶寶的活動空間，國王讓衛兵回家，馬匹改造成馬車，長長的餐桌因為國王一家人而坐得滿滿，床和浴缸剛剛好夠十個寶寶和國王皇后一起使用。國王的權力與他擁有的空間對等，他很開心而幸福。

《小小國王》空間表現純化，故事也展現同調性的單純與幸福。

五　東西方文化交流的空間

《小噴火龍與白米飯》導讀認為這是一本東方與西方文化交流的圖畫書，若更精準一點來說，應該是日本式繪畫與西方繪畫技法融合的一本圖畫書。故事敘述小噴火龍為了生日出門找特別的食物，路上所有的小動物看到噴火龍都快閃，擔心成為食物。但是小噴火龍卻一路撿拾椰子、紅蘿蔔和藍莓等果實，並邀約遇見的小動物參加生日宴會，後來每個小動物都帶來一籃果實作為禮物，開心熱鬧的參加小噴火龍生日趴。

這本圖畫書特別的地方，大概就是臺灣兒童文學門市排面上，一片迎合西方國際插畫技法風潮中，少數帶有土耳其人創作日式浮世繪風情的插畫作品。

首先，在地理位置上，看到熟悉的日本浮世繪式的富士山及捲曲雲朵的插畫方式；接著，在小噴火龍家中，跪坐式的座椅與縱軸畫掛飾，畫上的圖像暗示了小噴火龍出門會遇見的各種動物，同時也以日文文字落款。

英國學者蘇立文（Sullivan, 1998）認為十六世紀文藝復興時期歐洲已經透過傳教士帶著繪畫與版畫技法進入日本，直到十九世紀日本浮世繪仍有歐洲技法的影子。其中西方技法在於重視物品的細緻與寫實描摹、立體透視與陰影，日本繪畫則重於平面與裝飾性構圖。

《小噴火龍與白米飯》出現日本浮世繪圖像如富士山、雲朵、房屋室內布置、顏色平塗的背景，然而山脈、火龍、草原、其他動物與物件的精細描繪、陰影與立體感仍是西方的空間表現技巧，並嘗試在西方立體空間表現和日本的平面浮世繪間，嘗試取得視覺的平衡感。營造出我們所熟悉的西方插畫技巧及日本式的異國風感受。

六　空間的隱喻——現實與虛幻

美國比較文學教授威廉・梅比爾斯（William Moebius, 2000）認為好的圖畫書，可以描繪出抽象和隱形的概念與想法，在簡單定義的圖畫和文字想法裡發現「密碼」，及圖像背後的故事。以下將分析二本圖畫書圖象與空間的隱喻／密碼。

《大吼大叫的企鵝媽媽》，講述企鵝媽媽生氣對孩子大聲吼叫後，孩子身體的解離：頭飛到外太空，身體飛到大海，翅膀掉進叢林，嘴巴掉落在山頂，屁股掉在淡紅色的城市裡，只有腳還一直跑一直跑。因為身體四散，孩子叫不出聲音，一面逃離媽媽又同時在尋找媽媽，最後仍然由媽媽坐著飛船把牠的身體找回，全身縫合後，媽媽道歉，一起乘坐飛船向天空的太陽飛去。

書中圖畫隱含許多寓意：母親的內在情感與力量、孩子身體離散意味著心靈解離、事件發生後，孩子雙腳不由自主的逃離母親卻還是渴望依附母親的兩歧情感，透過圖像與空間的隱喻性，表達了多元的概念。

在臺灣（或德國，本書為德國翻譯繪本）多由女性擔任育兒工作，因而母親往往被召喚進入溫和美好的形象框架，而必須壓抑自己的情緒與育兒中的挫折，做一個以孩子為中心的「模範」母親，否則可能伴隨著內在的懲罰，如內疚。書中媽媽因為生氣而表達自己憤怒與挫折的情緒，孩子身體因此四分五裂，媽媽張著眼睛看著，說不出話來。閱讀至此，我想多數媽媽可能會感覺到歉疚，原來情緒不加以壓抑的結果，對孩子的傷害這麼大。於是書中媽媽開始把孩子的各個部分找回來，縫補修復，然後跟孩子道歉。書中媽媽的補償行為與唯一的言語「對不起」，揭露了作為「母職」的女性，內在存放著自我與孩子兩種主體間，誰輕？誰重？的兩難。

然而以孩子為重心的母親，往往對孩子有較大的掌握與支配，而成為無所不能的母親，既是孩子最有利的保護，也是孩子成長中的限制與陰影。如同本書故事，母親才有能力找回並修復孩子；又如內頁第十二跨頁，當孩子的腳走到薩哈拉沙漠時，母親到來的巨大影子，為孩子遮住沙漠上炎熱太陽的同時，孩子也因此籠罩在母親的影子下，在此母親既保護孩子，也暗示了在孩子之上，母親作為較高權力者帶來的陰影。

而由孩子的角度來看，當孩子的身體四分五裂的飄散出去時，可以看到孩子的腳因為嚇到而繼續不斷地跑／走著，既要逃離媽媽情緒產生的內在恐懼，逃開後身體又自動化的尋找媽媽，對母親害怕與依附的情感，在內心掙扎著：小企鵝想要找媽媽，眼睛在太空，想要喊救命，嘴巴在山上……內在情感與身體無法整合。這裡我們同樣可以從圖像發現，孩子黑白色的頭飛在藍白色的太空中、白黑色的身體掉在藍海上、黑色翅膀掉在綠色叢林裡、黃色嘴巴掉在綠色山頂上、黑色屁股掉在一片紅色的城市馬路上，這些孩子身體的元素與周圍環境完全格格不入，這種空間上「放錯位置」的疏離如同孩子與媽媽之間關係的轉變，顯現孩子分裂身體所隱喻的內在心理的錯置與不安，而不安中仍繼續尋找媽媽，渴望與媽媽連結。

圖畫書《大吼大叫的企鵝媽媽》，雖然以現實生活常見的母子情緒互動作為故事開端，圖像中出現的整片紅色的城市、飛向太陽的船等等，非寫實的空間表現卻也隱喻了圖畫書中的幻想性，掀開了許多母子關係表象下的內在想像。進入一本層次豐富的圖畫書，同時也悄悄的閱讀了我們內在與母親那最深層的關係。

同樣以現實生活與虛構空間並存，傳達圖像寓意的《還記得》，則運用跨頁中左頁現實生活與右頁想像的虛構空間對照，呈現現實生活中相對上看來沒有能動性的物品、動物或娃娃，在想像世界中可能擁有自己生活方式的主體性。整本書的實虛空間對照其實也表現了小小孩對現實生活各種事物擁有的豐富想像力（或呈現小小孩的內在真實）。

左頁呈現出小男孩撿拾被風吹進窗裡的羽毛，羽毛是小鳥的「部分」而成為小鳥「整體」的換喻。右頁中呈現這隻小鳥可能擁有的生活樣態。

《還記得》內頁的第一個跨頁與最後一頁跨頁，加強了整本圖畫書插畫的現實與想像空間並列或錯置的意涵。現實空間與想像空間何者更為真切？兒童遊戲中，幻想世界未必是假，孩子心靈中的幻想可能更為真實或擁有安頓身心的作用。動物玩具在這個與現實反轉的想像世界裡，被換喻為孩子們，具有積極主動性。

七　空間的隱喻——敘事功能以外的藝術史觀

第三本我想推薦的是《媽媽，外面有陽光》，這是一本具有多重空間隱喻的圖畫書。二○○三年出版的《媽媽，外面有陽光》歷經三個版次，到現在已經是長銷書。故事講述女兒小豆想到草原地遊戲，然而母親因為忙碌，一直無法帶小豆出門，幾度觀察與內在掙扎後，母親終於帶小豆到大自然玩耍。

作者徐素霞為臺灣圖畫書插畫第一個入選國際插畫展（義大利波隆納兒童國際插畫展入選）的作家，同時也是藝術工作者，兩者身分結合下，圖畫書作品中的圖像，不僅具有插畫敘事的功能，往往也能運用藝術史解讀。以下我將從圖畫書中的兩則圖像，說明如何分別用藝術史與兒童插畫的敘事功能來閱讀這本書的圖像與空間配置。

封面圖像順著小豆與小貓的視線帶領觀者由室內往窗外看去，戶外一大片黃色、綠色、紅色層層重疊的山丘與草原，黃色、藍色渲染的明亮天空，一道明顯的彩虹暗示天氣由雨到晴的變化，同時也暗示了故事擁有一個雨過天青的進展。圖像中小豆直視窗外，顯見大自然對小豆具有吸引力，雖然書名仍放在圖像的最上方，書寫著「媽媽，外面有陽光」，然而圖畫中，不見母親，小豆也沒有尋找母親，書名與圖像似乎沒有互相指涉的表現。仔細觀察畫面中陪伴小豆的三隻小貓與二個玩具小熊，位在邊緣的一隻小熊與正攀爬在小豆袖子上露出一隻眼睛的小貓直視觀者，透露了創作者／觀者的存在。同時，封面構圖因窗戶而分割成室內與自然二空間，室內空間中小貓、小熊與小豆等近景人物因窗戶阻隔形成迫近觀者的構圖，也暗示了創作者／觀者的存在，及創作者／觀者的親近關係。英國藝術史學家波洛克（Griselda Pollock）研究印象派畫家莫莉索（Bethe Morisot, 1841-1895）作品，認為莫莉索部分畫作運用欄杆、陽台圍牆、室內牆壁將繪畫空間分隔成二個空間，並營造前景空間的壓縮感或接近感，淺近的空間讓畫家作畫的地方似乎也變成畫景的一部分，並將觀者放置在與畫家相同的空間裡，帶出觀者與畫中人物的虛構關係，迫使觀者經歷前景人物所在空間的錯位感，並與前景人物對話，同時淺近的圖畫空間讓畫中主角處於主控地位。

《媽媽，外面有陽光》圖像中小豆與小貓、小熊因窗戶與牆壁分隔的空間而形成前景空間的壓縮感，被壓迫在室內牆壁圈圍起來的封閉空間裡，而窗外卻是開闊的大自然景觀。由於小豆渴望大自然卻又無法到大自然裡玩耍，我認為圖畫書中壓迫的空間似乎表現兒童在家庭場域中受到的禁錮。同時，這種迫近創作者／觀者的構圖空間，暗示創作者／觀者與小豆、寵物間的親近關係與主控地位，而此種觀看的主控則由於小豆與寵物的看向窗外而受到破壞，淺近的構圖空間也展現出小豆在成為觀看景觀的被動性上也取得主控地位，使創作者／觀者與畫中兒童形成互為主體的局面。另一方面，位在前景邊緣的小熊、攀爬在小豆袖子上露出一隻眼睛的小貓，二者直視觀者，並藉由小熊左手指向戶外、右手對著室內的動作透露小熊心聲及與創作者／觀者對話的企圖。從分析心理學觀點，故事中的動物往往代表孩子的自我象徵或是另一個分身。因此手指向戶外小熊的心聲象徵了小豆的心聲，小熊眼神、動作與創作者／觀者對話，在書名文字的指涉下代表小豆與母親的對話，傳遞小豆想要走出戶外。同時透過小豆分身小熊、小貓看向創作者／觀者，暗示不可見的母親的存在。作為「看不見」的母親創作者所營造的圖像空間，如同波洛克在《視線與差異》（2000）中對畫家莫莉索畫作構圖及空間的分析，畫作中迫近的前景產生的接近感、親密感的空間特性。

《媽媽，外面有陽光》第七個跨頁左頁，二個以留白分割的長方形圖像，其中小豆複製媽媽的話語對小狗、小貓說：「你們想出去玩？現在還不行！」「要等我忙完！」圖像表現小豆正在牆外煮飯，和小狗、小貓玩媽媽與孩子的扮演遊戲，牆上高處有一扇窗戶，左側圖像小豆與狗、貓位於近景，圖像較大，仰角角度構圖看來像是從小豆角度出發，看向位於遠景高處的窗戶，從位於近景的小豆到遠景的窗戶看來距離遙遠，且窗戶裡沒有人；右圖母親出現在窗戶並與牆外下方小豆同在中景位置，俯角構圖似乎暗示觀者由母親的角度往下觀察小豆遊戲。梅比爾斯（2000）指出圖畫書裡出現的大門、窗口是故事象徵意義的基礎，不是偶然的現象，位置的高處可能是社會地位或權力的標記。由於家庭門戶象徵成人對兒童設限與隔離活動的權力所在，圖像中不論「看不見」或「看得見」母親，位於高處的窗戶成為母親的象徵，小豆與牆上高處窗戶的關係，成為女兒與母親的關係。母親因為忙碌屢次拒絕小豆出遊的要求，讓小豆與母親的關係產生距離，如同小豆與窗戶隔著長長的牆面，左圖中窗戶高高在上，與小豆距離遙遠，窗戶中不見母親，暗指從小豆觀點中與母親出遊的崇高與艱難挑戰，母親雖然如窗戶般「在場」，卻在小豆生命中「缺席」；右圖母親出現窗中往下看向小豆，母親與小豆同在中景，主角小豆卻被安排在下方較小的位置。依梅比爾斯（2000）於〈圖畫書符碼概論〉之觀點，主角位在書頁的低處或尺寸變小，暗示主角心情低落或居於劣勢。徐素霞（2002）在〈圖畫書的圖像傳達藝術表現〉亦提及主角位置規劃在畫面角落，與旁邊空間的遼闊形成對比呼應，能營造出孤寂氣氛。此時小豆母女間仍有距離，但由於母親的「在場」與「看見」，成為母親觀念改變的契機，為母女關係的進展埋下圓滿結局的伏筆。

八　鏡子裡的空間——拉岡的鏡中之我與後設心理學

為了準備圖畫書專題演說，嘗試對圖畫書《書中書》（繁體版《書中之書》和英出版，簡體版為河北教育出版社出版。在此以簡體版《書中書》為分析對象。）進行詮釋。若假設文本自身的獨立性，同時考量「兒童」在書中的位置來分析圖像，約略可以讀出兒童自我的變化及馴化（或說進入父系象徵秩序）的過程。

首先，封面上可以見到包裝紙被撕了一角，露出包裝紙內的書，書上露出黑白色系、小孩的半邊臉與室內景。小孩正睜大雙眼，似笑非笑的望向觀者。原來被包裝完好的、外顯於社會上的社交物品——禮物，被撕開一角，揭露了社會完好下的另一面不應該被看見的、內裡的、帶有主動而強烈慾望的凝視，透露出一種詭譎。封面上的圖像，似乎預示了一種想要跳出的內在心理與外在包覆阻隔的現實間衝突與揭露。接下來，一起看看，書中揭露了什麼樣的兒童觀？其中的衝突如何呈現或解決。

1《書中書》與鏡中自我的形塑

內頁首先看到孩子拆開包裝，包裝內書籍圖像呈現了孩子握著書本的形象，孩子看著書上無限複製的自己形象如同照鏡子，接著下面的翻頁，真的出現了孩子拿著書，站在鏡子前，透過鏡子確認書與自己的關係，同時再次複製孩子手握書的書籍中圖像。閱讀這幅圖像，聯想到拉岡提出十八個月大孩子初次見到鏡中之我一般，第一次感受鏡中的我，而萌生了孩子自我意識，與完美自戀的想像。當然，在成為完美自我的幻想過程前，孩子的精細動作無法達成，對於自我的感覺破碎而不完整；成為完美自我的幻想過程中，除了孩子對鏡子中自我形體完整的發現，同時也會有個創造或陪伴的成人，來支撐孩子對自我美好幻想的完成。孩子眼中的成人原來就是萬能與完美的，與孩子從成人眼中看見對自己的期待，一同造就了孩子自我的成形。若回到《書中書》來看，孩子見到鏡中的自己，與深邃的書中書空間，帶著種種疑問，[1]決定進入空間，尋找書內源頭，如拉岡所言，發現了一個不斷在創造出孩子圖像的成人——畫家。[2]畫家提出了問題，因為畫中總是有畫，所以不得不繼續畫下去來完成他的書。在此孩子在畫上提了字「結束！後面什麼都沒有了！」[3]解決了畫家受困書中書問題，兩人一起步出層層深邃空間。在此，孩子完成了如同鏡中複製般的書中書任務，見到了完整的自我外在形象，以及成為成人眼中期待的完美形象。

---

1 如，《書中書》書名頁的求救聲「救命呀，誰來救我呀？」寵物由孩子身邊的貓畫成兔子，以及孩子看不到書中書的終點等等。

2 在成人創作下的孩子，越來越小，同時也在禁錮中。這應該是圖畫書圖像表達的另一層寓意。

3 一種自我中心式的解決問題的方式。貼近幼兒心理發展模式。

2 孩子從縮小到變大象徵自我的完美幻想

孩子的完美自我與自戀的形塑，筆者認為表現在孩子進出書中空間時的變大或縮小。早先，當孩子進入空間時，隨著空間層層深入而縮小；解決成人問題後，走出空間時，孩子逐漸變大。也就是說，當孩子進入書籍底端遇見畫家時，為孩子外型最小，畫家非常巨大的時候，筆者認為孩子與成人大小的對比，顯示孩子眼中的自我形塑與成人的差異：孩子對自我認知的破碎、不完整與渺小，相對於成人的完好。然而，當孩子遇見畫家並解問題的那一刻，同時也是孩子自我轉變的契機。孩子問：「你變得越來越小了！」畫家說：「不是，不是我變得越來越小，是你變得越來越大。」成人維持原來尺寸，相對視覺上孩子顯得越來越大，成人越來越小。在這裡，若用「鏡中自我形塑」的觀點來看，孩子在成人身上同時看到了自己完成成人眼中解決問題的期待，與隨之而來擁有完美自我能力的幻想。依照拉岡的觀點，孩子尺寸的變大如同自我逐漸增長，終至完成自我的形塑[4]。[5]

3 寵物的變換與進入象徵秩序

而理想自我的完成與進入象徵秩序的關係，或許可以從孩子身邊的寵物來觀察。孩子進入書裡的空間，其中一個因素在於尋找畫家將孩子身旁的動物由現實生活中的白貓換成棕色兔子。當孩子解決畫家問題時，畫家隨後也將書裡兔子改成白貓。筆者認為棕色兔與白貓從

---

4 書名頁文字表現了畫家求救聲，及隨後孩子解決畫家的問題，兩者強調了孩子解決問題的能力與能動性，也加強了孩子理想自我的形成。

5 書中畫家與孩子對話，解釋孩子變大是因為孩子每經過一本書，「就會變得更大一點兒」。其中似乎也暗示閱讀對孩子成長的影響。以拉岡觀點，孩子自我的形塑與成長為從前語言的想像秩序進入語言與父親象徵秩序的轉折。

動物社會學觀點來看，帶有孩子的隱喻意義。也就是說，伴隨著孩子自我的成長，孩子從不受拘束的棕色野兔象徵進而成為家貓——一種家中豢養，進入社會秩序，但又不完全依循秩序而帶有自我的動物。從畫中動物圖像的轉換，暗示了進入象徵秩序後孩子的馴化，但仍具有幼兒心理學上自我中心的心理發展模式。

4 再次回到封面的閱讀

若由精神分析後設心理學觀點，封面上呈現的外在禮物包裝與內在呼之欲出的孩子眼神，似乎如同原來包裹在內裡，不應該顯現在社會上被看見的內在心理機轉，透過圖畫書圖像，巧妙的將孩子強烈的內在慾望過渡到外在秩序：孩子從內在心理想像秩序完成進入社會象徵秩序的轉折。當內在機轉與外在現實轉換，讀者因而透過具有神秘風格的《書中書》，完成了一趟兒童心理之旅。

面對全球化的兒童出版產業，圖畫書創作無法置身於全球化的地理環境之外。圖畫書插畫原有的空間性、全球地理流動對圖畫書空間創作的影響、在地與全球化人文空間的交會等等，使得「空間」議題早已隱含在圖像中，訴說著許多隱喻性的故事。圖像的閱讀需要學習，本文嘗試透過幾個議題的圖畫書插劃分析，期許拋磚引玉，引起更多讀者對這一波人文空間的關注，並與文學及藝術圖像等相關跨領域文化研究接軌。

參考資料

1 圖畫書

大衛・卡利（文）　沙基・布勒奇（圖）　吳愉萱譯　《我等待……》　臺北市　米奇巴克公司　2006年

三浦太郎（文圖） 鄭明進譯 《小小國王》 臺北市 小魯文化事業公司 2012年
尤塔‧鮑爾（文圖） 賓靜蓀譯 《大吼大叫的企鵝媽媽》 臺北市 天下雜誌公司 2015年
史蒂芬‧賽維居（文圖） 《海象在哪裡？》 臺北市 維京國際公司 2014年
妮娜‧雷登（文） 雷娜塔‧麗斯卡（圖） 柯倩華譯 《還記得》 臺北市 米奇巴克公司 2014年
松谷美代子（文） 岩崎知弘（圖） 康東誼譯 《洗澡啦》 臺北市 臺灣麥克公司 2014年
約克‧米勒（文圖） 賴雅靜譯 《書中書》 石家莊市 河北教育出版社 2011年
宮越曉子（文圖） 張東君譯 《森林深處的茶會》 臺北市 遠流出版公司 2013年
斐立登‧歐羅（文圖） 鄭榮珍譯 《小噴火龍與白米飯》 臺北市 台灣東方出版社公司 2014年
徐素霞（文圖） 《媽媽，外面有陽光》 新竹市 和英出版社 2008年
薰久美子（文） 加藤陽子（圖） 李慧娟譯 《擠一擠電車》 臺北市 台灣東方出版社公司 2014年

2 書籍

北岡誠司著 魏炫譯譯 《巴赫金——對話與狂歡》 石家莊市 河北教育出版社 2002年
松本猛、松本由理子 《ちひろの世界》 東京都 講談社 2013年
黃文叡 《現代藝術啟示錄》 臺北市 藝術家出版社 2002年

梅比爾斯（William Moebius） 馬祥來譯 〈圖畫書符碼概論〉 收入《兒童文學學刊》 3期 2000年 頁160-182

培利．諾德曼（Perry Nodelman）著 楊茂秀等譯 《話圖：兒童圖畫書的敘事藝術》 臺東市 財團法人兒童文化藝術基金會 2010年

波洛克（Griselda Pollock）著 陳香君譯 《視線與差異》 臺北市 遠流出版公司 2000年

蘇立文（Michael Sulliven）著 陳瑞琳譯 《東西方美術的交流》 南京市 江蘇美術出版社 1998年

漫畫家或醫師？

——從一九五二年手塚治虫的選擇談起*

導讀

日本知名漫畫家手塚治虫於一九五二年取得醫師執照，開始面臨醫師或漫畫家的職業選擇。當時日本醫生為收入穩定、高社經地位的行業，漫畫則因為「不良讀物」與界定在玩具類商品等社會因素，漫畫家收入與社會地位尚不穩定。

在擁有醫生執照與相對弱勢的漫畫產業上，手塚仍選擇成為漫畫家。本研究發現，一九五〇年代，戰後日本兒童觀與社會對兒童態度的轉變有利漫畫的轉型與實驗、手塚逐漸建立自己的美式動畫漫畫風格、漫畫收入逐漸穩坐關西地區龍頭等因素，讓手塚產生對漫畫環境的信心，而有足以與從醫抗衡的選擇，一九五二年決定以漫畫家，作為一生的志業。同時在心理層面上，漫畫作為一種故事創作，與媒體的大量複製，對於深刻經歷二戰經驗的手塚，擁有較醫師工作更大的表達生命與人性關懷的可能。

雖然手塚選擇成為漫畫家，但對醫學興趣不減，隨後仍跟隨奈良醫大安澄教授團隊做研究圖像繪製，繼而取得醫學博士學位。之後一九七〇年代創作漫畫《怪醫黑傑克》系列，順利將漫畫與醫學興趣兩者結合。

---

* 本篇收錄於《庶民文化研究》第十期，「田野紀要」專欄，2014年。

一　前言：手塚治虫與一九五二年

創作出歷久不衰漫畫《原子小金剛》、《森林大帝》、《怪醫黑傑克》的漫畫家手塚治虫（1928-1989），同時也是奈良縣立醫科大學醫學博士。一九五二年通過國家醫師考試，取得醫師資格，同時期漫畫代表作《森林大帝》、《原子小金剛》分別在《漫畫少年》、《少年》雜誌連載。當時醫師在日本有較高的社會地位與收入，漫畫家較沒有經濟與社會保障（成人對漫畫是否適合兒童閱讀，仍有爭議）。成為醫師，還是漫畫家？對手塚而言，實在是難以選擇的人生命題。

日本與臺灣學者，在思考此一問題時，大多以手塚在〈「生命的尊嚴」是我的主題〉文中提到的一段往事，作為手塚選擇作為漫畫家的關鍵與結論：

> 最後決定我一生的，還是母親的一句話。我當時想，當醫生也好，繼續畫漫畫也不賴，三心兩意。終於到了非選擇其一的時候了，我對母親說：
> 「我想到東京畫漫畫，也想待在寶塚當醫生。」
> 「你真正喜歡的是哪一樣？」母親問。
> 「真正喜歡的是漫畫。」我如此回答。
> 「真的那麼喜歡漫畫的話，那就到東京去吧」母親說。
> （手塚治虫著，游珮芸譯，1999年，頁81-82）

對話中凸顯母親對手塚的重要性及職業選擇的故事性。然而在日本學者石子順對手塚同樣問題的訪談中，手塚的回應是「因為我喜歡孩子……所以也喜歡漫畫呀」（石子順，2007年，頁58-59）。從手塚訪談的不同回應，對照二次戰後到一九五〇年代日本兒童文化的變革

（宮川健郎著，黃家琦譯，2001年，頁63-64；野村正昭，子どもの昭和史專題，2000年，頁11）與二戰後日本由美軍接收到取回獨立主權、美蘇冷戰的詭譎世界情勢，日本國應何去何從的考量等，日本社會從國家政策到兒童文化呈現一種變動的、多重可能的、似乎具有希望又搖擺的景象。此時二十四歲年輕熱血的手塚透過漫畫從視覺與文學大量傳布理念，似乎與從事醫師行業有不同的效果。從手塚所處漫畫工作與社會環境，伴隨與母親的關鍵性對話，漫畫家或醫師的職業選擇襯托出了手塚當時所處背景的立體多樣性。

本文將透過手塚的漫畫之路與從醫脈絡分別爬梳，依此帶出兩者的交會處，與一九五二年日本社會兒童觀的變革及國際幾個相關事件的影響。當手塚選擇成為漫畫家，看來與行醫之路漸行漸遠之際，二十一年後（1973）透過《怪醫黑傑克》的連載，終於將漫畫家與醫學身分作了理想的結合。

二　漫畫之路

手塚從小閱讀漫畫，小學時代因為身材瘦小無力、跑起來又慢、戴眼鏡、英文發音可笑而成為同學惡作劇的對象。因為當時畫漫畫是一項讓人側目的特殊技能，為了防衛自己反擊欺負手塚的同學，從小學開始拚命臨摹練習創作漫畫，引起同學的佩服。

對於當時的日本家庭來說，漫畫算是一種玩具，還不是必備的讀物，然而在手塚小時候，父親愛看漫畫，母親也買漫畫給三兄妹看，隨著文字節奏與人物性格變換聲調唸漫畫給孩子們聽。電影也是兒時手塚印象深刻的娛樂。父親有一台手動式家庭放映機，從小學二年級到中學，家裡常常放映電影與動畫片，手塚特別醉心於迪士尼動畫，戰後漫畫創作中，將美式動畫的動態節奏與分鏡構圖融合成為作品風格。

一九四六年，十八歲的手塚在報紙《少國民新聞》發表首部作品四格漫畫《小馬日記》，中學開始涉足政治性題材的成人漫畫。妹妹美奈子認為，因為第一篇被採用的作品是給孩子讀的漫畫，手塚因此朝向兒童漫畫發展（手塚治虫著，游珮芸譯，1999年，頁111）。一九四七年和酒井七馬合作出刊漫畫單行本《新寶島》，有別於以往漫畫搞笑、諷刺內容，《新寶島》以第一本故事漫畫出現而聲名大噪。一九五〇年帶著《森林大帝》原稿到東京發展，十一月於《漫畫少年》連載，一九五二年於《少年》發表《原子小金剛》，一九五三年前後正值日本漫畫雜誌版面尺寸與刊載量擴大，也就是「漫畫潮」時期（竹內オサム，2009年，頁119），漫畫量需求大增，同年手塚年收入成為關西地區畫家部門第一，突破二百萬日圓。可見一九五二年手塚面臨職業選擇之際，其漫畫事業就社會知名度與收入而言，正邁向高峰。

三　戰後到一九五〇年代前期日本的兒童文化

宮川健郎認為二戰後受日本敗戰影響，兒童文學表現面臨新的省思與變革。一九一〇年代起小川未明等人主張純真無暇兒童形象的童心主義與詩意的童話創作，戰後逐漸轉變為重視活力、活動的兒童，以少年（兒童）理想主義如「何謂正義？何謂人？何謂國家？何謂死？」的現實思考創作「少年」小說。宮川還指出，這種轉變其中還有一層含義，也就是從成人想像中的「兒童」，走向貼近現實中兒童本位的「兒童」。此種兒童文化歷程的轉變以一九五〇至一九六〇年為轉捩點（宮川健郎，2001年，頁51-56）。

野村正昭針對日本戰後到一九五〇年代兒童環境變化有具體說明。他提出一九四五年八月終戰後，數年間政府公佈多項教育政策，如一九四七年的教育基本法、學校教育法、兒童福祉法（同年手塚冒險漫畫《新寶島》發行），一九五〇年小學實施完全給食制度（營養午餐）等等（野村正昭，2000年，頁11）。民間於一九五二年成立守護兒童協會，日後手塚亦為該會成員之一（石子順，2007年，頁58）。

顯見二戰後到一九五〇年代初期，從政府到民間相當關注兒童與兒童文化，同時也有具體的策略出現，新一代兒童讀物創作者較有嶄露頭角的機會。竹內オサム認為手塚漫畫正是誕生在日本兒童文化開始發展的年代（竹內オサム，2009年，頁30）。

然而，終戰之際，也就是一九四五年代，同樣以保護兒童為因，各地家長與兒童保護團體發動「掃蕩不良讀物」運動，譴責兒童漫畫庸俗化，持續到一九五五年成為最高潮，讀賣新聞稱為「惡書追放運動」。當時所謂「不良讀物」指坊間圖畫粗劣、描寫語言與行為暴力、殺人、自殺、內容荒誕的兒童漫畫（竹內オサム，2009年，頁175-177）。媒體與家長對漫畫的關注，反映漫畫在當時的盛行與影響力，也影響手塚不斷思考著兒童中心下，漫畫的趣味、框限與藝術性等問題。

手塚漫畫內容似乎也逐漸調整適應這些多元的兒童文化變動與風潮。部分手塚漫畫研究學者認為《新寶島》的成功就在於能兼顧兒童讀者的主體性與成人觀點等二個端點。在手塚之前創作的漫畫，大多站在教育者、父親、兄長的立場表現，內容表現對兒童的教育性；而手塚以故事漫畫呈現讓兒童讀者接受、產生興趣，加上手塚作品內容深厚的人文思想與批判精神，漫畫一改低俗娛樂而朝向成為優良課外讀物的目標前進，平衡兒童與成人讀者需求（陳仲偉，2012年，頁43）。

一九五〇年連載作品《森林大帝》描述小白獅王雷歐在人類社會中成長，想盡辦法回到非洲大陸後，與森林的動物們成為朋友，一起團結對抗強佔森林的人類的故事。《森林大帝》隱含著動物與人類間的糾葛，動物想要脫離人們而自立的情節也隱喻著非洲民族想要與殖民國家分離獨立的熱潮（當時日本因為戰敗也在美軍的接管中）。故事中對於自然的破壞、人們對生物生命的掠奪也有所批判，其中的父子、家族情感與友誼描繪也深刻動人（石子順，2007年，頁24-25）。而手塚漫畫確實也反映戰後不久的社會現象（竹內オサム，2009年，頁107）。一九五二年連載作品《原子小金剛》敘述天馬博士因為兒子飛雄意外死亡而創造出機器人原子小金剛，後由御茶水博士接手撫養，讓原子小金剛成為人間正義、和平與愛的代言人。《原子小金剛》的機器人小金剛和《森林大帝》的小獅王角色塑造同樣安排了二戰後到一九五〇年代意識到身為戰敗國的日本孩子們喜歡的英雄與超越常人的角色，以及主角與弱小者共同合作以下位逆轉上位的主題（佐藤忠男，2000年，頁4-5太陽別冊），故事內容對人與異種的關係、生與死也做了深刻的探討並賦予諷刺性內涵。

四　從醫的志願

手塚曾祖父在幕府後期擔任醫師工作，因此父母也期望手塚成為醫生。一九四一年中學時代手塚仍是個矮小、視力差、身體虛弱但美術才能出眾的學生，對於戰時軍事訓練感到特別辛苦，表現也特別差。一九四四年因戰爭動員到大阪石綿工廠從事勞動服務，為了避免到前線作戰，手塚期望自己能夠成為軍醫。另一方面，戰爭時期兩手從手指到手臂得了濕疹，長期吃藥看醫生，後來母親帶他去大阪大學醫院治療才免於兩手切除的命運。進入大阪大學附屬醫學專門部成為軍醫的念頭也開始成形。

大阪大學醫學專門部是根據日本戰時國家動員法，在全面發動戰爭的情況下，需要大量軍醫，緊急培育軍醫的組織，也就是軍醫養成速成班。手塚在中學畢業後的一九四四年入學，一九五一年醫學專門部廢止前畢業。一九四五年戰爭結束，手塚也就沒有成為軍醫，但仍參與實習一年，一九五二年七月參加醫師國家考試，取得醫師資格，一九五三年九月領取醫師執照。即使手塚成為漫畫家，似乎仍鍾情於醫學，在學長的引薦下進入安澄教授研究團隊，製作論文圖示並參與研究（竹內オサム，2009年，頁186），一九六一年取得奈良縣立醫科大學醫學博士學位。

手塚在〈「生命的尊嚴」是我的主題〉文中，提及在戰爭時期沒想過將來要當漫畫家，志願是軍醫，但是戰爭結束後沒有軍隊，也就不再需要軍醫了（手塚治虫著，游珮芸譯，1999年，頁77）。

或許這也是一九五二年手塚依興趣選擇成為漫畫家的原因之一。然而手塚對自己沒有成為醫師似乎仍留有些許遺憾與緬懷，而再度回顧。同一篇自述中，近六十歲的手塚回顧醫師與漫畫家的差別，或許在於待在某個地區當醫師，閒來無事打個高爾夫球，年紀大一點的時候，診所交給年輕人，在院子裡玩玩盆栽就好。而不用像個漫畫家，年近六十還在第一線上畫漫畫（手塚治虫著，游珮芸譯，1999年，頁76）。

五　戰爭、書寫與療癒

成為軍醫或漫畫家，看來是不相干的二件事，然而對於手塚成長的社會與國際政治環境來說，卻將這兩種職業緊密的連繫在一起：逃避前線戰爭而成為軍醫或不斷的透過戰後書寫，傳達生與死、和平與反戰主題的療癒。

手塚出生於昭和三年（1928），昭和六十年（也就是平成元年，1989年）因胃癌過世。手塚的一生等於是日本昭和史的體現。若依半藤一利對《昭和史》的研究，日本在昭和天皇之前因為中日甲午戰爭與日俄戰爭的勝利，完成現代化國家建設也躋身在世界強國之列。昭和元年，仍處在政治強國的狀態中，然而亞洲局勢卻開始動盪不安：中國北伐、俄國革命成功建立蘇維埃政權，這些因素使得日本在滿州利益不保。一九三一年，手塚三歲之際，滿州事件爆發；一九三七年中日戰爭爆發；一九三八年日本發佈戰時國家動員法，直到一九四五年八月日本天皇宣布敗戰，手塚從出生到十七歲的青春歲月幾乎都在戰爭中度過。其中一九四五年終戰前，美軍 B29轟炸機密集轟炸日本本土：東京、大阪、名古屋，這次轟炸中手塚並未進入防空洞而目睹了大阪區域的轟炸事件：層層疊疊燒焦的屍體在路邊、河川邊，大片的火海，成為轟炸落點而瞬間死亡的整個防空洞的人們，下著黑色的焦味的雨點……交通停擺，倖存的手塚與其他居民慢慢的沿著鐵道邊，走了幾天幾夜的路回家。早先戰爭在手塚的印象中大多是學業的中斷、軍事訓練課程、石綿廠軍事動員工作、配給的不足與飢餓，美軍轟炸後原來戰爭還有另一場面貌，一線之隔的生死無常與悲慘戰爭的震撼教育。

手塚在醫學院求學與實習的時候，對人的生命與死亡曾有深層的思考；戰爭結束後，看到日本睽違已久的招牌霓虹燈亮起，也有「活著真好」的生命與尊嚴的感慨。生與死、和平與反戰因此成為手塚作品的兩大主題（手塚治虫著，游珮芸譯，頁73-74、83-84），戰爭成為串連手塚學習醫學和從事漫畫機緣的交叉點，同時醫學知識與戰爭經驗成為手塚漫畫一再重複書寫生死與和平主題的推手。

一九四五年八月日本國內仍因敗戰而餘波蕩漾，並未隨著二次大戰結束而結束。戰敗的日本依照《波茨坦宣言》還必須在盟軍接管下，直到「永久去除通往征服世界之舉的權力與勢力……盟軍將於和平且有責任的政府成立時撤出」（半藤一利，2010年，頁202）。也就是說，從戰敗後日本被盟軍代表麥克阿瑟將軍接管，直到日本正規軍隊解散。日本在盟軍代表的政治佔領結束到回歸日本天皇統治，時間正好在一九五二年，也是日本政治體質改變，邁向和平國家之列，經濟開始起飛，手塚選擇成為漫畫家的同一年。

戰爭或許終於告一段落，然而隨後一九五〇年代美蘇冷戰、朝鮮半島戰爭等等與日本政治地理情勢攸關的國際環境，及長期成長在戰爭的國際社會環境，選擇成為醫生或是漫畫家，看來卻有了不同的社會責任。成為有名的醫生一個個診治病人，延續病人的生命，和透過出版的大眾媒體方式自由自在、無限寬廣的想像來描寫內心的主張，傳達基本的人權（石子順著，頁26-28）似乎效果是不同的。研究手塚作品學者如：竹內オサム、石子順、田中弥千雄、Lasalle石井、巽尚之、陳仲偉等等，皆提及手塚自述所言，作品重複的主題在於人活著的可貴與生命的尊嚴（手塚治虫著，游珮芸譯，頁74）。田中弥千雄認為長時間處在戰時與戰後混亂期的人生經歷，關於人心的善與惡、愛與恨、人性或獸性這些屬於人性的一體二面也都共存在手塚作品裡（田中弥千雄著，2002年，頁31）。石子順以《原子小金剛》創作時代為朝鮮戰爭衝突下的作品為例，說明手塚作品中常隱含的問題意識，其中戰爭的批判、和平的主張、生命的存續與滅亡是永續的主題（石子順著，頁12-13、26）。漫畫內容似乎彰顯了手塚的社會思想與對戰爭的批判，漫畫作為載體的大眾傳播特性影響力似乎也較為強大。

然而，有趣的是，手塚為什麼一再的重複類似的主題？若以佛洛伊德精神分析對兒時的屏幕記憶與創作觀點，手塚從小生長在日本與蘇聯、朝鮮、中國政治利益爭奪的戰爭時期，重複的「戰爭」生活，形成手塚從兒時到青壯年不斷親身經歷與內化的生命與社會史，人們保有將熟悉生活持續下去的內在本能，也容易將重複產生的生活習慣與場景延伸在我們的各種生活場域，因此手塚對於戰爭思考主題的熟悉容易以各種變形呈現在他的作品裡；另一方面或許也如同佛洛伊德在《超越唯樂原則》文章中提出人們對於經歷過大刺激的經驗，有時會本能的對刺激產生強迫重複性的掌控與支配（佛洛伊德著，林尘譯，2005年，頁38-41）。手塚在一九四五年美軍 B29 轟炸機燒夷彈低空轟炸的深刻記憶中所見的生與死，與其被動的反覆接收不愉快的戰爭經歷，不如主動透過作品的書寫來掌握它，從改寫與賦予美好的、諷刺的、死亡等各種不同故事發展，這種重複與建構性的書寫更能徹底的讓手塚對於戰爭刺激產生的生命經驗得到主動的掌握。

戰爭帶來的生命成長史，在此手塚用漫畫創作職業的選擇，做了對自我的療癒與社會思想表達的可能。

六　漫畫家與醫師的兩難到結合——《怪醫黑傑克》

一九七三年手塚為動畫商業行銷與製作而成立的虫製作商事與虫製作兩公司相繼倒閉，同年《周刊少年チセンビオン》向手塚邀約大約四期[1]的漫畫稿件，手塚到東京神保町的古書街搜集創作題材，買了一疊醫學用書，由此誕生了《怪醫黑傑克》（宮崎克、吉本浩二，2012年，頁8-9），因為故事大受歡迎而由四期展開了十年約二百四十多期的連載。《怪醫黑傑克》的誕生因此成為手塚漫畫生涯的轉捩點與隱喻，而有其重要性。

《怪醫黑傑克》本名間黑男，八歲時與母親外出，在海邊誤觸未爆彈，炸彈爆炸的結果，母親當場死亡，間黑男生命垂危並體無完膚，經由本間醫師的醫治與皮膚移植，其中臉部部分移植混血黑人皮

1　也有五期的說法。請見陳仲偉，《《怪醫黑傑克》論——醫學倫理與漫畫文化的觀點》，頁82-84。

膚，因此有部分黑色色塊及疤痕，但也終於挽回一條性命。事故後間黑男父親帶著女友移居香港，對小孩並不關心，因此母親的過世，對間黑男是一大打擊，但是他將對本間醫師崇拜的昇華，使他努力研讀醫學，並成為一流的外科醫師，但因為不想要頭銜、規則與不想成為處處受限的醫師，而未參加醫師國家考試。二十四歲時住進海岸邊的家，同時也以「黑傑克」之名開始了他的執業生涯。依據研究者陳仲偉的考據，「黑傑克」名字來自於 BLACK「黑」，JACK「男」，取其「黑男」之意（與日文名相同）；另一方面，陳仲偉也提出「黑傑克」意涵和海盜旗上的骷髏頭標誌有關，代表像海盜般的診斷，粗暴的以手術刀切割，然後搶奪金錢之意（陳仲偉，頁87-92），藉此引涉黑傑克的醫療模式。醫師黑傑克常常診治高自費病患，並以自己特立獨行的思考方式決定是否進行診治、如何診治，對病患的醫治常常不只在身體，影響的還有人的生存意志與尊嚴等等命題。在短篇章回故事中，常可見到人類生存著的各種生、老、病等狀態，在經過醫師黑傑克巧妙診治後，病患有不同的生命與思維的轉變。

關於作者手塚與黑傑克的關係，日本學者石子順認為主角黑傑克出場的受傷大概就是手塚自身的寫照。由於當時手塚動畫公司破產，漫畫創作得不到讀者的正面回應，漫畫界與讀者認為手塚的時代已經結束了。《怪醫黑傑克》故事主角黑傑克因為未爆彈事件而瀕臨死亡、體無完膚，似乎就是作者手塚當時的自畫像（石子順，頁52）。手塚曾在文章自述《怪醫黑傑克》是以他就讀醫學院時的體驗畫出來的漫畫；同時黑傑克醫師治療病患時閃過的念頭也是手塚思考之處，如醫師的醫療是在肉體還是精神上的支援？以醫療技術延長病患的壽命，果真是醫師的任務嗎？（手塚治虫，游珮芸譯，頁89-92），根據竹內オサム（頁186）的資料考掘，手塚在奈良縣立醫學大學博士班就讀期間曾經接受著名的解剖學教授安澄指導，也曾經加入老師的研究論文研究團隊，協助論文製作圖示。黑傑克作為一名外科醫師，或許也和手塚對外科解剖與相關病理學熟悉的緣故。

《怪醫黑傑克》故事中，手塚還安排了自己其他作品如《森林大帝》的獅子雷歐、《緞帶騎士》的藍寶公主等等，從創作早期就出現的漫畫人物在《怪醫黑傑克》中擔綱。竹內オサム（頁208-212）認為串連多部作品人物其實也有手塚回顧與檢閱自身漫畫史的意味。

此外，主角黑傑克因為誤觸未爆彈受到本間醫師的醫療而重生，因此想成為像本間醫師一樣高明的外科醫師；手塚在戰爭期間因為營養不良而雙手起疹，在大阪大學附屬醫院的治療下免於雙手切除的命運，因而有了進入大阪大學附屬醫學專門部當醫生的念頭（石子順，頁54）。

在部分學者對《怪醫黑傑克》故事與手塚生命歷程的回顧對照閱讀時，認為許多相對應的證據，似乎顯示了黑傑克就是作者手塚的化身。

也就是說，透過不斷書寫黑傑克醫師外科技術的高超，達成了手塚二十年前接觸外科卻未從事醫療工作的遺憾與心願，沒有醫師執照的黑傑克也正好可以彌補手塚停留在十多年前的醫學知識，讓創作的想像空間比重得以擴大於醫療的專業術語與專業內容，而漫畫中透過黑傑克治療中與人的互動傳達手塚對生命和社會的觀察，醫師黑傑克不斷面對瀕臨身體的或意志的死亡的病患，然後救治成功或燃起生存的希望，似乎也反映了手塚兒時對戰爭生命的時而絕望時而又高興自己「活下來了」的敘事，同時也表示了手塚從破產後一無所有到東山再起的故事。

透過漫畫創作《怪醫黑傑克》，手塚完成了既是人間與社會的醫生又是漫畫家的多重夢想。

七　結論

手塚小時候家庭的文化環境以及為了在同儕間擁有受矚目的技能，手塚從小接觸漫畫，畫漫畫成為持續的興趣；同時，二次戰後日本戰敗的思考與革新，轉而重視兒童文化，新的兒童觀產生，孕育了手塚從事兒童漫畫變革（故事漫畫加上美式動畫風格）的有利基礎，手塚至今仍受到矚目的重要著作，如《森林大帝》、《原子小金剛》當時已陸續連載並獲得好評，嶄露頭角的社會地位與高收入，形成一九五〇年代手塚對漫畫環境的信心，而產生足以與從醫抗衡的選擇，一九五二年在同時考上國家醫師執照的同時，以自己的興趣——畫漫畫，作為一生的志業。然而選擇醫師或是漫畫家作為職業，看來是一個單純的人生志向的決定，手塚自述也提到與母親方面的影響有關，然而若從當時手塚生長的時代背景，如國際與社會情勢、生命史、日本兒童文化、經濟與社會地位等觀點檢視，手塚的處境與考量似乎是多元並有所準備的，甚至在漫畫創作的風格、社會影響與收入都已經奠定了基礎，也未放棄醫學學位的經營與執照的取得，然後在適當時機中選擇成為漫畫家。從以上文獻分析似乎並非如一般日本或臺灣學者認為手塚單純考量，放棄高社會地位的醫師與收入而選擇興趣作為一生的職業的崇高性。然而，無論如何，對於手塚治虫而言，《怪醫黑傑克》的成功讓醫生與漫畫家生活的結合，總算有了完滿的結局。

參考資料

1 漫畫

手塚治虫　《怪醫黑傑克》全集　臺北市　時報文化出版企業公司　1993年

手塚治虫　《原子小金剛》1-5集　臺北市　臺灣東販公司　2011年
手塚治虫　《緞帶騎士》全集　臺北市　時報文化出版企業公司　1994年
手塚治虫　《手塚治虫的漫畫之旅》　臺北市　臺灣東販公司　2012年
手塚治虫　《三個阿道夫》　臺北市　臺灣東販公司　2001年
宮崎克原作　吉本浩二漫畫　《怪醫黑傑克的誕生》　臺北市　臺灣東販公司　2012年

2 中文資料

Lasalle 石井、巽尚之著　黃穎凡譯　《手塚治虫——留給未來的七件禮物》　臺北市　三采文化出版事業公司　2012年
手塚治虫著　游珮芸譯　《手塚治虫——我的漫畫人生》　臺北市　玉山社　2007年
半藤一利著　林錚顗譯　第一、の二部《昭和史》上、下集　臺北市　玉山社　2010年
竹內オサム　《手塚治虫——不要做藝術家》　臺北市　臺灣東販公司　2009年
宮川健郎著　黃家琦譯　《日本現代兒童文學》　臺北市　三民書局公司　2001年
陳仲偉　《怪醫黑傑克論——醫學倫理與漫畫文化的觀點》　臺北市　臺灣東販公司　2012年
佛洛伊德著　林尘等譯　《佛洛伊德后期著作選》　上海市　上海譯文出版社　2006年

3 日文資料

石子順　《平和の探求——手塚治虫の原点》　東京都　新日本出版社　2007年

田中弥千雄　《アトムは僕が殺しました──手塚治虫のこころ》　東京都　サンマク　2002年
佐藤忠勇、野村正昭等　《別冊太陽──子どもの昭和史》　東京都　平凡社　2001年1月

童書店不只是「童書店」
——日本東京童書書店「蠟筆屋」文創產業探究*

導讀

日本東京知名童書專賣店「蠟筆屋」，一九七六年由媒體記者與作家落合惠子接手經營，當時東京一般的童書銷售仍附屬於綜合書店的邊緣部門，並同時販賣銷量較大的漫畫與教科書，對童書部門或童書專門書店的經營與概念尚未成形。

落合接手後重新打造童書屋，書店內含文化活動、書籍可拆閱、舒適的閱讀環境、閱讀教育等空間情境營造，期許「蠟筆屋」為具有「圖書館架式」的童書書店，同時結合日本母系育兒文化與落合對女性身分的省思，童書店育兒與教育期刊、童書書種選擇與陳列等，帶有明顯的女性觀點與意識型態，此兩部分構成了童書屋的經營理念。

這篇研究透過「蠟筆屋」童書店相關文獻分析與東京實地踏查，從童書店軟硬體規劃與落合橫跨廣播、書籍與雜誌的創作出版、實體書店等多元媒體文化人身分，提出「蠟筆屋」建構一套育兒與兒童讀物／繪本與理念融合的知識體系場域，讓積極需要這類知識的成人投入「蠟筆屋」建構的場域空間，內化「蠟筆屋」童書屋的獨特風格與知識體系，同時也造就了「蠟筆屋」在童書／育兒文化理念認知圖示的鞏固。

---

* 發表於「2013第八屆崑山科大國際視覺傳達設計研討會——雲端思維下的影像美學與設計價值」。

一　研究動機

日本女作家落合惠子經營的日本童書書店「蠟筆屋」（Crayon House），為臺灣童書愛好者赴日的「朝聖」之地（謝依伶，2012年），同時童書書店的盛名，亦可以在臺灣翻譯出版的落合著作《繪本屋的100個幸福處方》（林佩儀譯，落合惠子著，2008年）出版策略中出現，這本書的封底頁面上寫著：

> 日本知名作家落合惠子，不僅著作等身，更開設了名聞遐邇的童書店「蠟筆屋」（crayon house）……。

透過臺灣讀者對童書書店「蠟筆屋」的聽聞，帶出這個臺灣讀者陌生的異國作者與著作專業性的連結。《繪本屋的100個幸福處方》封底文字繼續讀下去，發現書店經營的概念隱含其中：

> 以及「女性專門書店」。除了讓顧客可以一邊喝咖啡一邊看繪本外，也廣邀文化人聚會談天，為書店營造出一個屬於「女人」和「小孩」的據點，好讓對此議題有興趣的人，能一起為同處弱勢的「女人、小孩」發聲。

性／別、文化、權力與書店營造的氛圍、美學似乎連結在一起。封底作為書籍最簡潔的內容大意與自我介紹的行銷特質，顯現了一種多重的議題交織，童書店「蠟筆屋」在此似乎不只是童書店的經營，還包含了書店／作者建立的文化認知與慣習，被書籍編輯、推薦者感知而再度傳播到臺灣（附註一）。

這多重權力關係的內涵為何，如何被感知與形成讀者認知的慣習（habitus），就是這次「蠟筆屋」踏查，筆者想要觀察與探討的。

「蠟筆屋」書店外觀與賣場樓層分布

二　研究問題與方向

一九七六年十二月位於東京原宿「蠟筆屋」書店由落合惠子接手經營，一九八六年遷移到現址北青山，成為三層樓加上地下室的複合式賣場，二〇一三年八月筆者走訪時的經營型式：地下室為有機蔬菜店、自然飲食餐廳，一樓童書店，二樓天然材質玩具樓層，三樓女性書店、有機保養品、天然材質家居用品等。童書店藏書約五萬冊兒童書，以兒童繪本為主，擁有自己的編輯部，編輯童書並出版家庭育兒《蠟筆》、繪本教育《蠟筆屋繪本學校》等相關雜誌（林真美，2008年；謝依玲，2012年；東潤出版社編輯部，1992年；筆者2013年8月走訪）。書店經營與規劃，可以見到側重孩子、女性及二者關係為中心的心理與生理考量。

據林真美文章提及，落合惠子為單親家庭出身，書店是兒時等媽媽來接時，流連的地方，但常常被店員驅趕，因此兒時就希望能開一家永遠不趕人，又可以舒服坐著看書的童書書店。

童書「專門書店」與「可以坐下來看書」的觀念在「蠟筆屋」創立的八○年代尚未成形，當時童書的銷售多位於綜合書店內，童書部門為書店的弱勢部門，書店同時銷售漫畫與兒童學業相關的參考書，後兩者為「蠟筆屋」所認為沒有內容、不值得讀而因此沒有販售的圖書（落合惠子著，陳增芝譯，1988年），然而「蠟筆屋」陳列的兒童圖書可以自由閱讀，坐下來閱讀，且沒有時間上的閱讀限制。目前「蠟筆屋」成為尊重兒童文化知名的日本兒童書店，擁有東京與大阪店，並能吸引三代同堂的讀者進入書店，「蠟筆屋」無疑是某些理念的建立與堅持，已得到讀者的認同與延續。

接下來，筆者想要進一步發掘的是，「蠟筆屋」提出了哪些理念？又如何推動理念，讓這些理念得到讀者認同並延續下來？也就是說，讀者透過童書店接受一套閱讀文化與形成兒童文學閱讀的品味與慣習，然而這種品味與文化慣習，和童書店營運本身具有的商業特質，又如何巧妙地在衝突中融合？其中童書店的軟硬體設施，又如何展現這種文化與融合？

三　「蠟筆屋」的經營理念

《繪本屋的100個幸福處方》林真美推薦文中提到，創辦人落合惠子期許這是一家有圖書館架勢的專門書店（林真美，2008年）。落合惠子在著作《結婚前線》，透過女主角的對話表達，書店的店員跟其他商店店員不一樣的地方，在於提供諮詢顧問，尤其是兒童圖書店員，要有把自己當成圖書館員的心理準備（落合惠子著，陳增芝譯，1988年，頁76）。作為一個兒童圖書館般的書店，提供孩子及家長諮詢、開架式的藏書、坐下來慢慢閱讀，且不陳列學科參考書或漫畫等服務或許就不足為奇。然而，圖書館的功能、機制可能還不止於此，包含書籍的選擇與蒐藏、教育與資訊學習等文化的營造。法國書籍史學研究者夏堤葉提出歐洲中世紀以來，圖書館的理想在於藏書的齊全，然而蒐羅所有書籍的不可能，以至於圖書館在聚集圖書的功能之外還對圖書進行篩選與嚴格的控管（侯瑞．夏堤葉著，謝柏暉譯，2012年）；聯合國教科文組織一九九四年發表的公共圖書館宣言（UNESCO Public Library Manifesto）指出，公共圖書館是通往知識的門戶，並為個人、團體提供終身學習、自主選書與文化發展的基礎環境，資訊、知識交流與服務的中心（吳清基，2011年）。落合在著作中也揭示了兒童書店對引領兒童終身閱讀興趣與書籍篩選的重要：

> 兒童原本就很喜歡看書。然而幫助兒童培養更濃厚之看書興趣的，就是我們大人，以及書店。……所以我認為有選擇性地擺出一些有益兒童身心的書是很有必要的。……培養出愛書的兒童也等於是培養將來的讀書人口，……這也可以說是咱們書店從業人員的夢想與理想。（落合惠子著，陳增芝譯，1988年，頁234）

「選擇」有益兒童身心的書，意謂著標準的存在，與書店經營者個人／工作人員品味的公眾化。具有圖書館架勢與功能的兒童主題書店，還暗示著此公眾化的標準持續作為著，成為一套兒童閱讀的觀念與對家長的教育守則，也就是建立知識的權力與權威。

另一方面，童書店目標讀者設定在兒童，然而真正具有購買能力與兒童閱讀的重要影響者仍在於家長，就日本而言，母子／女的關係往往是家庭的核心（伊恩．布魯瑪著，林錚顗譯， 2011年），也就是說，母親由於育兒的關係，對兒童閱讀興趣的指引具有關鍵性。「蠟筆屋」在童書店之外，佔據一整個樓層的女性書店與女性與育兒雜誌的出版，預設了書店主人落合對育兒的女性及身為女性的自身角色的關注。落合觀察到通常會到童書部門的是女性和小孩，同時認為家長太過於重視孩子學業，輕忽閱讀樂趣，小孩被強迫看書或閱讀升學教科書，自然不喜歡閱讀，因此孩子的閱讀興趣常常和成人／育兒的女性觀念有關（落合惠子著，陳增芝譯，1988年）。對女性自身與育兒婦女的關懷呈現在兒童書店裡，在於兩性關係與少年兒童性／別書籍的選擇、專題陳列及在此種安排下隱含的性／別教育。在落合書寫以書店童書部門工作的都會男女愛情故事《結婚前線》小說中，落合設定一對國中學生小芳與阿健交往，兩人探詢男女生理碰觸的感受、如何受孕、性自主、尊重的過程與女性生理偏見的釐清（女性生理期與情緒、性行為、能否委以重任等關係），反映了性與兩性教育對國中學生的重要。在小芳與阿健的兩性關係探索中，「蠟筆屋」童書店透過圖書館般「齊全」又可以「公開查閱」的經營方式，成為協助兩人性教育啟蒙的關鍵位置。

基於上述，「蠟筆屋」童書屋似乎在「圖書館」般的軟硬體功能、兩性及母親／子女教育列為經營重心之一。落合如何讓童書店自己在讀者面前說出這些理念，又如何運用本身的資源傳達理念？以下筆者將就現有文獻與書店軟硬體觀察，於下一小節分析呈現。

四　理念的推動

（一）現有文獻分析

「蠟筆屋」童書屋經營者落合惠子，一九四五年生於日本栃木縣，一九六三年就讀明治大學英語文學系時，發現所參與社團中幹部都是男性，開始質疑女性為何不能擔任幹部。一九六七年大學畢業後擔任播音員的工作，四年後出版詩集，並在《週刊女性自身》開始連載混和著新詩與散文的短篇文章，一九七六年接掌「蠟筆屋」童書書店，隔年開始大量書寫女性意識小說、童書創作與翻譯、教育評論等。一九八六年書店由原宿表參道遷移至北青山擴大營業，當時童書店增設美術館與托兒，並開始發行《兒童月刊》，稍後落合也重新回到廣播界製作與主持廣播節目（東潤編輯部，1992年）。

落合在《一茶匙的幸福》短篇散文中，書寫自己的單親家庭出身。落合的母親為小學老師的女兒，於大戰末期生下私生女落合。當時小學老師被地方上視為誠實、純樸的代表背景，為了想與所愛的人擁有愛情的結晶而未婚懷孕，落合及母親有如罪犯一般被親人、朋友背離，少女時期的落合也不太能諒解母親的「犯罪意識」。然而大學畢業之後，落合的專欄散文中寫著：

> 為一個男人生下孩子，這事對女人而言，可說是人生的一大賭注。為對方生育是一種愛的表現方式，雖是原始的，卻能因此證明雙方互相契合，兩心相許。（落合惠子著，李旅洋譯，1990年，頁64）

落合從對母親的不諒解到釋懷，轉而認同母親未婚生子為愛的表現，對於女性在社會的遭遇與自立自主的啟蒙，大概來自於母親而成形於大學時代親身感受到的兩性位置差異。

落合還進一步結合女性與生育，認為「女人在生育過後，才會有生為女人之感」（落合惠子著，李旅洋譯，1990年，頁65）。至此，落合的女性意識與育兒觀念深刻地結合起來，前述孩童時期在童書店等媽媽的經歷，讓落合進入童書店，並決定「認真的去處理兒童的事。舉凡一切有關兒童的事都包括。……我的工作是有關兒童圖書，但閱讀只是兒童生活中的一小部分而已。……換句話說，我想研究可以讓兒童輕鬆享受閱讀樂趣的社會環境。」（落合惠子著，陳增芝譯，1988年，頁271）落合的書店經營與女性意識的關聯，可說是互為表裡。

大量創作女性意識文學的同時，落合對「蠟筆屋」經營也相當積極。在「蠟筆屋」，落合每月一次邀請作家、詩人、教育評論家舉辦演講；每月二次開設「週日圖書塾」，供眾人發表創作童話。設置「蠟筆屋圖書大賞」培育作家，並開設「教育諮詢室」。

落合在接手「蠟筆屋」數年間，運用跨媒體與活動，教育「圖書館」式的童書屋理念。舉凡辦理書店內的兒童文學與諮詢活動、書寫兒童書店工作背景的都會成人小說、童書翻譯、創作，及隨後的廣播製作工作，橫跨書籍、廣播、書店通路等同質或異質媒體，傳播與散布「蠟筆屋」與兒童閱讀、教育諮詢、兩性觀點間連結的書店文化。擴大營運後的書店增設小小美術館，將童書書店位置大大提升，從商業單位到圖書館的教育性，提升到如同美術館般的藝術性殿堂。

落合對蠟筆屋的經營，對兒童閱讀樂趣的社會環境，可能產生什麼樣的影響？

法國社會學家布爾迪厄（Pierre Bourdieu）提出個人將社會世界或次文化的結構內在化而成為指導行為、舉止、傾向、品味的等級模式的構成，提出「慣習」（habitus）概念，慣習也同時造就了這個社會與次文化的感知、評價、和行動模式的習慣（布爾迪厄、夏蒂埃著，馬勝利譯，2012年）。也就是說，在八〇年代童書專門店與圖書館式的經營理念在日本尚未建立的時代（落合惠子著，陳增芝譯，1988年），透過多元活動與媒體、書店軟硬體呈現、陳列與出版書籍的選擇、教育與童書諮詢等等，落合的主張透過多重環境氛圍的營造，逐漸教育童書愛好者與女性育兒等次文化群體對兒童閱讀觀念的建立，即前述個人理念的大眾化，而影響童書讀者的品味與喜好傾向，回頭支持與鞏固這種理念模式，形成慣習。布爾迪厄認為，文化包含了文學、藝術作品的總和，加上建構對此領域世界的認知，再加上用什麼方法去描述及理解這個世界。透過專業生產者構成的文化生產場域已經自主化，擁有豐富的文化資本及公認的合法權威的人，製造或表達了這些文化的認知圖示（朋尼維茲著，孫智綺譯，2002年）。落合二〇〇六年在東京出版的著作《繪本屋的100個幸福處方》，透過書店工作者角度將一百本繪本內容分類並介紹，可以視為一種典型的文化製造例子。此外，相對於書店領域較為邊緣化的童書店的社會位階，擁有如同美術館與圖書館品味的書店、經營者的作家身分等文化形象，似乎也有提升「蠟筆屋」品牌的作用。

(二)「蠟筆屋」童書店軟硬體設計

實體書店規劃如何具有「圖書館般的架式」？如何呈現童書店與女性意識互為表裡的內涵？

1 兒童文學與繪本知識的建立與散布

「蠟筆屋」透過書架上的手寫標語、主題書展、繪本藝廊與介紹文字、書店出版的繪本教育雜誌等等，傳遞書店對於繪本閱讀的理念與方法，知識體系建立的同時，以經營者落合惠子繪本著作、翻譯與廣播節目的主持，也就是經營者文化知名度，強化了「蠟筆屋」童書理念的專業與正當性。

(1) 書架上張貼的各式標語：對繪本閱讀的教育性文字

進入書店內部，驚訝於「蠟筆屋」陳列書架上的手寫標語之多，標語多為傳達閱讀繪本方法與對待繪本的方式，建立起「蠟筆屋」經營者或工作者對繪本閱讀的理想，無所不在的標語隨時提醒並與讀者形成共識，成為看待繪本的慣習。

例如，書架上會張貼著手寫的標語：

> 孩子很喜歡說「大便」、「尿尿」之類的話，彷彿把「大便」當成他們的朋友。大人的心中也會呢。擁有童心的大人也是這樣的呢。（附註二）

幼兒繪本陳列區，也寫著這樣的約 A4 大小的標語：

> 幼兒繪本角落——
> 幼兒期是會漸漸喜歡繪本的時期，一直不間斷的唸給孩子聽，也傳達了家人之愛。（附註三）

可以感受得出，「蠟筆屋」了解幼兒成長過程的同時，也嘗試把成人內在的兒童喚起，繪本在此成為兒童與成人內心一致的讀物；同時主張「唸讀」繪本的方式，尤其是家庭中的成人唸讀繪本給兒童聽／看，繪本在此也成為家人情感的媒介。成人閱讀繪本的正當性，讓成人與兒童共同成為繪本讀者與消費者。

（2）主題書展

書店中可以看到多樣的主題書展，以同一作者作品、兒童讀者年齡分類、憲法與法律、或童謠等作為展示中心，展示的特徵為書籍封面平鋪的或大或小面積展示相關書籍、並加上作者作品介紹說明，如八島太郎主題書展的文字介紹：

> 八島太郎先生是活耀在日本和美國的作家。閃耀明亮的色彩中，人和動物們溫和的表情，不知該如何形容。(附註四)

八島太郎臺灣翻譯作品《烏鴉太郎》在此以飽和的咖啡色系（彩度）大面積的展示著，封面看來其實感受不到文字介紹中「閃亮明耀」(明度）的色彩，但是熟知書籍內頁的讀者，能從內頁圖像閱讀中，看到「閃亮明耀」色彩呈現的光明面與暗沉落寞色彩並存的特質。然而專題陳列的介紹，讀出了策劃展示者的選擇性觀點，並引導讀者由此方向認識與思考八島太郎作品。

(3) 落合惠子繪本專區——廣播說故事繪本專區、著作與翻譯作品專區

經營者落合惠子在星期天的 NHK 廣播主持「落合惠子的繪本時間」，節目介紹繪本在童書店入口處以整個直立長條型紅色書架，明顯的陳列著。

另一方面在結帳櫃檯的正對面，也是一個陳列上的明顯位置，擺設著落合惠子關於女性書寫、童書翻譯、繪本詮釋的著作。其中一本繪本譯作《かあさんは　どこ？》(《母親在哪裡？》) 從封面圖像與書腰介紹，似乎總結了落合現階段關心母親與孩子、地球的愛與和平的理念：

> 請想像一下，即使在現在，地球的某個地方，依然存在孩子童年被剝奪著的事情。(附註五)

(4) 出版品：育兒雜誌《蠟筆》與繪本教育雜誌《蠟筆屋繪本學校》

這一期的育兒雜誌《蠟筆》以1-3歲幼兒的身體照顧為整份雜誌

內容，鉅細靡遺的將身體區分為眼、耳、鼻……等各種部位，請小兒科與各科醫師、專家，說明身體各部位的照顧與專業知識。

《蠟筆屋繪本學校》則以繪本指南為主題，針對繪本適讀年齡、主題進行介紹，例如，對不同年齡層提供繪本選擇方向與建議：

剛出生的孩子，給予溫柔感性的繪本教育他

對於小學生的書籍選擇方向與建議是：

1-3年級選書方向：

從有趣的書中，學習思考和集中注意力。

小學4-6年級選書方向：

在這個年級，閱讀是很重要的事，也是未來智慧的養成。

然後依此方向針對每一個歲數的年齡層推薦適讀繪本。對於成人也有繪本推薦建議，成人推薦繪本：

> 蠟筆屋提供給，想要再次享受繪本樂趣的人們
> 放個音樂，想要擁有緩慢的時間
> 泡個好喝的茶，「繪本時間到了」，請用閒暇的時間享樂吧。

就出版品而言，從育兒雜誌到繪本閱讀，童書屋從0歲到成人，仔細地提供了繪本知識性的完整建構與具體圖書建議。

（5）繪本原畫展／小藝廊

這次畫展展出插畫家ささめやゆき對窗道雄的詩作品詮釋性的圖畫書《空氣》（《くうき》）插畫展。小小藝廊豐富了書店的空間運用，也提升了童書店的文化品味，類似圖書館或美術館的展示／教育性功能。童書店本質的商業性格，也顯得優雅起來。

（6）兒童本位的書架陳列設計

童書店書區大致上可以區分為少兒小說與研究書區、繪本區二大類。

前者書籍排列除專題設計外，以書背朝外擺放方式為主，可以容納大量圖書；繪本書區大多陳列在賣場中心，書架多分為四層：中間二、三層，書籍多採正面平放方式，最低層與最高層依專題或孩子高度調整為書背朝外或封面平鋪方式陳列，和一般大型書店（如新宿紀伊國屋童書樓層陳列）在專題介紹書區外的童書，大多為書背陳列方式不同，後者賣場能陳列較多的書籍，然而「蠟筆屋」的書籍陳列，在幼兒穿梭其間時，筆者發現符合幼兒身高的封面平鋪陳列面積越大，讓識字不多的幼兒可以看清楚繪本圖像，自由選書與取書的可能性也越大，類似東京國際兒童圖書館兒童閱覽室的開架式閱讀陳列思維。

前者為日本知名繪本作家「八島太郎」專題書展。後兩張照片為「蠟筆屋」書架陳列與新宿紀伊國屋童書樓層陳列上的比較：前者配合幼兒身高，繪本封面平鋪陳列，識字不多的幼兒也能自由選書閱讀，後者多以書背方式陳列較能同時擺放多量的書籍。

2 兒童書店與女性意識型態

「蠟筆屋」一樓童書樓層與女性的關係，除了落合惠子女性書寫作品與童書翻譯一起陳列、育兒雜誌、紙芝居說故事專櫃外，還可以見到書店軟體規劃裡呈現與女性書區關注議題的一致性。說明如下：

（1）女性書店與兒童書店類似的書籍專題規劃

「蠟筆屋」三樓女性書區，並非女性綜合書店，比較類似主題書店，囊括戰爭與和平、綠色與環保、女性學、法律、食譜、有機食品書籍等主題。無獨有偶，一樓童書區專題書展包括日本憲法與法律、大自然與綠繪本、戰爭與和平等繪本主題。女性書區關注的項目與童書區互相呼應。

落合女性文學與兒童文學的創作與翻譯，呈現「蠟筆屋」由女性與兒童作為出發點，擴及到兒童成長的自然與地球環境的關注、和平與愛的理念。三樓女性書區裡，戰爭與慰安婦的書籍並列而產生戰爭中男性與女性位置的對比，就更容易理解站在女性與兒童角度，反戰、和平、愛相對上更接近意識形態上的女性觀點。

（2）兒童書研究專區：性教育童書

《12歲的性》、《生命與性的學習》、《煩惱的起源》等等性教育書籍和學校教育書籍一起陳列在研究書區中，顯示了性教育的嚴肅性與一般性（未特殊陳列）；書籍未加封套，方便自由閱讀。

五　小結：文化品味或商業？

落合為積極落實理念而建立「蠟筆屋」在兒童閱讀場域的品味與文化，這些得到童書讀者認同而產生贊同性的作為與再現，也讓讀者不知不覺接受與複製了對「蠟筆屋」經營有利的兒童閱讀觀點。布爾迪厄認為，擁有聲望，使他人承認社會施為者的特性，也就是累積使他人相信其優點的象徵資本，施為者就能從他想像的特性（理念與文化品味）中，獲取實際利益。擁護「蠟筆屋」童書店理念的讀者形成了一種與落合觀念接近的次文化團體，也就是忠實的文化消費者。在此，文化與品味也成了一種象徵商品。

附註

一、此段文字為編輯節選自書內推薦文。見林真美，〈蠟筆屋書店〉。文中提及書店最早設有 coffee shop，可以一面喝咖啡，一面看繪本，一九八六年書店擴大營業後，成為四層樓建築，餐飲在地下室，一樓為童書店。

二、子どもは、うんちやおしっこの話が大好きてす。まるで「うんち」が友だちのよう。大人の中にもいますね。子ども心があるひとてすよね。（蠟筆屋文字以「點」加強意思，筆者在此以底線表示）

三、幼兒絵本コーナー：絵本がどんどん好きになる、そんな幼兒期にどんどんどんどん读んであげて、家族の愛情も伝わります。

四、八島太郎さん、日本とアメリカ、両方で活耀した作家さん。きらめくような色彩とひとや動物たちのやさしい表情が何とも言えません。

五、想像してください。いまもなお、地球のどこかて、子ども時代をうばわれている子どもがいることを。

參考資料

謝依玲　《帶著童書去旅行》　臺北市　天衛文化圖書公司　2012年

國立臺中圖書館編　《小地方，大書房》　臺中市　國立臺中圖書館　2011年

林真美　《八島太郎，烏鴉太郎》　臺北市　遠流出版公司　2008年

伊恩・布魯瑪（Ian Buruma）著　林錚顗譯　《鏡像下的日本人》　臺北市　博雅書屋　2011年

Bourdieu, P、Loic Wacquant 著　李猛、李康譯　《布爾迪厄社會學面面觀》　臺北市　麥田出版公司　2008年

布爾迪厄（Bourdieu, P.）、夏蒂埃（Chartier, R）著　馬勝利譯　《社會學家與歷史學家——布爾迪厄與夏蒂埃對話錄》　北京市　北京大學出版社　2012年

Patrice Bonnewitz 著　孫智綺譯　《布赫迪厄社會學的第一課》　臺北市　麥田出版公司　2002年

Roger Chartier 著　謝柏暉譯　《書籍的秩序——歐洲的讀者、作者與圖書館14-18世紀》　臺北市　聯經出版事業公司　2012年

落合惠子著　陳增芝譯　《結婚前線》　臺北市　皇冠文化出版公司　1988年

落合惠子著　陳寶蓮譯　《她的憂鬱，他的憂鬱》　臺北市　東潤出版社　1998年

落合惠子著　李旅洋譯　《一茶匙的幸福》　臺北市　新雨出版社　2000年

落合惠子著　林佩儀譯　《繪本屋的100個幸福處方》　臺北市　遠流出版公司　2008年

Bourdieu P. The Field of Cultural Production: essays on art and literature.

Edited by Randal Johnson. Pubiished in the US by Columbia University Press 1993.
蠟筆屋童書店網站　http://www.crayonhouse.co.jp/shop/pages/shop.aspx
東京國際兒童圖書館網站　http://www.kodomo.go.jp/index.html

兒童文學臺灣在地化的轉折與紮根
——戰後臺灣兒童文學鄉土概念與地方故事團體在地落實經驗*

導讀

本文首先由戰後一九七〇至一九八〇年代臺灣美術史、臺灣文學史爬梳，帶入臺灣兒童文學史的關聯性。兒童文學普遍上因為同時具有圖像與文學演繹的特質，而無法完全置身在美術與文學潮流發展之外，兒童文學有其專業性，同時也是社會文化下的產物。

若從「中華民國兒童文學學會」兒童文學史料記載來看，兒童文學創作者及其作品，通常較成人文學或美術發展潮流晚發生，圖畫書可以徐素霞作品為例，童話與散文作品可以林海音為例，說明成人文學與兒童文學關聯性。

其次，兒童文學創作經歷在地化的轉折，從臺南民間故事團體的發展，可以看到在地化內容的召喚，容易引起在地區域聽故事者的共鳴。無論早期成立的故事團體或新近成立的臺南市智慧森林兒童閱讀文化學會，在故事、閱讀領域由日本或美國等「外地進口」呈現百花齊放的方法論，十多年各故事團體的在地經營下，透過大多數女性故事人的中介，逐漸落實在地風情並傳遞了在地的社會文化。

* 本文由發表於《童心三十再出發——創會三十周年紀念文集》（中華民國兒童文學學會，2015年）文章刪修而成。

一　前言

首先，說聲「中華民國兒童文學學會，三十歲生日快樂」。

因為住在臺南，只能遙望學會，對著學會每期開的兒童文學專門課程感受一次次的孺慕之情……。因為地區上的距離，和學會的結緣，其實都是非常「目的性」的（蒐集會訊資料），但也因此牽拉出了關於研究領域內容的「政治性」。

第一次和學會接觸，源於二〇〇七到二〇〇八年間對徐素霞老師作品研究的「地毯式文件搜索」，嘗試從學會會訊的早期資料記載中，尋找這一位臺灣戰後第二代，同時也是臺灣第一位入選波隆納國際兒童插畫展的圖畫書插畫家，她的早期創作與思維脈絡，嘗試從頭勾勒出徐素霞在兒童圖畫書的創作歷程與風格的轉變，一方面嘗試說明徐素霞作品《媽媽，外面有陽光》（和英出版，2003年）為她個人創作成熟的轉折性作品，另一方面尋找徐素霞作品寓含的國際觀（徐素霞曾先後留學法國，並取得博士學位）、鄉土與女性意識的扣連（黃愛真，2008年）。然而意外在這些會訊資料與臺灣文學史、臺灣美術史資料的比對中，拉出一串臺灣兒童文學一九八〇年代從國際性到鄉土（或說在地化內容）創作的轉折，深沉的概念流轉與臺灣文學、藝術史相似卻又更為緩慢的現象。此即我所謂的「政治性」。

第二次和學會的接觸，並不是「正面」接觸，而是為了撰寫林海音童話作品《蔡家老屋》（臺灣省教育廳出版，1966年）研究，大量閱讀林海音相關影音文獻，看到臺灣兒童文學界第一代創作者如林良、潘人木等年輕時的影像，同時林海音從北平返臺後，因為丈夫何凡終身任職國語日報，與兒童文學結下深刻的緣分，也曾經擔任學會監事。從林海音的自述可以看到學會成立（1984）前的兒童文學環境，如國語正音政策、林海音赴美考察兒童讀物、小學國語課本的內容與性別時代性、臺灣文學女作家參與兒童文學讀物的撰寫或翻譯工作……，這些除了顯示政府政策、臺灣文學與兒童文學的連繫、兩性關係，及西方、中國與臺灣在地生活等相互糾纏的另一種「政治性」。

從這裡開始，我想就這二次經驗到的國際性、臺灣在地與中國現象的混雜與轉折，分別從一九七○、八○年代前後臺灣美術（兒童讀物的圖像作為一種藝術性創作的觀點而言），臺灣文學與兒童文學三者的斷代史爬梳這些現象的個人觀察，再以臺南市的幾個故事閱讀學會為例，提出雖然臺灣藝術、文學在當代仍處於全球化潮流，然而目前臺灣各地故事與閱讀團體的深耕，其實已經提供兒童文學落實在地化與鄉土的養分。

二　臺灣生活、中國意象、西方技法的七○年代臺灣鄉土美術史

一九七○年代是臺灣國際政治情勢低迷，國內經濟卻正起飛，城鄉風貌逐漸轉型的關鍵年代。在一九七一年退出聯合國、一九七二年中日斷交、一九七九年中美斷交的情勢下，引發民族意識高漲，文化界正視了自己安身立命的根源所在，逐漸將國際化與現代化的眼光轉向臺灣本土，然而本土傳統農村文化逐漸消失，引發文化界對臺灣這塊土地的關注，與回歸社會現實的熱潮，這股風潮也成為文學與藝術主流（林保堯，2004年，頁186-191），深化本土美學與現代思考成為鄉土美術精神指標（劉永仁，2004年，頁192-199），鄉土意識也成為臺灣美術發展至今歷久不衰的本土文化主流價值觀。

對於一九七○年代臺灣鄉土美術運動中的「本土化」表現，劉永仁認為是一種強調對於本土時空的眷戀與記憶，懷鄉式的浪漫情懷

（劉永仁，2004年，頁199）。所謂的「本土」時空記憶，楊犀提出在一九七〇年代鄉土美術審美觀中，其實結合了臺灣本土化景象與文化中國意象，鄉土美術普遍被認為是生活的、健康的、真誠的，能延續民族性與肯定中華文化。鄉土美術創作的本土化形象落實在創作者豐富的生活經驗，為了將臺灣特有風土及生活景觀入畫，延伸自日治時期的旅行寫生成為創作技法。透過對景寫生將臺灣特有風土民情、山川景物的觀察呈現在畫面上，加上年輕一代藝術家運用國外引介的照相寫實等繪畫技巧，創作風格細膩寫實，以西方的藝術型式，成就臺灣本土的畫面內容（楊犀，2004年，頁201-211）。以徐素霞為例，一九七〇年代就讀新竹師範美術科，閱讀新潮文庫、卡夫卡，喜歡美國懷斯風格的細膩寫實鄉土風格，創作臺灣生活經驗的畫作，之後赴法留學，從中國水墨的表現中，感受東西方文化的差異（黃愛真訪談徐素霞，2007年）。

在同時期，相對於鄉土美術混雜的「浪漫」性格，臺灣文學則更積極介入社會與政治關懷。

三　臺灣文學鄉土回歸路線的分裂

處於一九七〇年代政治與文化的裂縫，臺灣文學從五〇年代的反共抗俄文學、六〇年代自我內在觀照式的、西方「橫的移植」的現代主義文學，轉而在七〇年代探看自身社會、政治的處境，與資本主義如加工出口區帶來的社會面貌改變的現代化與鄉土文學。陳芳明在《台灣新文學史》舉出七〇年代女性作家季季的創作來看，認為當時包括季季的女性作家，作品頻頻浮現雲林故鄉的意象，但語言豐饒的聯想與複雜的情緒，風格與現代主義接近（陳芳明，2011年，頁545-

548)，大概可以視為西方現代性技法與意識到臺灣生活寫實的過渡與混合。

到一九七五年，黨外運動創辦《台灣政論》與一九七六年左翼思考的《夏潮》，兩雜誌的出版意謂著臺灣左翼與右翼知識分子的路線區分，兩方同樣強調鄉土回歸，然而對於文學創作實踐上的「本土」不盡相同，例如葉石濤在《夏潮》時期，文學史觀以臺灣明鄭到二十世紀的四百年歷史為主軸；相對於陳映真在《台灣文藝》時期，則以一八四〇年鴉片戰爭代表的西方帝國主義侵略中國為起點，也就是中國近代史與臺灣歷史接合，作為詮釋鄉土文學的基礎（陳芳明，2011年，頁522-525)。陳芳明認為當時兩種路線的分裂，影響可能直到今日的統獨之爭。張君玫也進一步闡釋這兩種路線的分裂與影響。她認為來自於歷史情境對「中國」意義分裂的轉化，一方面臺灣成為所謂的「自由中國」，另一方面，「中國」由情感上的原鄉轉而成為政治上的「敵人」與文化上的「正統」，「中國」成為一個充滿內在矛盾張力的意符，同時「社會」的虛構、動態與闡連，讓對立的架構持續換置，永難消失（張君玫，2009年，頁9-10)。然而，來自國際與「中國」內在化視野夾縫的臺灣在地文學，在難以擺脫的現代化經濟、文化與政治影響下，仍然開始有了轉折與逐漸清晰的立足點。

時間推前些，我們可以藉此以橫跨臺灣文學與兒童文學作家林海音為例。陳芳明在《台灣新文學史》譽為六〇年代表性女作家林海音，一九五〇年後期到一九六〇年代是林海音小說創作巔峰期，完成四部長篇與二十六部短篇小說，其中包含短篇小說《城南舊事》；夏祖麗在林海音傳記裡提出，林海音、林良、潘人木、馬景賢是臺灣兒童文學界四大老（夏祖麗，2000年，頁392)；林海音於一九六四年擔任臺灣省教育廳兒童讀物編輯小組文字編輯，開始書寫兒童文學（林良，2002年，頁4-5)。兒童文學作品，則有介紹美國兒童文學的散文

《作客美國》、兒童廣播劇本《薇薇的周記》、童話《金橋》、《蔡家老屋》（夏祖麗，2000年，頁461-465）等等。由於林海音父母出身頭份與板橋，一九二三年帶著五歲的林海音遷往北京，一九四八年因國共內戰舉家返臺定居，臺灣、北京地理空間影響著林海音的創作情感。林海音認為兒童讀物創作應從現實生活著手（林海音，2000年，頁144-145），並從美國兒童文學作家瑪霞．勃朗（Marcia Brown）的訪談中，引申勃朗的寫作靈感其中之一在於「回想起自己兒童時代的什麼事」[1]（林海音，2000年，頁42-47）。臺灣的現實生活和北京記憶的接合，交錯體現在兒童文學作品如《蔡家老屋》、在臺灣創作的文學作品如《城南舊事》，貫穿到一九九〇年代的散文創作。

另外一提的是，林海音作品與兒童文學的關係。夏祖麗認為，林海音的作品可以分成不是為兒童創作，但是以兒童作為主角或是描寫兒童的作品，以及為兒童創作的作品（夏祖麗，2000年，頁376-380）。前者如《綠藻與鹹蛋》、《冬青樹》的部分短篇，又如《城南舊事》的五個短篇小說，內容隨著七到十三歲兒童英子的眼光看周遭世界，原不是為兒童而寫，但這些短篇小說卻成了現代橫跨成人與兒童文學疆界的臺灣文學作品。

四　臺灣兒童文學的本土化與民族風格

若以中華民國兒童文學學會會訊資料為中心點，我們會發現到約

---

1 林海音一九六五年訪美四個多月，拜訪美國兒童文學作家瑪霞．勃朗，並為文發表在〈訪瑪霞．勃朗〉，《作客美國》，於一九六六年文星書店初版。對於瑪霞．勃朗創作靈感，林海音整理為八點：對於某地方有興趣、看見一張畫、街頭巷尾偶見、觀察小孩子、回想起自己兒童時代的什麼事、朋友們數說她們的孩子、書本裡讀到的神話民間故事、旅行等。見〈訪瑪霞．勃朗〉，《作客美國》（臺北市：遊目族文化事業公司，2000年重印版），頁45-47。

在一九八〇年代出現研討會、短文、文學獎評審等多元場合，關於國際兒童讀物介紹與交流現象、本土性呼籲兩種方向的討論，同時本土的議題中，出現如同美術史的浪漫鄉土情懷與文學史上接合臺灣與中國的觀點，或是以「民族」風格字眼取代「中國」帶來的政治、文化敏感色彩（《會訊》第四卷二、三、四期，第五卷六期）。

兒童文學創作內容的本土化方面，依趙秀金對《中華兒童叢書》創作觀察，認為一九七〇年代的政治、文學的衝擊與自我覺醒，表現在一九八〇年代出版的第四與第五期《中華兒童叢書》創作，有別於前三期中華五千年歷代優良文化道統、儒家傳統價值觀，及大陸山川景物風情為創作重心，第四、五期一半以上內容轉向臺灣在地民俗風情的取材，無論歷史沿革、地理位置、傳說故事、今昔變化、自然生態與環境保育等都成為臺灣在地的鄉土誌，與生活在臺灣的兒童生活更為契合，也顯見兒童文學中本土意識的提升（趙秀金，2002年，頁53-59）。對於兒童文學中的本土風格，林良認為來自於創作者對生活中的觀察，鄭明進提出應從地方性開始，再追溯到很遠的地方（如中國大陸等）（林麗娟紀錄，1988年，頁19-33）。曹俊彥從圖畫書的閱讀對象，也就是關注兒童的角度來談，認為「本土」就是「孩子的生活」，以孩子現有的生活、接觸到的東西來創作，就是「本土」圖畫書（曹俊彥，1999年，頁11-13）。

學者蘇振明曾在一九八〇年代發表文章表達對臺灣進口兒童讀物現象的省思，他提出臺灣的兒童圖畫書在一九六〇年代以來以美、日、歐譯本為出版導向，呈現出國產自製讀物能力與品質的劣勢，及國人子女教育的崇洋意識，產生母體文化認同的失常、「文化根源的迷失」。雖然臺灣經濟與教育成效逐漸成長，兒童讀物的購買熱絡與洋化，卻反映出「蓬勃市場中夾帶著錯亂的意識」，及臺灣文化深藏的「殖民文化意識」。蘇振明在文中呼籲本土文化意識的發揚，可藉由藝術創作與鄉土生活的結合，呈現臺灣母體文化的鄉土美感，及提升鄉土的文化層次（蘇振明，1989年，頁24-26）。在臺灣兒童文學發展早期多承襲與觀摩美日創作技法及內容，現今童書市場仍以翻譯作品佔市場多數，本土兒童文學在國際化的潮流衝擊中，以在地生活的觀察與貼近孩子的經驗，具有臺灣本土風格的兒童文學創作，似乎較能在臺灣及國際潮流中形成鮮明的定位。

戰後臺灣兒童文學本土化概念轉折的歷史性輪廓較為清晰之後，如果口語故事、文字編寫的故事、兒童閱讀的文本都可以視為兒童文學的話，筆者接下來將以地方性的故事閱讀推廣團體為例，分享兒童文學臺灣在地化在臺南地區的落實經驗。

五　臺南市故事閱讀社團的在地深耕

一九九九年，當時的臺南市文化基金會與財團法人毛毛蟲兒童哲學基金會合辦了大臺南地區的故事媽媽培訓，二○○○年底，這批結業後的故事媽媽發起以「為孩子說故事，帶大人說故事」為宗旨，臺南地區開始擁有了第一個立案的故事團體。其間陸續產生大臺南地區為服務範疇的各故事閱讀團體，有的以教育界人士參與為核心（如，臺窩灣協會）、以故事展演為核心（如，南瀛人故事協會）、以兒童閱讀文化的經營改革為起點（如，葫蘆巷讀冊學會）、以跨領域兒童文學工作者為支援系統（如，臺南市智慧森林兒童閱讀文化學會）等等。

自這些團體成立以來，有奠基於合作思考方法論、教育體系與各種進修混融的方法、或者以兒童文學作為同心圓，跨領域工作者間的合作方式等等，同時進入各種說故事與讀書會現場實作。

如同約二十多年前毛毛蟲兒童哲學基金會將西方兒童的探索團體、合作思考概念帶進臺灣（帶領人透過學生提問，做一個引導的角色，帶領孩子們合作學習，孩子為提問、討論的主體），到近幾年教育現場日本學者佐藤學「學習共同體」（開放觀課、學生合作學習、教師引導）熱潮，到臺灣中山女高教師張輝誠轉化合作學習概念的「學思達」（開放觀課、學生合作學習、教師引導達到學生自主學習、思考、表達）、同科目教師的共同備課風潮、國際閱讀評比下產生的閱讀理解方法、相同的兒童文學領域中重視多元文化與跨領域的異質性趨勢，成為臺灣教學方法實踐的在地化範例。這些借鏡「進口」教育策略到臺灣教育適應的在地化實踐，不只在教育現場，地方團體如臺南市的故事團體十多年的實作中也發酵轉化。

臺南地方團體的發酵轉化，源自於早期故事團體的兒童中心與合作思考理念到新近的跨領域整合概念。當說故事與閱讀對象含括臺南城鄉的幼兒到高中，及各式各樣的族群（如嘉南療養院的病患），目標對象中心促使故事團體為目標量身訂作適合的故事、閱讀素材與方法，如音樂與肢體遊戲化的幼兒故事，為偏鄉孩子融入地方性語言、歷史素材等等，某些故事內容才能讓某些族群聽到，因此能貼近目標對象，並與他們對話。

其次，轉化的另一個契機，在於故事或閱讀文本的帶領者。記得早期的故事團體，大多接受很多媒體朋友幫忙，協助報導故事團體的誕生等不同面向故事。其中一位中國時報女性記者用幾乎全版的篇幅，從女性走出家庭，讓自己及孩子成長、發揮生命亮光的角度報導故事團體，讓人印象深刻。是的，如果十年作為一個專業，部分臺南故事團體走過十多個年頭，在現今臺灣以男性負擔主要家計的社會分工模式，多少故事爸爸能以十年的時間進修兒童中心、合作思考、討論的教養觀，並陪伴孩子與大臺南各種需要故事與閱讀的族群（如外配親子）長達十年？這些故事團體的附帶作用，讓在臺南許多忙於家庭事業、家庭照顧與孩子的女性，有一個家庭可以接受的理由，讓心靈暫時出走，在故事團體的各式各樣進修或服務的活動中，實現自我，找到生命的靈光。另一方面，這也意謂著這些女性除了是臺南在地家庭結構串聯的核心，也是故事與說故事對象的中介，中介了他所處環境、家庭文化的思維給予他的服務對象。在這裡，這些女性透過臺南這個文化區，創造與揭露了某些文化認同的特徵。Mike Crang 以文化地理學的觀念，提出這些特徵或地區文化認同觀念，會透過想像的共同體（imagined community）、發明的傳統（invented tradition）、文化分化（cultural differentiation），塑造看來地區上均質、排他，實則內部分裂的兩種流動性文化（Mike Crang, 2003，213-214），因為各個不同的女性帶著自身背景與對家園理想而中介的文化，不可能全然一致，然而也因為某些故事內容才能召喚出某些族群，例如有過臺南生活經驗的人，才能聽出虱目魚、擔仔麵、莉莉冰果室的共同記憶與另一層次文化意涵，創造出地域文化的排他性與邊界。

在二〇一四年一次全臺故事人聯誼的研討活動上，聽著各地方團體介紹自己學會的成立與發展，臺下的筆者突然感受到臺上故事人的展演，因為這十多年的在地耕耘，除了越來越強調兒童中心精神，在文本改編與實作技巧上已經走出自己的道路，而能召喚出相似認同的婦女，為在地孩子生活改寫口語故事，再建構可能的鄉土地方風貌。

六　結語

如果口語故事，不論神話、民間故事、生活故事或既有的文學創作，以兒童為對象改編，可以成為兒童文學的一環；如果在地的故事閱讀團體可能成為一種兒童文學的中介與載體；如果處在臺灣社會的兒童文學，在歷經一九七〇年代臺灣政治、經濟環境變化，八〇年代轉而凝視戰後臺灣的鄉土／在地生活，八〇年代末的解嚴與九〇年代的全球化、臺灣在地、「中國」意識分裂的混雜而無法置身事外，兒童文學的多元大概就如同臺灣美術與文學現況，猶疑中仍百花齊放，在地性／鄉土包含其中仍具有某些鮮明的符號，對於在地人或異地人想像各異的流動性符號——臺南市各故事團體中介經營的在地符號，在文化比較裡會更為彰顯。

參考資料

1 專書

Mike Crang　《文化地理學》　臺北市　巨流圖書公司　2003年
林海音　《作客美國》　臺北市　遊目族文化事業公司　2000年
夏祖麗　《從城南走來——林海音傳》　臺北市　天下文化出版公司　2010年
陳芳明　《台灣新文學史》下　臺北市　聯經出版事業公司　2011年

2 期刊論文

《中華民國兒童文學學會會訊》　第四卷二、三、四期　第五卷六期
林保堯　〈七〇年代——台灣美術發展的關鑑時刻〉　《藝術家》　59卷3期　2004年3月
林　良　〈活潑自然具風姿——談林海音的散文〉　收入於林海音《寫在風中》　臺北市　遊目族文化事業公司　2000年
張君玫　〈「陰性情境」與「空缺主體」：重探台灣後殖民論述的幾個面向〉　《文化研究》　第九期　2009年秋
曹俊彥　〈什麼是「本土」圖畫書〉　《中華民國兒童文學學會會訊》　15卷1期　1999年1月

黃愛真　《徐素霞《媽媽，外面有陽光》圖畫書中的女性主體研究》　臺南市　國立成功大學藝術所碩士論文　2008年

黃愛真　〈「混雜」與「收編」——林海音《蔡家老屋》鬼故事研究〉　臺中縣　靜宜大學外語學院第十七屆全國靜宜大學兒童語言與兒童文學學術研討會發表　2013年

趙秀金　《兒童讀物編輯小組及其出版品研究1964-2002》　臺東市　國立臺東大學兒童文學研究所碩士論文　2002年

楊　犀　〈家園的記憶圖騰——七〇年代台灣美術或鄉土美術話語的稀釋擴散〉　《藝術家》　59卷3期　2004年3月

劉永仁　〈返照本土與突破學院神話——七〇年代台灣美術〉　《藝術家》　59卷3期　2004年3月

蘇振明　〈豆漿與可樂——進口兒童讀物的省思〉　《中華民國兒童文學學會會訊》　5卷5期　1989年10月

教習劇場與博物館

——析論博物館劇場劇本《彩虹橋》國族／族群問題意識與兒童的關係[*]

導讀

《彩虹橋》為臺南大學戲劇創作與應用學系講師許瑞芳參與國立臺灣歷史博物館為活化博物館與歷史特展教育而編導的劇本，並於二○○九年對部分臺南市國小高年級學童演出。劇本呈現一九三五至一九三六年日本統治下四個十一至十三歲泰雅族兒童，對受日本教育後的現代化憧憬與泰雅傳統文化的不同選擇。日治時期禁止紋面，紋面兒童不能接受日本教育，然而紋面為泰雅族族群認同的代表性標記，劇本中男童瓦歷斯因是否紋面而面臨日本國族或泰雅族群認同的兩難，作為劇場的衝突點，並試圖對國小學童提問與引導討論。

本篇研究認為，泰雅族男童瓦歷斯對於日本或泰雅族群認同的困境，來自於日本始政四十年博覽會的修學旅行與泰雅男性獵人傳承的鋪陳，然而主要的內心衝突卻不在於日本國族／泰雅族群的認同意識，其中摻雜了瓦歷斯對堅持日本教育的老師與泰雅傳統父親兩方關係選擇的雜質。兒童觀者在進入對瓦歷斯的認同衝突位置時，同樣會以實際生活經驗中較親近的父親（家庭）關係或老師（學校）關係來

* 發表於「國際博物館管理委員會國際人權博物館聯盟2014臺北年會——博物館的社會影響力」。

考量國族／族群的問題意識，而讓提問與討論非完全針對原設計衝突來思考。同時因為父親與教師兩角色在高年級兒童生活上份量輕重不同、提問偏向日本的侵略性，也隱涉編導意識型態上立場的不平衡，容易影響孩童的選擇。

另一方面，就編導的問題意識考量，女童比穗依站在學習日本語言與文化立場而無法紋面，勢必衝撞泰雅族紋面符號的文化意義，同時具有日本國族／泰雅民族的雙重性與矛盾性，相較於男童瓦歷斯應有較佳的衝突點與討論性。

一　緒論

《彩虹橋》為國立臺灣歷史博物館於二〇〇八至二〇〇九年與臺南大學戲劇創作與應用學系合作的「國立臺灣歷史博物館展場戲劇展演計畫」之一。此計畫配合開館特展及常設展，鎖定荷西時期、清領時期、及日治時期創作互動式戲劇，其中日治時期兩部戲劇《一八九五開城門》、《彩虹橋》以教習劇場呈現（陳雅慈，2011年），教習劇場演出地點不限於國立臺灣歷史博物館內，同時亦曾在國小班級、臺南武德殿（日治時期日本武道與劍道場，今臺南忠義國小禮堂）開放國小中高年級學童參與，將歷史概念帶出特定展示場所，活化博物館史料展出。其中《彩虹橋》此劇由編導許瑞芳創作並帶領該系「教習劇場」修課同學於二〇〇九年邀約國小高年級學生舉行數場試演，後來因為臺史博館考量各種因素而選擇《一八九五開城門》於館內推廣演出，《彩虹橋》則移至台灣文學館首演[1]；臺史博館仍將試演與劇場效果照片、劇本創作集結成劇本《彩虹橋》（許瑞芳，2009年），同時為了顧及國小中、低年級學生的學習，由國內圖畫書作家將劇本改寫成圖畫書《彩虹紋面》（許瑞芳原著，唐香燕文，官月淑圖，2009年）出版。2011年許瑞芳再次帶領研習「教習劇場」課程同學復刻此劇，邀約另一所小學高年級學生參與而演出二場，並將以上經驗集結成《教習劇場與歷史的相遇——《一八九五開城門》與《彩虹橋》導演作品說明》（許瑞芳，2011年）。在這整系列《彩虹橋》相關出版中，本研究將以劇本研究為主，輔以《彩虹紋面》與作者自述《教習

1 2012年9月15日始於台灣文學館首演兩場，2013年9月11日於臺南市蕭壠文化園區A2館再度演出。因為劇場完成度、場地、開館時間延宕等問題，教習劇場中擇一即《一八九五開城門》於臺史博物館劇場「開府、入府、戲台灣」的推廣活動演出。見許瑞芳：《教習劇場與歷史的相遇——《一八九五開城門》與《彩虹橋》導演作品說明》（臺北市：秀威資訊科技公司，2011年），頁52。

劇場與歷史的相遇——《一八九五開城門》與《彩虹橋》導演作品說明》作為分析的輔助資料。

《彩虹橋》故事講述臺灣日治時期一九三五至一九三六年（昭和十年至十一年）間，四個泰雅族十一到十三歲孩子們生活在日本式現代化教育與泰雅傳統生活間文化的選擇與衝突，以「蕃童教育所」、「修學旅行」、「始政博覽會」相對於「紋面」、「射日傳說」、「獵人精神」鋪陳兩種文化、教育間的差異，然後由堅持日本現代化教育的泰雅族教師瓦旦與泰雅族傳統教育的比浩觀念的衝突以至於比浩兒子瓦歷斯面臨兩難的困境，作為教習劇場的衝突與討論點。編導許瑞芳亦曾自述問題意識在於其中之一泰雅男童處在老師的日本立場與父親泰雅觀念之間的兩難：

> 以泰雅族群（Tayal）為背景，藉著接受蕃童教育的泰雅小孩瓦歷斯（Walis），處在捍衛傳統的父親比浩（Pihaw）與教育新文化的老師瓦旦（Watan）之間，不知是否該去紋面的兩難困境，來凸顯被殖民者內心受迫的無奈處境。（許瑞芳，2011年）

而「紋面」作為《彩虹橋》神話的核心主題，在於編導許瑞芳引用泰雅族尤巴斯．瓦旦的觀點，認為「『紋面』是泰雅族和祖靈團聚的『通關』護照，經過完整紋面的泰雅族人，死後才能順利通過『彩虹橋』由祖靈迎接至祖先的世界」（許瑞芳，2011年）。

從以上自述中可見編導書寫《彩虹橋》劇本，帶有「被殖民者內心受迫」的立場設定，瓦歷斯陷入兩難的問題意識似乎並非客觀提問，若依教習劇場核心的奧古斯托．波瓦（Augusto Boal）體系「論壇劇場」的「制定一套合乎情理的規則，才能讓立場不同的兩方在公平的情況下展開『對抗』」(轉引自蔡奇璋，2001年)，議題鋪陳的公平性似乎已經隨著當代臺灣脫離日本統治社會，帶有原住民族文化復振運動潮流中的政治正確性。

《彩虹橋》研究文獻部分，目前以陳雅慈碩士論文《教習劇場編創法則的在地實踐——以許瑞芳的四部作品為例》較為完整，然而內容多為記述與整理《彩虹橋》產出到演出的過程。相關資料筆者將在各研究議題中分別引用或對話。

本研究嘗試從以上的資料與問題意識型態的舉例，進一步分析劇本《彩虹橋》設定的日治時期四個泰雅族男童與女童對近代化日本與傳統泰雅文化的國族／族群意識，提出此劇本隱含的傾向男性／泰雅族觀點，及與此有關的男童瓦歷斯與女童比穗依的認同衝突，另一方面從兒童觀者角度而言，兩難問題的討論與「對抗」摻雜了生活中親子關係與師生關係的考量因素，非單純精準針對紋面問題的反思。

二　衝突的主體：男童或女童

劇本《彩虹橋》描述泰雅男童瓦歷斯一方面在日本人設置的「蕃童教育所」接受日本教育，學習日本語言接受日本文化與思維，同時學習現代化的生活，如農地定耕與技術的改良、養殖牲畜、唱歌、數學、畫畫、體育、見識日本傳來的西方文化，抑或是排除日本語言象徵的文化符碼而回歸泰雅傳統的自然山林教育與「彩虹橋」神話，狩獵、紋面而不去上學，作為教習劇場的衝突與兩難，劇本內容以男童瓦歷斯作為故事書寫的架構，將泰雅族男子必備技能，透過射日傳說與狩獵事件作為泰雅傳統主敘事而有較多的鋪陳，同樣面臨紋面傳統斷層的泰雅女子織布與農耕則沒有深入著墨。很有趣的是，劇本延伸繪本《彩虹紋面》，文字作者唐香燕以泰雅女童比穗依的觀視書寫貫穿全書，書中比穗依立志好好讀書，將來能到現代都市生活，然而在女性好友莎韻紋面，以及修學旅行中見識到臺北都市人對紋面泰雅人的「醜」、「怪」的嘲笑，不禁想起生活在傳統泰雅的母親的樣子與工作，與她想上學不能紋面的內心衝突：

> ……比穗依很興奮，她要好好讀書，將來在這裡（現代都市）生活。……
>
> ……比穗依想起媽媽織布的樣子，想起部落女人種小米、種苧麻的樣子；比穗依想起她們臉上的刺青圖紋，在陽光下、月光下、火光裡，隨微笑說話、專心工作的表情而變化……一點也不醜，一點也不可怕！比穗依如果紋面，也會和她們一樣。但是，紋面不能上學，將來就沒有「現代生活」。……（唐香燕，2009年，括號內文字為筆者所加）

隨後，比穗依再次展現了選擇在日本學校上學會面臨與族群神話「彩虹橋」紋面文化衝突的內心矛盾：

> 比穗依怯怯地問祖母：「不紋面，沒有泰雅人的記號，將來不能過彩虹橋，怎麼辦？」（唐香燕，2009年）

在此，唐香燕以女童比穗依就學來追求「現代化」的志願與面對好友莎韻、比穗依的母親、祖母等傳統紋面女性的對照，作為國族／族群衝突的主體，與劇本選擇男童瓦歷斯呈現問題意識，剛好相反。

《彩虹橋》中泰雅男童瓦歷斯是個好學的孩子，喜歡上學，在「修學旅行」時對日本統治下的「現代化」歎為觀止。但同時也在故事進行中看著好友男童巴度去紋面、女童沙韻紋面，以及認同父親以射日故事隱涉的泰雅獵人與傳承的諄諄教誨。對於日本統治帶來的社會變化的好奇，及泰雅族知識菁英老師瓦旦的鼓勵應該是瓦歷斯考量上學的主因，然而好奇與老師鼓勵相對於瓦歷斯接受泰雅的狩獵訓練與父親教誨的天平，似乎並不平衡。

研究日治時期教育學者許佩賢，提出臺灣近代學校制度的全面引進在於日治時期，對於日本人來說，臺灣近代學校像一座工廠，生產、製造、培養殖民母國需要的人力資源，以便執行殖民統治與獲取產業利益；對臺灣民眾而言，臺灣人從近代學校開始接觸並學習「文明」；對兒童來說，學校是一個充滿魅力、新鮮的媒體樂園，兒童在學校接觸唱歌、運動、遊戲，學習文字、知識、文明，認識國家、秩序，發展新型態的人際關係，在兒童眼中，下課時間與體育課、大聲唱歌、與三大學校儀式活動學藝會、運動會、修學旅行，無非是一種公然的玩耍，是傳統教育中沒有或不被鼓勵的[2]。對於兒童來說，學校極富魅力[3]，向學心旺盛的臺灣人也容易被學校吸引、吸納而引起認同危機（許佩賢，2005年）。《彩虹橋》中四個在修學旅行時深受日本教育吸引的兒童，國族／部落族群的認同危機卻不同。女童莎韻最先因為家人擔心不紋面無法出嫁，離開學校接受泰雅紋面習俗，男童巴度在狩獵活動後也紋面，顯現兩人在泰雅文化與日本教育間的立場與選擇，瓦歷斯因為老師瓦旦的鼓勵就學而猶豫不決，比穗依則一心向學，同時因為父親是教育所老師而受到支持。

---

2 許佩賢同時提出學校體系傳達該政權所認可的意識型態；體育、唱歌等新式教育除展現德育、智育、體育的新式教育觀念，同時也蘊含國家對國民統合的要求，即塑造可以行動、韻律一致的國民身體。見許佩賢：《殖民地台灣的近代學校》，頁13-15。

3 許佩賢同時援引日治時期著名臺灣少女作家黃鳳姿的作品為例，說明臺灣學生被近代學校吸引與日本語言認同的挫折危機。見許佩賢：《殖民地台灣的近代學校》，頁18。

然而，瓦歷斯與比穗依雖然好學，兩人對日本語言與文化認知程度不同，日本國族與泰雅族群的認同危機因此強度也不同。日治時期原住民教育研究者張耀宗，提出殖民教育進入部落之後，開啟部落與國家的對抗，接受教育與否成為歸順的重要指標之一。尤其自一九三〇年泛泰雅族的「霧社事件」後，官方於一九三一年十二月二十八日制定〈理蕃大綱〉揭櫫「涵養國民思想」，也就是在原住民兒童教育上，除了文字與知識的傳授，改善生活方式，也重視性情陶冶與生活禮儀指導，養成愛國情操，社會教化上以普遍說國語為目標，喚起自我意識，成為嶄新的日本人。而在一九三五年始政四十周年博覽會後，官方賦予以接受教育而且承認自己是日本人，或對於有如此夢想的蕃童給予「高砂族」的名稱。就張耀宗的研究，當時日本人依教育的教化與否，將原住民區分為「高砂族」與「蕃人」（張耀宗，2009年），也就是「日本人」與「蕃人」兩種指涉。比穗依在《彩虹橋》故事中擔任其他三個泰雅族兒童日本語言、算術與文化的介紹與引領者，尤其在修學旅行中的日語廣播，只有比穗依聽得懂而為大家翻譯，加上比穗依對日本文明的憧憬與具體的立志行為，與其他的泰雅兒童間形成「日本人」與「非日本人」的思想差異，身在泰雅族群比穗依同時是接觸泰雅婦女工作（故事中協助媽媽家務）的「泰雅人」，也是日本官方定義的「新日本人」，而容易產生認同危機。

相較於男童瓦歷斯尚未完全進入日本教育的思想規訓，女童比穗依似乎較具《彩虹橋》所設定問題意識的認知衝突性。

許瑞芳在導演自述中，亦認為日治時期政府與原住民族間認同問題的兩難對象多在於接受新式教育與支持現代文明的原住民。許瑞芳進一步說明在與臺史博館研究員的編劇會議裡討論日本政府積極培養原住民知識分子，成為統治者與族群間溝通的橋樑，這些接受新式教育的原住民知識分子期待能提升族人知識與生活水平，因此接受日本現代文明，卻也因此容易遭受到部分族人的誤解而遭遇身分兩難的困境（許瑞芳，2011年）。思考到原住民知識分子的兩難處境，在設定衝突對象時卻鎖定還未完全進入日本國族知識洗禮的男童瓦歷斯作為衝突的主體，實在令人玩味。另一方面，若依參與此劇全場過程的專案助理陳雅慈所述，此教習劇場主要背景議題為「日治時期面對強大日本外來統治權威的台灣人民所面臨的兩難處境」（陳雅慈，2011年），衝突的兒童主體瓦歷斯、父親比浩與老師瓦旦三者皆為男性，似乎預設了泰雅族男性／男童面臨強大日本統治政權的兩難處境即是整個泰雅族的處境，蘊含泰雅男性主體思維之壟斷？

三　瓦歷斯的衝突與兩難：文化問題還是關係問題

再次回到《彩虹橋》編導許瑞芳設定的問題意識，提到瓦歷斯的兩難在於「處在捍衛傳統的父親比浩（Pihaw）與教育新文化的老師瓦旦（Watan）之間，不知是否該去紋面」，其中隱含了瓦歷斯面臨立場不同的兩個大人間，該聽誰的話，來決定紋面與否？也就是父親與老師二者的觀點在瓦歷斯心中，誰輕？誰重？

父親與老師的觀點對瓦歷斯的影響，來自於《彩虹橋》劇情的鋪陳與提問，以無法獨自生活的兒童主角而言，還牽涉到三人彼此關係與事件。筆者從許瑞芳整理《彩虹橋》創作內在思維來進行三者關係的分析：

創作主題思維：（許瑞芳，2011年）

泰雅傳統的呈現 ←	上學／教育（內容表現主軸）	→ 理蕃政策的呈現
1 無文字（gaga／織布 & 紋面／彩虹橋） 2 獵人精神 3 射日傳說 4 Sili 鳥叫聲 5 與自然為伍（爬樹、狩獵抓蟲、草藥）		1 集團移住 2 蕃童教育所（學日文、數學、其他）（修學旅行：巴士、火車、糖廠、畜牧試驗所、玩離心吊椅、看戲劇表演、參觀水族館）

《彩虹橋》在泰雅傳統的主題表現，可以看出以泰雅男性活動為主，女性為輔，同時日本治理政策呼應弱化泰雅男性傳統文化，國族／族群情節堆疊的立場並不均衡。劇本如獵人傳說、射日傳說、Sili鳥與草藥出現的場合在打獵敘事部分，比對日治時期小島由道、安原信三撰寫《番族慣習調查報告書第一卷——泰雅族》泰雅男子的主要分工在於狩獵、戰鬥、開墾，《彩虹橋》梳理的日治時期理蕃政策中「集團移住」、畜牧試驗所，影響了泰雅男性傳統的戰鬥、狩獵、開墾功能，[4]故事構成以泰雅男性困境為核心，[5]鋪陳男童瓦歷斯面臨的

4 「集團移住」後，山上泰雅族人遷移下山定居，族人與槍枝由番地警察統一管理，影響族人戰鬥；生活以畜牧取代狩獵，作物採用定地農耕而非山田燒墾，開墾的功能不再，至於農作物的播種、收穫則大都由傳統婦女擔任。見中央研究院民族學研究所編譯：《番族慣習調查報告書第一卷——泰雅族》，頁137；張耀宗：《國家與部落的對峙——日治時期的台灣原住民教育》，頁20-76。

5 泰雅婦女也面臨傳統耕作方式的改變與新式教育教導的裁縫，非傳統泰雅織布技能。這裡從故事中比穗依會協助母親家務但不會織布，對比出兩代泰雅女性的差異與傳統的斷層，但劇本中僅以幾句對話帶過。

泰雅成人的問題，劇本中則以「射日傳說」隱射瓦歷斯成長後對泰雅文化及問題的承繼。

劇情堆疊策略以瓦歷斯作為男性的泰雅族人為中心，展現日本的文明在於侵略，使得泰雅男性文化在日本統治下逐步失利，而以紋面作為文化的總和標記，讓瓦歷斯進行選擇。然而在失衡的日本國族／泰雅族群兩者背景陳述下，有一場老師瓦旦、父親比浩和瓦歷斯三人關係的演出：在狩獵前夕，比浩對瓦歷斯講述射日故事的傳承，之後老師瓦旦拜訪，送來西方傷藥，被父親比浩當面丟棄。此時的鏡像時段，引導者的提問是：「你們覺得誰看來最有氣勢？誰看來比較軟弱？」編導許瑞芳自述，此場設定地點在比浩家，主人比浩態度嚴厲，最有氣勢，參與劇場的高年級學童認為小孩瓦歷斯夾在父親比浩與老師瓦旦間，最為軟弱（許瑞芳，2011年）。沒有議題可議的提問，又強調泰雅父親的強勢，再次暴露對泰雅文化觀點的傾斜，透露瓦歷斯心中強勢父親所代表的父子關係和傳統泰雅文化間的優勢。

從《教習劇場與歷史的相遇——《一八九五開城門》與《彩虹橋》導演作品說明》編導整理兒童觀者的回應似乎也反映了這種傾斜鋪陳下，觀者參與的不是勢均力敵的問題討論，而是被戲劇所呈現的意識型態引導下的一面倒情況，如觀者認為修學旅行雖然發生平地人嘲笑泰雅紋面的「醜」與衝突事件，但基本上是好玩的，然而這種好玩「是日本人的詭計」,「要讓他們成為日本人，然後不要他們想泰雅族的事」、是日本人洗腦與歧視泰雅族人的安排（轉引許瑞芳，2011年）；父親比浩、教育所老師瓦旦、男童瓦歷斯三人直接對應關係的演出，觀者能體會瓦旦拿傷藥給瓦歷斯「怕他受傷」、「流血過多可以用來止血」、動物咬到或植物刺到時可以用，但隨後比浩丟掉藥包，觀者表示「瓦旦已經被日本人洗腦，所以比浩不希望拿日本人的東西」、「這是日本人的詭計，要用來騙他們」（轉引許瑞芳，2011年）。

演出最後，當瓦歷斯如坐針氈，提出問題「我的 yaba（父親）和 sensei（老師）他們對紋面都有不同的看法，他們都是為了我好啊，我不知道該聽誰的？我到底該怎麼辦？」兒童觀者會先考量親子關係與 yaba 代表的傳統文化的延續，進一步追問時，sensei 主張的讀書或兼顧的建議才會出現（轉引許瑞芳，2011年）。許瑞芳在導演說明中認為，「教習劇場的編導策略通常是利用典型人物（父親／傳統文化 vs 老師／現代教育）間的衝突來製造話題，而將有關此議題更多元的想法與意見賦權給參與者。」（許瑞芳，2011年）這就牽涉到，兒童觀者中，親密關係往往具有影響兒童思考上的優先性，教習劇場為引發兒童觀者正視問題，是否一定需要由關係衝突帶出議題衝突？或者此劇本深切感受認同的危機與衝突其實在於泰雅族成人，是否一定需要兒童角色參與演出？引發兒童觀者同理的戲劇，一定要由兒童擔任主要角色嗎？

四　結論

擔任二〇〇八至二〇〇九年史博館與南大戲劇系合作「國立臺灣歷史博物館展場戲劇展演計畫」專案助理陳雅慈在碩士論文《教習劇場編創法則的在地實踐——以許瑞芳的四部作品為例》裡述及《彩虹橋》編導許瑞芳選擇以原住民視角來看待日治時期的歷史，以泰雅族群作為故事具體描述的施力對象，因為目標群為國小高年級學生，於是劇中主要角色設定在十二到十三歲。陳雅慈並認為歷史認知的教習劇場，每一段歷史事件的敘述，其實隱含著敘述者的歷史觀與價值判斷（陳雅慈，2011年）。同時此劇場受國立臺灣歷史博物館委任，研究員與編導磨合的歷史觀與價值判斷，是否具有了某種當代史觀的政治正確或傾向？即使選擇以原住民視角的展演，人物設定仍具有多重可能性：不願意接受日本「開化」的原住民、接受日本教育與「開化」，進一步發展自我主體性[6]或完全接受日本「教化」的原住民？或是直接面臨日本國族統治帶來傳統族群文化改變的成人視角，還是對國族／族群議題懵懂的兒童視野？男童或女童的視角？原住民中誰的視角才容易顯現問題意識的認同危機與衝突？

另一方面，如同陳雅慈對教習劇場運用事件堆砌累積許多小衝突，營造觀眾聚焦在最高潮的兩難，故事編排多採用單純而直接的直線發展方式，以免混淆觀眾思緒，造成思考無法聚焦的阻礙（陳雅慈，2011年）。《彩虹橋》觀者高年級學童回應瓦歷斯如坐針氈提問時，優先考量到父子親情與父親傳統立場的維護，也就是學童自身生活反映在瓦歷斯面對父親與老師間關係處理的問題，國族／族群文化似乎在關係問題之後才會意識到，劇場設定的衝突與討論是否因此而受到混淆？

第三方面，學者蔡奇璋認為，教習劇場中角色人物面臨的正反兩方衝突必須勢均力敵，才能真正營造一個兩難的困境（蔡奇璋，2001年）。《彩虹橋》劇本中看似穿插鋪排泰雅傳統文化與日本近代化文明，但日本文化呈現的議題與提問完全導向體驗與認同泰雅族弱勢，如「集團移住」演出後提問「小朋友們，你們喜歡自己的家嗎？如果有一天你回到家，發現有別人搬進來，並告訴你，這不是你家，你的感受是什麼？如果你要再進來這間屋子，卻要有許可證才能進來，你的感覺是什麼？」（許瑞芳，2011年）日本國族／泰雅民族兩文化的堆疊立場並非勢均力敵，劇本營造的兩難似乎成為一個表面上的假議題，劇場成為取得觀者認同劇本作者／博物館員意識型態的引導作用。

---

6 日治時期泰雅族人口述歷史北勢八社的故事，或許可以作為接受日本近代化生活仍擁有泰雅族自主意識的例子。見達利，卡給著：《高砂王國——北勢八社天狗部落的祖靈傳說與抗日傳奇》。

就臺灣教習劇場的發展與寫作而言，《彩虹橋》的寫作鋪排層層深入，在臺灣「博物館劇場」發展上也有前導的示範作用，然而由於教習劇場本身的衝突、問題作為引導學童討論與思辨教育的目的上，事件鋪排導致意識型態傾斜、現代兒童觀者對親子關係倚賴而可能產生對事件衝突認同的雜質等，還有商榷之處。

參考書目

1 研究文本

許瑞芳編導　《彩虹橋》　臺南市　國立臺灣歷史博物館　2009年

2 文獻

中央研究院民族學研究所編譯　《番族慣習調查報告書第一卷——泰雅族》　臺北市　中研院民族學研究所　1996年

王婉容　〈應用戲劇的開創性與實踐初探〉　《劇場事6》　臺南市　台南人劇團　2008a

______　〈讓歷史走進當代的生活〉　《劇場事6》　臺南市　台南人劇團　2008b

田哲益　《台灣的原住民——泰雅族》　臺北市　臺原出版社　2001年

李園會　《日據時期台灣初等教育制度》　臺北市　國立編譯館　2005年

吳睿人撰譯　〈另一個「閉塞時代」的精神史——龍瑛宗台灣戰前小說中的殖民主體形成〉　《中心到邊陲的重軌與分軌——日本帝國與台灣文學·文化研究》中　臺北市　國立臺灣大學出版中心　2012年

許瑞芳原著　唐香燕文　官月淑圖　《彩虹紋面》　臺南市　國立臺灣歷史博物館　2009年

許瑞芳　《教習劇場與歷史的相遇——《一八九五開城門》與《彩虹橋》導演作品說明》　臺北市　秀威資訊科技公司　2011年

許佩賢　《殖民地台灣的近代學校》　臺北市　遠流出版事業公司　2005年

陳雅慈　《教習劇場編創法則的在地實踐——以許瑞芳的四部作品為例》　臺南市　國立臺南大學戲劇創作與應用學系碩士論文　2011年

萊撒．阿給佑　《泰雅爾族傳統文化——部落哲學、神話故事與現代意義》　臺北市　秀威資訊科技公司　2012年

張耀宗　《國家與部落的對峙：日治時期的台灣原住民教育》　臺北市　華騰文化公司　2009年

達利．卡給原著　游霸士．僥給赫譯　《高砂王國——北勢八社天狗部落的祖靈傳說與抗日傳奇》　臺中市　晨星出版公司　2002年

蔡奇璋、許瑞芳編著　《在那洶湧的潮音中——教習劇場 TIE》　臺北市　揚智文化事業公司　2001年

劉婉真　《博物館就是劇場》　臺北市　藝術家出版社　2007年

騰邑文化編輯部　《台灣教育世紀回顧——荷西－日治》　新北市　零極限文化出版社　2013年

Augusto Boal 著　賴淑雅譯　《被壓迫者劇場》　臺北市　揚智文化事業公司　2009年

Bertolt Brecht 著　藍劍虹譯　〈書寫真實的五個困難〉上　《劇場事6》　臺南市　台南人劇團　2008年

臺灣／北京書寫的猶疑與斷裂

——林海音《蔡家老屋》兒童文學作品研究*

導讀

林海音為戰後第一代兒童文學創作者，同時期帶入大批外省女性作家一起耕耘臺灣兒童文學。然而更讓人矚目的成就應該在於二戰來臺創作，關於五四時期前後新舊時代女性小說、擔任聯合報副刊編輯時期大量發掘本省及外省籍作家、純文學編輯等。林海音因此成為少數跨越成人文學與兒童文學卓然有成的創作者。

《蔡家老屋》為林海音六〇年代在臺灣創作的兒童文學作品，一九六〇到七〇年代也是林海音成人文學創作鼎盛時期，完成四部長篇與二十六篇短篇小說。林海音此時期作品大多傳遞了臺灣／北京的家國記憶與斷裂的游移，引起大量臺灣學者的關注與研究，兒童文學作品相對較少受到研究者青睞。

林海音部分文學作品集結改版成童話，並配上插圖後，成人與兒童文學作品的界限越趨模糊，意涵也因此滑移。本篇研究以林海音創作的兒童文學作品《蔡家老屋》為例，與同時期成人文學作品研究者對話。說明《蔡家老屋》中，臺灣／北京的家國記憶與斷裂：刻意塗抹兩者的地理痕跡，卻又兩地並存地以空間、時間、性別意涵隱含在文本裡，且一方包裹著另外一方，看似分裂卻又無法切割。

---

* 發表於2015年北京師範大學兩岸兒童文學論壇「新世紀兒童文學的創作、研究與出版」。

一　前言

學者陳芳明在《台灣新文學史》譽為六〇年代表性女作家林海音，一九一八年出生於日本大阪，三歲時跟著父母返回祖籍地臺灣，五歲和家人共赴北京城南（今日宣武門）的「永春會館」[1]，當時是閩、粵、臺灣人聚集居住的地方；一九四八年國共內戰擴大，林海音帶著家人回臺（夏祖麗，2010年，頁23-106），直到二〇〇一年過世。在北京二十五年間，林海音面臨父親過世、求學、新聞工作、婚姻與育兒等人生重要階段，同時經歷五四、二戰、國共內戰等社會、歷史文化事件。林海音在北京時住在臺灣人聚集的地區，回臺灣後，成為道地臺灣出身，創作北京味兒文字的作家，「臺灣」和「北京」始終在她的作品中烙印深沉的痕跡，也包括兒童文學作品。

林海音於一九六四年擔任臺灣省教育廳兒童讀物編輯小組文字編輯，開始關注與書寫兒童文學（林良，2002年，頁4-5；陳正治，2004年，頁93-109），一九六六年第二本兒童讀物《蔡家老屋》出版；同期間一九五五至一九六七年也是林海音小說創作巔峰期，完成四部長篇與二十六部短篇小說（許俊雅，2003年，頁59），再現二十世紀二〇年代至五、六〇年代中國女性生活的部分側寫（閻純德，2003年，頁145）。《蔡家老屋》作為林海音六〇年代兒童故事作品，書寫女性婚戀、階級等女性命運，與同期間成人文學女性主題類似，故事中女性進一步以女鬼形式現身，女性角色有了多元的表現與可能性。然而相較林海音六〇年代的其他女性書寫文本得到較多研究與關注，《蔡家老屋》卻還沒有相關文獻深入探究。

本文擬將兒童文學文本《蔡家老屋》放在臺灣文學的女性研究領

1　父親去世後移住在「晉江會館」。

域，嘗試作為二個領域交會的研究與對話，在跨領域中探求臺灣／北京的觀看視角。論述段落分成三部分，第一部分由林海音兒童文學創作切入《蔡家老屋》作品背景；第二部分結合臺灣文學女性研究發現與對話、作者背景資料與故事內容，進行文本分析，提出臺灣外表包裹著北京內涵的書寫發現；第三部分將以上分析內容整理作結。

二　《蔡家老屋》創作背景與問題意識

《蔡家老屋》以第一人稱敘述我們（孩子們）愛聽鬼故事，尤其是蔡家鬼故事。前一年春天開始蔡家紅磚屋裡半夜會聽見走路的聲音，蔡家人認為鬧鬼而搬離紅磚屋，透過省城大學畢業的表哥帶著孩子們抓鬼，因此揭開鬼的身分，破除迷信。故事中蔡家猜測鬼的身分，分別帶出蔡公公、蔡姑姑、蔡伯母有關係的蘭姑娘、慶妹、杏花三個女性死亡與超渡的故事。

林良曾提及林海音寫作《蔡家老屋》動機在於兒童不適合閱讀鬼故事禁忌的挑戰：

> 她（林海音）一向討厭不分青紅皂白的禁忌，鬼故事不能寫？那要看是什麼樣的鬼故事。她無法容忍昏頭的盲從。她寫的是「這個世界上根本沒有鬼」的鬼故事。（林良，1987年，頁7；林良，2011年，頁114）

因為當時認為兒童不適合看鬼故事，作家也就不寫，然而林海音為了打破鬼故事禁忌而寫鬼，但卻透過鬼故事來教育兒童「這個世界上根本沒有鬼」，其實仍然回歸當時主流觀念中對兒童談「有鬼」的禁忌。

其他研究者對《蔡家老屋》的分析，如王淑美碩論《鬼故事與現代兒童》，認為《蔡家老屋》鬼故事在於批判迷信鬼神而導致精神與生命的損失，其中「鬼」意義在於個人心中良知對活著的人的自我處罰，為一種否定鬼的信仰表現（王淑美，2004年，頁61-62、67-68、84-85）。王淑美的觀點基本上為林海音文字與創作動機的轉述，並無新意。林海音在故事內容中已透過捉鬼的表哥表達了「鬼」的出現在於人心中有愧（林海音，1977年版本）：

> 大表哥說：「世界上實在並沒有鬼，只是因為蔡家的每一個人都做了慚愧的事，心中時時不安，所以才疑心生暗鬼。」

楊絢與馮季眉對《蔡家老屋》分析則非側重在鬼故事意涵。楊絢研究以兒童形象分析為主，認為《蔡家老屋》主角「蘭姑娘」、「慶妹」、「杏花」呈現卑微階層、童年早逝的薄命形象（楊絢，2000年，頁21-22）。馮季眉提出《蔡家老屋》特色在於融合街坊軼事與鄉野小說的生活故事（馮季眉，2000年，頁19）。

由以上整理發現，既有研究僅呈現《蔡家老屋》在鬼信仰或主角童年早逝等單一面貌，並未深入探析文本書寫與地理空間文化可能的多元意涵。

筆者擬就《蔡家老屋》的故事書寫形式與「女鬼」身分在性／別多重指涉的「臺灣」、「北京」空間文化可能性，進行探究，期間援引臺灣文學研究中對林海音女性文學書寫評論比對，並參酌林海音成長與創作背景，提出（女）鬼故事所具有的性／別、地理空間、傳統與現代的文化時間意義。

關於《蔡家老屋》研究版本部分，目前已出版本有四種：一九六六年由臺灣省政府教育廳出版的中華兒童叢書系列單行本、一九七五年由臺灣書局出資增印單行本、一九八七年純文學出版社出版《林海音童話集．故事篇》單篇故事、二〇一一年小天下出版社《林海音童話故事》單篇故事。故事內容經過比對後，各版本故事內容相同，差異主要在於文字精簡，在不考慮插圖版面編排情況下，以林海音親自編輯、文字精煉的純文學出版社版本為分析對象。[2]

三　《蔡家老屋》文本分析

《蔡家老屋》初版於中華兒童叢書系列第一期，林海音擔任此期叢書催生的兒童讀物編輯小組第一位文學編輯，曾執筆書中序文呈現編寫理念在於，想讓小讀者們知道「我國文化的偉大，和現代科學的進步，並且能引起你們的學習興趣。」（林文寶、趙秀金，2003年，頁72-74、226-227；林海音，1977年，未標示頁數）從王淑美研究可進一步說明《蔡家老屋》書寫扣合此編寫觀點。王淑美認為故事中省城大學畢業表哥代表新科學知識分子，本於實證精神當場查證鬼的身分，鬼信仰則代表了舊迷信，故事主軸在於舊迷信與新科學對立，最後由科學勝出（王淑美，2004年，頁61-62）。

中國新舊文化的信仰之外，筆者認為《蔡家老屋》仍能就新科學與舊文化的空間地理與時間觀[3]、代表舊迷信的女鬼與新科學的表哥間的性別權力關係深入思考。林海音六〇年代的文學巔峰期作品多呈現五四新舊文化的交替、臺灣的經驗與對北京的懷舊、自由婚戀等新女性與上一代女性傳統角色的認同（許俊雅，2003年，頁71-75），文

2　本研究以一九八七年純文學出版社出版之單篇故事為主要分析對象，同時參照一九六六年臺灣省政府教育廳出版的中華兒童叢書系列單行本相關文獻，作為原初故事產生依據的輔助資料。

3　關於新舊文化的地理與時間觀點，筆者指涉的是林海音所說「我國文化」的地理性、舊迷信到現代科學進步的線性時間觀。然而《蔡家老屋》敘事呈現了主敘事與子敘事的二種時間觀，一為表哥所處的當代進步時間與女鬼所處的過去落後的時間觀。

化時間、地理空間、女性意識三面向分別構築傳統與現代、臺灣與北京、新女性與傳統女性，這些觀點亦兩兩混雜表現在《蔡家老屋》。本章將佐以林海音創作背景，就此三部分深入論述[4]，進一步提出文本概念兩兩猶疑、混雜中一方收編另一方的優位現象。

（一）臺灣經驗與北京記憶

「臺灣是我的故鄉，北平是我長大的地方。我一輩子沒離開過這二個地方。」林海音在散文集《兩地》自序中提及臺灣與北平對她的意義：「當年我在北平的時候，常常幻想自小遠離的臺灣是什麼樣子，回到臺灣一十八載，卻又時時懷念北平的一切」（林海音，1973年，頁1）。林海音父母為臺灣頭份與板橋人，一九一八年在日本大阪生下林海音，三年後回臺灣頭份，一九二三年帶著林海音遷往北京，一九四八年因國共內戰舉家返臺定居。林海音北京生活期間曾定居在專給臺灣與福建人居住的會館；返臺後卻又想起了北京「就好像丟下了什麼東西沒有帶來，實在是因為住在那個地方太久了，像樹生了根一樣」（轉引自夏祖麗，2000年，頁13-106，119）。臺灣、北京地理空間影響著林海音的創作情感。地理空間對兒童文學的影響，林海音認為兒童讀物創作應從現實生活著手（林海音，2000年，頁144-145；林海音主講，1973年，頁28-29），並從美國兒童文學作家瑪霞・勃朗（Marcia Brown）的訪談中感受到勃朗生活經驗應用在創作上「這一幕真實的戲，便使她畫和寫成富有人情味兒的兒童讀物」並引申勃朗的寫作靈感其中之一在於「回想起自己兒童時代的什麼事」[5]（林海

4　女性意識面向分析，擬將表哥男性角色與女鬼間的性別關係納入討論。

5　林海音1965年訪美四個多月，拜訪美國兒童文學作家瑪霞・勃朗，並為文發表在〈訪瑪霞・勃朗〉，《作客美國》，於1966年文星書店初版；1973年口述〈低年級兒童讀物的欣賞〉一文，由范清雄摘記，發表在《中國語文》雜誌。對於瑪霞・勃朗

音，2000年，頁42-47；林海音主講，1973年，頁28-29）。臺灣的現實生活和北京的記憶，也交錯體現在兒童文學作品《蔡家老屋》。

《蔡家老屋》故事二個主要的場景在於晚上院子的大樹下和鄉下小鎮盡頭通往田裡路邊的蔡家紅磚樓房，故事中未具體出現但具有想像空間意涵的是表哥大學的畢業地點：省城。「紅磚樓房」為中國南方代表性建築，故事中應指涉臺灣；「省城」非臺灣對城市的在地語言，應為北京用語的指涉。《蔡家老屋》刻意淡化背景所在地，沒有具體地名，可以是任何想像中混雜了臺灣閩客傳統建築與中國都會空間感的視覺畫面。英國學者夏普（Joanne P. Sharp）對於地理學在後殖民現象中的混雜現象，提出混雜概念並非僅在於融合二種文化，也可以在差異中創造嶄新事物或提出「第三空間」（Third Space）的可能性，一種非中心或邊陲，內部或外部的世界，彷彿位於兩者兼具的空間，去除了二元主義的可能。同時夏普分析印度裔英國作家魯西迪（Salman Rushdie）作品，認為故事中指涉了兩種特定文化而為讀者創造出一種混雜感：有時在文化之內而有歸屬感，有時在另一文化之外而覺得被排除在外，於內於外都像一位移民者（Joanne P. Sharp，2012年，頁182-186）。《蔡家老屋》故事的臺灣建築與北京對省城的語言指涉，因此創造了林海音想像中二個故鄉兼具的第三空間，在這想像空間裡，讓大陸遷臺或臺灣在地讀者分別產生不同的歸屬與親切感，又同時居於林海音的背景位置——移民者。

除了具體書寫的地理空間意涵，筆者將從另一個面向指出臺灣與北京／中國空間文化帶來的「鬼故事」文本書寫形式與分析。

創作靈感，林海音整理為八點：對於某地方有興趣、看見一張畫、街頭巷尾偶見、觀察小孩子、回想起自己兒童時代的什麼事、朋友們數說她們的孩子、書本裡讀到的神話民間故事、旅行等。見〈訪瑪霞．勃朗〉，《作客美國》（臺北市：遊目族文化事業公司，2000年重印版），頁45-47。

學者范銘如在《文學地理——台灣小說的空間閱讀》導論提到在文學批評領域中傅柯（Michel Foucault）認為我們的生命、時代和歷史的行進都必須在居住的空間上發生，並延伸以法國思想家列斐伏爾（Henri Lefebvre）的空間三元論（Trialectics of Spatiality）深入說明空間理論：由空間實踐、空間再現與再現空間三者形成的空間辯證關係，空間實踐指社會活動在空間形式裏的實踐，空間再現為透過專業知識來規劃理性的概念性空間，再現空間則透過意象或象徵，直接生活出來的空間；從傅柯到列斐伏爾表達了空間與歷史的、文化的、政治的社會生產關係（范銘如，2008年，頁15-20）。如同《蔡家老屋》北京、臺灣不同地理空間實踐具有歷史的、文化的鬼故事書寫，林海音挪用北京／中國文人的鬼故事傳統，再現知識分子書寫格局，同時以鬼神祭祀的社會民俗活動，營造臺灣的地理象徵與氛圍。

中國關於鬼的著作脫離國家與宗族，大約是從《楚辭》開始。文學評論者龔鵬程認為《楚辭》中的「山鬼」不屬於公眾、蘭心蕙質、鍾情於書生，認為是中國後世花妖、女鬼等筆記小說的原型，這類型的女鬼也多讓人又愛且敬、性情芳潔（龔鵬程，2000年，頁39-42）。《蔡家老屋》女鬼蘭姑娘個性溫柔美麗，鍾情於讀書人蔡公公，憂鬱而死；慶妹是一個健康、漂亮、乖巧、嘴甜、人見人愛的好孩子，大家都認為她會嫁個好丈夫，卻年輕夭折，大有婉惜未婚之意；杏花雖然做事不俐落，生了病也知道不能被蔡家送回貧苦的原生家庭，擔心因此造成父母負擔，個性讓人又愛又敬。[6]

---

6 相對於中國文人對女鬼的形象的塑造，臺灣的鬼則多和移墾社會有關。漢人拓墾臺灣初期，環境惡劣，加上律法不彰，疾病與盜匪盛行，常有死於非命者。劉還月整理臺灣早期的鬼類型，提出自然鬼（如魔神仔）、孤魂（如好兄弟）、野鬼（分成作弄別人的鬼與厲鬼）（劉還月，1994年，頁45-51），臺灣鬼似乎有較強的男性傾向，女性鬼多作為依附在男鬼身旁如有應媽與有應公，單一女鬼多祭祀在姑娘廟或透過冥婚習俗入祀安頓（林美容，1994年，頁59-64）。

《蔡家老屋》故事中因為蔡家人常在半夜裡聽見有人在房子裡走來走去，蔡家推斷是鬧鬼，但是哪一個鬼卻有幾個不同的傳說：一個是蔡公公年輕時到省城念書認識的蘭姑娘。當時蔡公公和美麗又溫柔的蘭姑娘偷偷結了婚，過了幾年蔡公公奉父母命令回鄉結婚，卻仍不敢說出和蘭姑娘在一起的事情，之後聽說蘭姑娘憂鬱而死，蔡家鬧鬼後，蔡公公因為書桌上的花生殼被收拾了[7]，房間又響起走路聲，而想起了蘭姑娘，最後蔡公公為蘭姑娘立了牌位，供在祠堂；第二個是蔡家鄰居慶妹。慶妹是一個人見人愛的好孩子，蔡家姑姑則驕傲、不理睬人、善妒，不喜歡慶妹。一次慶妹到蔡家井裡打水，被蔡家姑姑大聲一喊，身體失去平衡掉到井裡死了，蔡姑姑因為衣服放在床邊凳子上，隨著走路聲被拖掬樓下，蔡姑姑因而認為慶妹泡在井裡太冷，變成鬼拿蔡姑姑衣服穿，蔡家為慶妹燒了紙衣，請道士作法將魂引回慶妹的家；第三個是蔡伯母陪嫁的丫頭杏花。杏花做飯、洗衣、到廚房偷東西吃常挨蔡伯母罵，十六歲的杏花因此生病，送回原生家庭後不久病死。因為鬼常在廚房撒得滿地飯菜或摔碎碗盤，像笨手笨腳的杏花，蔡伯母因此認為鬼就是杏花，於是準備豐盛飯菜祭供杏花。蘭姑娘和蔡公公、井邊打水的慶妹、負擔家務又被嫌棄的杏花，在林海音對兒時北京的回憶《城南舊事》[8]惠安館的瘋子秀貞和思康私訂終身後，思康被父母召回家鄉，一去不回、常在井邊打水，冬天穿薄衣的好友妞兒，可愛、乖巧、大方卻總被父母嫌棄，這些北京角色似乎成

7 林良曾為文林海音臺灣居家生活中，丈夫書桌上留有夜裡沒吃完的花生米，林海音稱為「和老鼠共食的花生米」，林海音收拾書桌的故事發表在〈書桌〉一文。《蔡家老屋》蔡公公夜裡書桌上留有花生殼，蔡公公以為鬼妻蘭姑娘收走，其實是老鼠吃掉了。鬼故事和林海音生活故事略有雷同。見林良：〈活潑自然具風姿——談林海音的散文〉，《寫在風中》（臺北市：遊目族文化事業公司，2000年5月，未標示頁數）；林海音：〈書桌〉，《英子的鄉戀》（臺北市：九歌出版社，2003年12月），頁17-23。

8 林海音：《城南舊事》（臺北市：格林出版社，1999年初版，2004年16刷版本）。

為《蔡家老屋》女鬼人物的雛形。

角色之外，對於鬼屋與聽鬼故事的場景，也在《城南舊事》〈我們看海去〉和北京版《城南舊事》序中再現。〈我們看海去〉提及英子家斜對面的空房子鬧鬼。在北京版的序[9]中，林海音曾自述一九五一年寫的〈憶兒時〉：

> 記得小時候在北平的夏天晚上，搬個小板凳擠在大人群裡聽鬼故事，越聽越怕，越怕越要聽。

《蔡家老屋》故事的第一段，林海音寫著：

> 夏天的晚上，坐在院子裡的大樹下，聽叔叔、嬸嬸、舅媽們講故事，是我們最高興的事了。

鬼故事隱涉著對北京的懷舊與童年經驗。

然而臺灣的現實生活經驗，也揉雜在《蔡家老屋》的鬼故事內容。林海音在《兩地》臺灣民俗雜輯〈燒金〉一篇，寫了一個外省人在臺灣買錯紙錢，又燒錯紙錢，事後才真相大白的故事，林海音在隨後內容中很仔細的介紹了臺灣人祭祀「燒紙」的規矩。《蔡家老屋》蔡家姑姑為了平息女鬼慶妹的騷擾，燒了糊了紙的冥衣給慶妹，並且請道士作法，將井邊的慶妹請回家去，表現臺灣民俗行事。

《蔡家老屋》實際場景與地理空間混雜林海音的臺灣生活與北京記憶，將北京地理名稱抹去，模糊地點的指涉，因為臺灣與北京一起呈現在故事中而讓渡海來臺或臺灣本地讀者有親切的感受，然而透過

---

9 林海音文：《林海音研究論文集》（北京市：台海出版社，1963年）。

互文與分析，發現中國文人書寫傳統與林海音北京的記憶歷史才是貫穿全文的核心表現，也就是在北京與臺灣的地理混雜中，北京仍然具有文本內涵上的優勢地位。

（二）傳統與現代新文化交織

林海音在寫作歷程自述，五四新文化運動影響下，對於新舊女性生活的關注與表達：

> 在中國新舊時代交替中，亦即五四新文化運動時的中國婦女生活，一直是我所關懷的，我覺得在那時代，雖然許多婦女跳過時代的這邊來了，但是許多婦女仍留在時代的另一邊沒跳過來，這就會產生許多因時代轉型的故事……。（林海音，2000年，頁207）

六〇年代出版作品如《城南舊事》（1960）、《婚姻的故事》（1963）、《燭芯》（1965）、《兩地》（1966）、等[10]中短篇小說合集或散文，展現了對傳統與新文化女性的關懷。梅家玲認為這一系列文字背景多數回到北京，童年、女性、婚戀為敘事主軸，也因此確立林海音在臺灣文壇的書寫特色（梅家玲，2011年，頁245）。閻純德認為林海音小說再現二十世紀二〇至五〇、六〇年代中國女性悲慘命運的側面，刻畫最好的是傳統女性形象，控訴的是封建勢力對女性的殘害（閻純德，2003年，頁141-145）；陳碧月認為，林海音對於小說人物不帶任何批判，正是留給讀者思考、作者無聲的控訴與抗議，呈現了

10 依據台灣文學館出版之《台灣現當代作家研究資料彙編——林海音》作品整理。其中包含常被研究者討論描述新舊女性生活的短篇小說，如〈蘭姨娘〉、〈惠安館〉、〈婚姻的故事〉、〈燭芯〉、〈金鯉魚的百襇裙〉等等。

顛覆父權傳統的意義（陳碧月，2003年，頁50-51）。葉石濤提出在新舊思想交替，林海音深度刻畫時代女性內心的奧秘和絕望，成功雕塑鮮明的典型，然而對溫和人道主義、傳統道德戒律人性、語言與方法等的固守，使得作品走向「公式化」。

除了刻畫傳統女性的成功，與「公式化」形成的女性角色與技巧的「典型化」；從創作手法來看，多位學者闡述林海音傳統女性角色刻畫「典型」與五四女作家寫作的傳承有關並說明隱含的女性意識：彭小妍認為林海音傳承五四女作家擅寫婚姻故事與小品文傳統，文中見證時代的性別、政治、歷史暗潮（彭小妍，2011年，頁157-161）；范銘如則認為林海音代表臺灣五〇、六〇年代京派文學的寫作傳承，呈現表面的臺灣在地細膩描寫，其實是傳遞女性書寫身邊瑣碎事的正當性，為林海音女性書寫意義的政治性找到著力點（范銘如，2011年，頁227-242）；梅家玲提出林海音作品與京派五四女作家凌淑華作品相似中的相異性，相似處在於同樣以女性視角的個人文化記憶與想像，巧妙覆蓋家國政治動亂的喧擾（梅家玲，2011年，頁243-263）。

葉石濤以《綠藻與鹹蛋》為例，提出林海音兒童文學由其女人與婚姻主題繁衍出來，儘管手法與情節翻新，仍以成人文學的舊軌跡出現（葉石濤，2011年，頁149）。

因此，筆者以兒童文學《蔡家老屋》子敘事呈現的三個女鬼故事，也就是三段女性生命史與林海音女性文學的學者研究成果作比較分析，提出《蔡家老屋》女性典型與六〇年代作品的相似性，在於反映五四新文化與傳統文化時代交替間女性的掙扎與絕望，不同處在於五四新文化僅成為一種大時代表象，其實作者站在認同生活中實實在在現身的傳統女性的一方。同時也可以讀出運用兒童文學鬼敘事的安心結局，使得女鬼力量在現世獲得象徵性補償。

五四新文化運動為依據西方天賦人權、自由平等的理性原則下期望建立的理想社會，婦女人格獨立與男女平等的追求，成為當時文化菁英們關懷重點之一，提倡女子教育、社交公開、經濟獨立、婚姻自主、小家庭制度、破除貞操觀念、廢除奴婢制度，鼓勵婦女走出家庭等婦女解放運動等目標（嚴昌洪，1999年，頁669-685）。

《蔡家老屋》第一段子敘事，蘭姑娘與省城讀書的蔡公公自由戀愛後結婚，但是蔡公公仍依照父母命令回鄉與別人結婚，在蔡公公一去不回之下，蘭姑娘抑鬱而終。蘭姑娘與蔡公公間的自由婚戀顯示兩人的新思想，然而蔡公公回鄉奉父母命結婚、蘭姑娘的抑鬱死亡又代表兩人在舊社會制度下的被動、軟弱與無力，新思想如同省城作為一種進步與科學的潮流地標，淪為一種表面的宣示，不如鄉下傳統觀念與社會制度帶來的實際生活實踐的能動性。

第二段子敘事，人見人愛、被認定會嫁個好丈夫的好孩子慶妹，在蔡姑姑的吆喝下，在井邊失足而死。臺灣六〇、七〇年代對好孩子有較多的著墨與期待的政治性（吳玫瑛，2008年，頁65、63-80），而故事中好女孩最終的目的在於嫁個好丈夫，回歸家庭並非成就個人[11]，反映中國傳統女性「從父、從夫、從子」的倫常觀念。

第三段蔡家伯母奴婢杏花，不受伯母喜歡，因折磨而生病，百般不願意拖累娘家下，仍在送回娘家後病死。杏花代表了女性從一個家庭到另一個家庭的依賴與保護，與家庭一體的社會關係，甚至生病死亡也不應拖累原生家庭的美德，一種為家庭著想、付出、做好家事的要求仍在故事中被期待著，不然會遭受不堪下場的懲罰。女人作為奴婢角色，正好是女人與家庭間密切關係表現的一種極端。

從這三段故事來看，《蔡家老屋》揭露三種女性角色在傳統社會中的困境，然而揭露問題是否等同控訴或反對？還是傳統文化觀念的

11 依吳玫瑛研究，當時的兒童文學作品，以男孩為主角的文本提出好男孩要認真讀書，隱含著對個人發展的勉勵與期待。

認同與複製？值得進一步深思。

林海音曾自述「我和我國的五四新文化運動，幾乎同時來到這世上，……所以那個改變人文的年代，我像一塊海綿似的，吸取著時代的新和舊雙面景象，飽滿得我非要藉寫小說把它流露出來不可。」（林海音，2000年，頁206）五四新文化運動發軔於一九一九年外交上巴黎和會失利所產生的「五四北京學界全體宣言」，從「外爭主權，內除國賊」表達對帝國主義與政府外交積弱的不滿與抗議，演變成當代中國新文化運動，提出「德」、「賽」先生口號，代表中國政治與社會問題的癥結與朝向自由民主、科學努力的二個目標（唐啟華，1999年，頁63-84；高永光，1999年，頁15-16）。就林海音身世而言，林海音出生於一九一八年，五歲時隨父母到北京定居。「在這裡那裡，我常會看到大學女生，穿著和舊式婦女不同的衣裙，梳著膨鬆的髮髻；舊式婦女（像我母親）可還要梳用髮油抿得光光的元寶髻。」小學三年級（1927）時林海音提到對北京新舊式髮型的觀察，當時學校班上、街上剪辮子的女人不多，文華閣剪辮子的師傅給女學生及林海音剪的是當時上海流行的半破兒（林海音，2000年，頁206；林海音，1973年，頁26-37）。也就是說，以新舊式髮型的社會風氣為例，在一九二七年林海音意識到對髮式時尚代表的新舊社會文化，五四社會風氣可能已經流於表面，如同髮型的新文化意含已經轉型為當時的流行意義。洪喜美在〈五四前後婦女時尚的轉變——以剪髮為例的探討〉一文，認為剪髮被視為五四女性解放、鬆動父權體系「三從」意義的象徵，廢除妝飾便於從事社會工作，然而在一九二四年前後由上海開始擴及到其他各大都市的新髮式已經作為一種時尚與美容心理需求的質變，不同於男女平權意義（洪喜美，1999年，頁279-301）。高永光更進一步提出，五四時期對於自由民主的討論是較為空泛的，除了國外思想引介多集中在馬列等社會主義，對於西方民主自由思考的不夠紮實，同時西方資本主義條件下產生的自由民主本質，與當時中國體質沒有強烈的資產階級並不吻合，中國當時沒有移植西方自由民主的條件，五四新文化落實在生活上的實質性讓人懷疑（高永光，1999年，頁15-33）。林海音童年在北京意識到的五四新文化思潮若就今日觀點來衡量，似乎處於新文化的表層與質變階段。這就不難說明，為何林海音終於把醞釀很久的二〇、三〇年代北京人物、故事呈現出來時，仍舊傳達了對北京生活中同學母親的丫頭身分、自己母親姨娘身分與婆婆家庭的姨娘生活、保姆宋媽等等舊時代女性的深刻立場與認同。如林海音所說，「我在下意識確是如此吧，因為我對『沒跳過來』的舊女性，是真的有一分敬意呢！」（林海音《寫在風中》，2000年，頁208）

筆者認為，同樣創作於六〇年代，書寫五四新舊時期女性命運的兒童文學《蔡家老屋》，似乎透露掩蓋在已淡化的五四時期新思潮下的林海音，其實生活在親自經驗的傳統女性命運對她影響更大，透過書寫傳遞對傳統文化觀念的認同與複製。

至於女鬼的補償性書寫，將於下一小節論述。

（三）女鬼的性／別書寫

黃盛雄從《聊齋》女性力量的研究，認為大多在於中國女性利他與謙和，在柔和迂迴的處事態度下不知不覺成為主宰的角色（黃盛雄，1997年，頁52-70）。《蔡家老屋》蘭姑娘為了成全蔡公公家族婚姻制度而委屈抑鬱，蔡公公因此心生愧疚；慶妹溫和美好仍和驕縱的蔡姑姑打招呼，在蔡姑姑斥責聲中不幸落入井裡，蔡家姑姑的主動、強悍，對比慶妹必須到蔡家打水的弱勢、和順，慶妹因為受到同情而更具力量；杏花丫頭在蔡家工作，位階弱勢又逆來順受，工作做不好屢遭蔡家伯母嫌棄，生病後被強行送回原生家庭，又不願意以病體連累經濟弱勢的父母，杏花工作艱辛仍然持續，生病也不願意回原來的家，對原生家庭的利他精神發揮到了極致，蔡家伯母的強勢位階因而成為一種非戰之罪，卻必須承擔下來。蔡公公、蔡家姑姑和蔡伯母的內疚來自於三位女性因他們而抑鬱或意外死亡，雖然不一定是直接的責任，但卻因他們造成的是具有中國女性利他與柔順的女人的死亡，而非失德女人的死亡——更顯現出事件的悲劇性格與責任。三位女鬼因此產生傳統社會制度警惕的教育意義之外，同時又複製與再教育傳統女性美德。

三位女性因為美德極致而死亡，成為女鬼後產生的力量反而讓現實生活中具有強勢位置的人產生驚嚇，透過反省與一連串安撫女鬼的法事，如將蘭姑娘迎回蔡家祠堂、燒給慶妹紙糊的衣服並請她回家、滿桌的飯菜祭拜杏花等，給予女鬼如現實生活中一般的補償與待遇，同時也補償了當事人的歉疚，讓兒童讀者安心。

然而女鬼在鬧鬼事件中對現世活人的嚇阻與教育力量，受到省城大學畢業表哥的抓鬼行動挑戰，當事實揭露的那一剎那，三個女鬼似乎成為南柯一夢，分別消逝在個人過去的歷史記憶中，對現實生活也不再具有意義。省城表哥帶著「我們」這些小朋友的抓鬼行動和故事一開始，「我們」在大樹下聽鬼故事的現實連結，女鬼故事則是大人們對過去的「傳說」與「記憶」，「現實」生活與傳說、記憶的失真，加強了「大表哥」與「女鬼」身分的可信與不可信。現實、大表哥、省城、大學畢業，對比於傳說、個人記憶、歷史的、田邊小路大樹等鄉鎮的、女鬼，構成了二組符號的二元對立，男與女、科學與迷信、現世與過去、城市與鄉鎮等等，顯然故事中男性科學的更具有優位性[12]。

---

12 雖然現世的書寫，時間似乎指涉臺灣，但是故事中刻意模糊的地點，與北京回憶引發為故事中的現世，難以區分為男性、科學、現實等符號與臺灣的連結。

四　結論：北京與臺灣——鬼故事中性別、地理空間與文化時間的探究

范銘如在〈另眼相看——台灣當代小說的鬼／地方〉從中國六朝志怪到當代臺灣文學，鬼可以作為道德性或宗教性勸誡、凸顯社會結構或文化習俗弊端、在虛構文字中投射作者現實人生不能滿足的慾望、逸出理性邏輯敘述美學來探尋另類書寫，鬼也是見證「故人」生活終結的歷史化身，不斷召喚起個人或歷史的集體記憶（范銘如，2006年，頁115-130）。《蔡家老屋》鬼故事牽拉出來的一連串性別、五四新文化與傳統文化女性摹寫、童年的地理記憶與現世生活經驗，這些來自社會的、歷史的、性別的對應，同時也是林海音個人的北京／臺灣記憶。五歲時由父母從原鄉臺灣帶到北京，三十歲時因為國共戰亂從熟悉的北京撤離回到臺灣，兩地的到達與離去都有其不得不，卻又是必須的環境因素。

臺灣在五〇年代的反共抗俄文學風潮，由大陸內地來臺作家獨領風騷，臺灣在地作家的失語狀態[13]、六〇年代的現代主義文學思潮規避政治思想上的動盪、八〇年代的鄉土文學衝擊內地來臺作家，產生對原鄉的失落感，然而作為曾經漂流在臺灣／北京兩地，跨越兩地「政治正確」性的作家（張瑞芬，2006年，頁52-60），在臺灣文學與社會的動盪時代中，又有幾位作家能如此安適於臺灣／北京？葉石濤認為，臺灣／北京身世，讓林海音作品以現實臺灣為中心發展，北京作為鄉愁與背景，她已經沒有地域認同觀念，身世和遭遇為她解決了地域的困擾，同時部分由臺灣出發書寫的作品，猶如將臺灣視為扇柄，「從這兒一切脈絡以扇形狀投射開展於逝去的過去，呼吸於土耳

13 國民政府來臺灣後施行國語（普通話）政策，原來在日本統治下以日文創作的臺灣作家由於語言文字政策改變，突然處在無法創作的失語狀態。

其玉色的蒼穹覆蓋下的北平」（葉石濤，2011年[14]，頁139-140）；梅家玲認同臺灣／北京對於林海音，為現在與過去已然形成的永恆斷裂，然而在臺灣書寫的北京作品呈現了雙重地理認同優勢：一種「既外且內」與「外而復內／內而復外」的游移轉折，兼有多重「邊緣」性視角交會，超越一般主流敘事侷限（梅家玲，2011年[15]，頁246-250）；同樣從臺灣／北京文化地理遷徙的複合主體出發，王鈺婷提出林海音書寫臺灣的報導性質。王鈺婷認為林海音五○年代書寫多以外省籍知識菁英感知臺灣社會生活面貌，由於無法真正窺知臺灣人內在想法，往往以報導臺灣的「中介」位置，重新確認鄉土的存在，同時與想像的讀者互動（王鈺婷，2010年，頁133-158）。

《蔡家老屋》分析中有略不同於上述學者的發現。看似書寫臺灣的兒童文學作品，仍含括臺灣／北京兩地的時間與地理想像、女性關懷議題，其中臺灣／北京、傳統與新文化女性、男與女的兩兩呈現給予各種地理空間、文化時間、性別讀者親切性，親切中也產生讀者投射進入作者位置而產生現實與過去記憶、臺灣的與中國的、男性與女鬼角色兩兩游移的感受。然而游移中仍呈現了北京、傳統舊社會女性、男性父權的優位性。

參考書目

1 研究書目

林海音　《蔡家老屋》　臺北市　台灣書店　1977年

______　《林海音童話集・故事篇》　臺北市　純文學出版社　1987年

14 原文刊載於1967年《台灣鄉土作家論集》。

15 本文最早發表於2004年9月，《性別，還是家國？五○與八、九○年代台灣小說論》（臺北市：麥田出版公司）。

______ 《林海音童話故事》 臺北市 遠見天下文化出版公司 2011年

2 引用書目

林海音 《兩地》 臺北市 三民書局公司 1973年

______ 《作客美國》 臺北市 遊目族文化事業公司 2000年

______ 《寫在風中》 臺北市 遊目族文化事業公司 2000年

______ 《城南舊事》 臺北市 格林文化事業公司 2004年

林文寶、趙秀金 《兒童讀物編輯小組的歷史與身影》 臺東市 國立臺東大學兒童文學研究所 2003年

夏祖麗 《從城南走來——林海音傳》 臺北市 遠見天下文化出版公司 2010年

張瑞芬 《五十年來台灣女性散文》 臺北市 麥田出版公司 2006年

陳芳明 《台灣新文學史》下冊 臺北市 聯經出版事業公司 2011年

Joanne P. Sharp 著 司徒懿譯 《後殖民地理學》 新北市 國家教育研究院 2012年

3 論文

王淑美 《鬼故事與現代兒童》 臺東市 國立臺東大學兒童文學研究所碩士論文 2004年

王鈺婷 〈報導者的「中介」位置——談五〇年代林海音書寫台灣之發言策略〉 《臺灣文學學報》 第17期 2010年 頁133-158

朱嘉雯 〈推開一座牢固的城門——林海音及同時代女作家的五四傳承〉 《霜後的燦爛——林海音及其同輩女作家學術研討會論文集》 臺南市 國立文化資產保存研究中心籌備處 2003年 頁209-238

吳玫瑛　〈言說「好孩子」與男童氣質建構——以《阿輝的心》和《小冬流浪記》為例〉　《中國現代文學》　第13期　2008年　頁63-80

范銘如　〈另眼相看——當代台灣小說的鬼／地方〉　《台灣文學研究學報》　第2期　2006年　頁115-130

______　〈導論／看見空間〉　《文學地理——台灣小說的空間閱讀》　臺北市　麥田出版公司　2008年　頁15-40

______　〈京派・吳爾芙・台灣首航〉　《台灣現當代作家研究資料彙編——林海音》　臺南市　國立台灣文學館　2011年　頁227-242

洪喜美　〈五四前後婦女時尚的變革——以剪髮為例的探討〉　《五四運動八十周年學術研討會論文集》　臺北市　國立政治大學文學院　1999年　頁279-310

高永光　〈從「五四」對德先生的追求論當代中國的民主發展〉　《五四運動八十周年學術研討會論文集》　臺北市　國立政治大學文學院　1999年　頁15-36

唐啟華　〈五四運動與1919年中國外交之重估〉　《五四運動八十周年學術研討會論文集》　臺北市　國立政治大學文學院　1999年　頁63-92

許俊雅　〈論林海音在《文學雜誌》上的創作〉　《霜後的燦爛——林海音及其同輩女作家學術研討會論文集》　臺南市　國立文化資產保存研究中心籌備處　2003年　頁55-77

梅家玲　〈女性小說的都市想像與文化記憶——林海音與凌淑華的北京故事〉　《台灣現當代作家研究資料彙編——林海音》　臺南市　國立台灣文學館　2011年　頁243-264

陳正治　〈林海音與兒童文學探究〉　《應用語文學報》　第6期

2004年　頁93-110

陳碧月　〈林海音小說的女性自覺書寫〉　《霜後的燦爛——林海音及其同輩女作家學術研討會論文集》　臺南市　國立文化資產保存研究中心籌備處　2003年　頁31-51

黃盛雄　〈《聊齋》女性的主宰力〉　《台中師院學報》　第11期　1997年　頁52-70

彭小妍　〈巧婦童心——承先啟後的林海音〉　《台灣現當代作家研究資料彙編——林海音》　臺南市　國立台灣文學館　2011年　頁157-162

葉石濤　〈林海音論〉　《台灣現當代作家研究資料彙編——林海音》　臺南市　國立台灣文學館　2011年　頁137-156

楊　絢　《林海音與兒童文學》　臺東市　國立臺東大學兒童文學研究所碩士論文　2000年

閻純德　〈林海音的歷史地位——文學史的考察〉　《霜後的燦爛——林海音及其同輩女作家學術研討會論文集》　臺南市　國立文化資產保存研究中心籌備處　2003年　頁135-148

嚴昌洪　〈五四運動與社會風俗變遷〉　《五四運動八十周年學術研討會論文集》　臺北市　國立政治大學文學院　1999年　頁669-686

4 一般文獻

林海音主講　范清雄摘記　1973年　〈低年級兒童讀物的欣賞〉　《中國語文》　32卷4期　頁28-29

________________　《蔡家老屋》序文　臺北市　台灣書店　1977年　未標示頁數

________________　〈城南舊事〉代序　《林海音研究論文

集》　北京市　台海出版社　2001年　頁252-256

______　2003年　〈書桌〉　《英子的鄉戀》　臺北市　九歌出版社　頁17-23

林　良　〈林海音先生和兒童文學〉序文　《林海音童話集・故事篇》　臺北市　純文學出版社　1987年　頁5-15

______　〈活潑自然具風姿──談林海音的散文〉　《寫在風中》　臺北市　遊目族文化事業公司　2000年　未標示頁數

______　〈林海音先生和兒童文學〉，《中華民國兒童文學學會會訊》　18卷1期　2001年　頁4-5

______　〈值得珍惜的三篇兒童故事〉　《林海音童話故事》　臺北市　天下遠見出版　2011年　頁113-115

林美容　〈鬼的民俗學〉　《台灣文藝》　新生版第3期　1994年　頁59-64

馮季眉　〈林海音童話集・故事篇〉　《台灣1945-1998兒童文學100》　臺北市　行政院文化建設委員會　2000年　頁18-19

劉還月　〈人鬼原是一家親〉　《台灣文藝》　新生版第3期　1994年　頁45-51

龔鵬程　〈若有人兮山之阿〉　《聯合文學》　16卷10期　2000年　頁39-42

從新聞到小說

——少年小說內新聞閱讀到小說理解的跨領域閱讀*

教案簡介

此教案與當時擔任高雄市立一甲國中圖書管理教師薛宜貞共同發表，源於高雄市「最愛閱讀，就在高雄」書單內選書《蘭德理校園報》。此系列閱讀課方案設計，同時考量本校學生閱讀現況與能力、書籍主旨，而為學生設計的系列閱讀課方案，並具體操作執行。以下分別說明。

本校學生身處社經資源較弱勢區域，部分學生表示買書對家庭而言視為奢侈品，約半數同學沒有可支配零用錢。對於閱讀喜好，學期初調查，分別為電腦資訊、漫畫、偶像或球類雜誌、小說等。小說閱讀集中在部分閱讀能力較佳的孩子，閱讀類型則為網路或紙本輕小說、奇幻流行小說、學校書箱書籍等。

整體而言，本校多數學生閱讀偏好在於圖像多、文字少、動態性、網路多媒體、或文字淺顯的故事性幻想小說。

面對學生閱讀偏好與程度上的兩極，嘗試在課程中，一方面貼近學生閱讀興趣與生活，另方面將兩種學生閱讀程度漸漸拉向整齊，最後在學生原有的閱讀基礎上加深加廣，如此一來不僅能尊重個別差異，更能透過策略性的教學方式達成教學目標。爲此教學設計上以多元閱

* 此教案榮獲103年高雄市十二年國民基本教育精進國中小教學品質計畫差異化教學暨補教教學活動設計競賽差異化教學組特優。

讀策略、多媒體、學生自由選擇閱讀素材等方式，進行師生間的對話與討論，而將新聞寫作／閱讀技巧應用在閱讀文本的概念於是產生。

學生操作上，先帶入新聞閱讀方法及實作，再進入以新聞為主的中篇小說《芒果冰棒日報事件》（小魯文化）閱讀，第三階段帶讀《蘭德理校園報》。

由於《蘭德理校園報》一開始就出現〈這樣公平嗎？〉此篇轉折性新聞，拉出整串小說事件與人物關係，因此帶領上透過此篇新聞閱讀／分析，作為進入小說的開始。透過新聞閱讀技巧引導，學生多能透過小組討論或個人完成新聞式技巧閱讀（學生自行決定獨自完成或討論完成）。新聞分析後，由學習單引導，提供一種閱讀思考角度的方法。

本篇教案蒙受評審教授傾睞，評語：

一、設計之流程非常完整且具有創意。

二、設計內容完整，教學省思具深度思考，可行而有效。

三、符合差異教學精神，理論與實務並重。

一　教案

<table>
<tr><td>作品名稱</td><td>從新聞到小說——少年小說內新聞閱讀到小說理解的跨領域閱讀</td><td>參賽組別</td><td>●差異化教學　○補救教學</td></tr>
<tr><td>適用年級</td><td>八年級</td><td>教學總節數</td><td>四節</td></tr>
<tr><td>九年一貫領域能力指標</td><td colspan="3">2-4-1-3能讓對方充分表達意見，再思考如何回應。
2-4-1-4能養成主動聆聽進行探索學習的能力。
2-4-2-6能在聆聽過程中適當的反應，並加以評價。
3-4-4-6能和他人一起討論，分享成果。
3-4-4-1能有條理、有系統思考，並合理的歸納重點，表達意見。
5-4-2-1能具體陳述個人對文章的思維，表達不同意見。
5-4-4　能廣泛的閱讀各類讀物，並養成比較閱讀的能力。
5-4-7-3能從閱讀中蒐集、整理及分析資料，並依循線索，解決問題。
5-4-2-4能從閱讀過程中發展系統性思考。
5-4-2-5能依據文章內容，進行推測、歸納、總結。
5-4-3-1能了解並詮釋作者所欲傳達的訊息，進行對話。</td></tr>
<tr><td>教學目標</td><td colspan="3">1. 透過教學設計與引導讓學生體驗從新聞到小說的多形式、跨領域的閱讀方法。
2. 視個別學生程度及意願，靈活調整閱讀的質與量，而仍能理解完整的文本。
3. 藉由師生對話、及同儕間的相互討論等合作學習的教學策略，完成從認識新聞寫作開始，到閱讀小說內的新聞，再結合新的閱讀觀點進行主題閱讀的任務。</td></tr>
<tr><td>設計理念</td><td colspan="3">設定閱讀主題為從新聞到小說，在此架構下進行規劃設計，意在提供一種閱讀小說的可能性，並且兼顧適應不同學生能力與興趣的差異化教學策略介入。</td></tr>
</table>

<table>
<tr><td colspan="2">設計理念</td><td colspan="4">1. 搭設閱讀新聞的方法作為學習鷹架。
2. 選擇內含新聞文體的少年小說。
3. 依學生閱讀意願與能力選擇閱讀小說中的短篇新聞一篇或數篇。
4. 透過討論將一篇或數篇的閱讀內容組織成整本小說架構。
5. 引導學生讀完小說。
以同教材異要求的方式，彈性運用差異化教學策略，依班級屬性設計不同的方式進行閱讀練習，並且透過閱讀不同深淺的文本，照顧不同閱讀能力的學生，並於學習單設計不同層次的提問引導，循序漸進地完成教學目標。</td></tr>
<tr><td colspan="2">教學資源</td><td colspan="4">學校圖書館、愛的書庫、報紙與網路新聞及自製簡報。</td></tr>
<tr><td colspan="2">節數</td><td>教學活動</td><td>時間
（分）</td><td>教學目標</td><td>備註
（或評量）</td></tr>
<tr><td rowspan="3">第一堂課</td><td>課前準備</td><td>製作簡報：
1. 新聞寫作的概念：5W1H、倒金字塔式（ppt）
2. 新聞實作舉例示範（ppt）</td><td>60分鐘</td><td>搭鷹架：新聞寫作與新聞閱讀技巧</td><td>ppt</td></tr>
<tr><td>動機引導</td><td>1. 與學生對談：閱讀新聞的經驗。
2. 提出示範新聞主題和學生生活的關聯性。</td><td>10分鐘</td><td>了解學生的起點行為與其生活經驗扣合，引起學習興趣。</td><td>師生對談</td></tr>
<tr><td>教學過程</td><td>1. 逐一講解5W1H、倒金字塔式定義。
2. 以猜猜看的遊戲方式，引導學生推測示範新聞與5W1H、倒金字塔式的關係。</td><td>35分鐘</td><td>以遊戲的互動方式帶入方法論的吸收。</td><td>5W1H、倒金字塔式</td></tr>
</table>

第二堂課	課前準備	以多元的方式引導不同屬性的班級進行新聞閱讀實作練習。 方式一： 報紙蒐集，並稍作篩選，扣除廣告及文學、時尚休閒版。 方式二： 尋找同學感興趣並結合少年小說閱讀的新聞素材（標題：〈國小優良讀物「幹」字連篇〉），影印40份。	二個月	新聞閱讀實作	1. 報紙蒐集篩選 2. 新聞事件：《真相拼圖》爭議 3. 請同學帶剪刀、膠水與文具 4. 準備白紙
	動機引導	【班級一】 1. 同學自行選擇感興趣的新聞一篇。 2. 認識剪報應有的報紙基本資料及記錄方式。 【班級二】 全班統一新聞素材以《真相拼圖》爭議為例，由老師說明該新聞事件始末（少年小說中應不應該出現髒話的爭議性），並聽聽同學想法。	5分鐘	差異化實作：視班級學習差異，部分班級個別剪報或全班統一給予新聞	
	教學過程	1. 複習新聞讀寫技巧的原則 2. 依班級屬性介入不同的教材與教學方式： 【班級一】 （1）同學自行選擇新聞剪報與分析5W1H，剪貼新聞基本資料及分析，圈選在新聞或寫在白紙上。	40分鐘	依班級及個別同學學習情況與速度，由教師帶領學生共同學習或由學生協助學習完成學習任務。	合作學習

		（2）剪報加上新聞出處等基本資料來源。 （3）完成同學可拿給老師檢視、討論，老師公布已完成討論的同學名單，請名單上同學協助尚未完成的同學共同討論與分析。 【班級二】 全班分析內容相同的新聞，共同討論5W1H細項。			
第三堂課	課前準備	1. 書籍適切選擇：《芒果冰棒日報事件》中每一篇新聞篇幅短，帶出不同主角人物性格與事件，由小說內新聞的討論，已可概括故事全貌，閱讀完整本文字小說的障礙降低，達到機會增高。 2. 《芒果冰棒日報事件》各篇報導影印。 3. 《芒果冰棒日報事件》書箱借閱。	60分鐘		書籍選擇以能取得，內容淺顯適合學生程度為主。
	動機引導	閱讀《芒果冰棒日報事件》中張貼的芒果冰棒日報各篇的內容，彈性運用閱讀文本，引發閱讀興趣： 1. 學生隨機分配到書中的不同新聞，將閱讀技巧靈活運用並增添趣味性。 2. 書中新聞篇幅短，內容具故	5分鐘	用搭建的新聞閱讀法作為鷹架，帶領學生從小說中的新聞開始進入小說。	以多篇新聞交叉閱讀即可帶完小說內容為設計考量

		事性，易於導入小說的閱讀。 3. 從書中有趣的新聞開始閱讀與討論。			
	教學過程	1. 隨機發下《芒果冰棒日報事件》中不同新聞內容，請學生閱讀。 2. 請學生分享手上拿到的新聞內容。 3. 以新聞閱讀方法，檢視學生手上的新聞內容，和學生討論，是否吻合新聞書寫型式。請學生指出不吻合處，共同討論可能的原因。 4. 請學生將自己手邊不同的新聞內容和他人交叉分享與討論，需注意掌握小說內容概要、衝突與人物。 5. 運用書箱資源，發下完整的書籍，請學生閱讀整本小說。	40分鐘	1. 透過短篇新聞帶動長篇小說閱讀。 2. 靈活運用文本內不同篇章，提高閱讀趣味，引起討論興趣。	《芒果冰棒日報事件》閱讀分享與討論
第四堂課	課前準備	1. 書籍適切選擇：《蘭德理校園報》與《芒果冰棒日報事件》均為校園故事，在內容中同樣包含教學目標所欲達到的新聞閱讀的需求，爲提升與挑戰學生的閱讀理解能力，選擇字數與難度再高一層的《蘭德理校園報》作為進階讀本。閱讀時的重點放	3小時		選書以有書箱能共讀之書目，並內含新聞書寫表現者

		在以閱讀小說內新聞及該新聞對整本小說的關鍵性影響為主，以帶領不同閱讀能力的學生閱讀更多頁數的文字小說。 2.《蘭德理校園報》書箱。 3. 抓住《蘭德理校園報》第一篇新聞報導即貫穿全書的重要性。 4. 學習單設計。			
	動機引導	1. 導讀小說中的校園新聞事件，以教師和學生間的關係切入，學生觀點出發，引起學生興趣。 2. 提問：學生與老師在權力不對等的情況下以報紙發聲，學生與老師、同學間的後續發展為何？如何影響並改變人物關係。	5分鐘	以學生熟悉的新聞事件切入，帶出問題，引起閱讀興趣。	以單篇新聞關鍵敘事，作為引導，重心移轉到純小說閱讀
	教學過程	1. 複習新聞式閱讀技巧。 2. 共讀《蘭德理校園報》第一篇新聞〈編輯台觀點〉。 3. 簡要地討論是否吻合新聞式寫作技巧，並探討原因。 4. 閱讀書籍，並提醒學生注意此新聞延伸出來的效應及主要人物間的關係。 5. 閱讀同時完成學習單的思考整理。	40分鐘	以新聞閱讀帶出整本小說概念與主題	學習單

二　學習單

少年小說與新聞式閱讀—《蘭德理校園報》閱讀想想單

____年______班姓名

一、前言：

親愛的同學，還記得我們練習過的新聞式書寫與閱讀嗎？假期中，我閱讀了各位對剪報的分析，真是讓人驚豔，在短短的幾堂課程中，大部分同學已經掌握要領。

現在我想把新聞式書寫與閱讀做一下重點提醒，我們一起嘗試用一種新的方法＋原來你們理解摘要小說的方法，來讀這本有趣的《蘭德理校園報》。

5W1H 與「倒金字塔式」方法

@5W1H：Who（誰）、When（在什麼時間）、Where（在什麼地點）、What（發生什麼事）、Why（為什麼發生）、How（如何解決或過程發生什麼事）。

@倒金字塔式：重點在前面二段先說完，後面段落再慢慢寫其他想說的話。

@報紙上有的文章，如社論、小說文藝，不完全依照這個方式寫作，同學可以自行用以上方式檢驗。

二、《蘭德理校園報》中，蘭德理貼在教室的第一篇報導，〈這樣公平嗎？〉（頁數，37），請問報導中的

Who（誰）是指____　　Where（在什麼地點）________________

When（什麼時間）________________________________

What（發生什麼事）______________________________

Why（為什麼發生）______________________________

How（如何解決或過程發生什麼事）＿＿＿＿＿＿＿＿＿＿＿＿＿＿

依照這樣的分析，你覺得蘭德理的報導吻合新聞寫作的方式嗎？

吻合＿＿＿　不吻合＿＿＿＿為什麼＿＿＿＿＿＿＿＿＿＿＿＿＿＿

三、蘭德理的這一篇報導，你覺得

對蘭德理的影響是＿＿＿＿＿＿＿＿＿＿＿＿＿＿＿＿＿＿＿＿＿＿

對羅森老師的影響是＿＿＿＿＿＿＿＿＿＿＿＿＿＿＿＿＿＿＿＿＿

對兩人關係的影響是＿＿＿＿＿＿＿＿＿＿＿＿＿＿＿＿＿＿＿＿＿

還有造成其他的影響嗎？＿＿＿＿＿＿＿＿＿＿＿＿＿＿＿＿＿＿＿

這篇報導，和整本小說故事發展的關係是＿＿＿＿＿＿＿＿＿＿＿＿

太棒了!!　給自己一個鼓勵 ☺

三　實施成果

（一）學生剪報與分析（新聞閱讀實作——自行選擇新聞組）

1. 從各班實作中可見到學生選擇素材的多元、對生活關注層面的多面向與觀點。

兒子出櫃辯師長

爸媽挺：他是我的驕傲

剪報內容：摘自《中國時報》民國102年11月25日

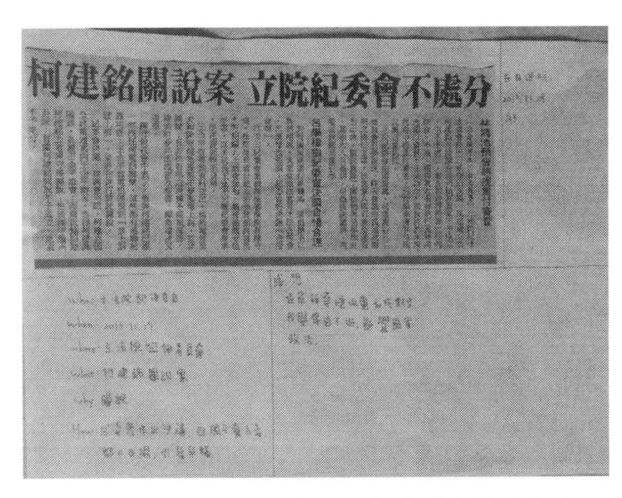

柯建銘關說案 立院紀委會不處分

剪報內容：摘自《自由時報》民國102年11月29日

2. 八年級學生對社會民生議題已能形成個人的具體觀點，而此部分不容易被一般測驗評量出來，卻能在閱讀課的差異化實作中呈現個人的思考能力。

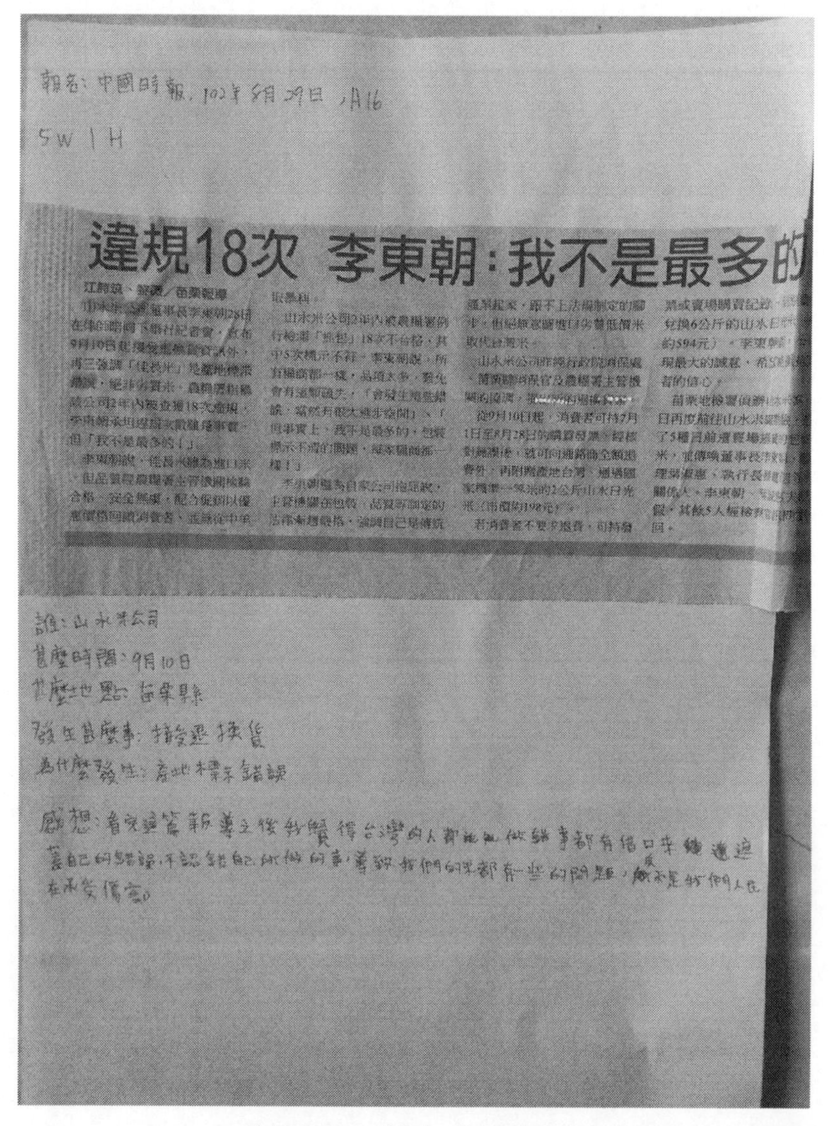

報名：中國時報，102年8月29日，A16

5W1H

違規18次 李東朝：我不是最多的

誰：山水米公司

甚麼時間：9月10日

甚麼地點：苗栗縣

發生甚麼事：換貨

為什麼發生：產地標示錯誤

剪報內容：摘自《中國時報》民國102年8月29日

（二）學生分析內容相同的新聞（新聞閱讀實作——老師提供一致新聞組）

1. 於新聞閱讀方法的學習後，學生能有條理地分析與評論新聞事件。

蘋果日報 101年10月20日

WHO

新北市國小家長

When

101年10月22日上週

where

新北市蘆洲仁愛國小

what

國小讀物中帶有不良字眼和性暗示的內容.

why

那本《真相拼圖》為行政院新聞局所推薦的優良讀物,學校要求學生閱讀.

How

將這本書由各校回收,並加強選書的審核機制。

感想

雖然這些不良字眼在平常人眼中可能是習以為常的,也可能已經變成大多人口中的一種習慣,但畢竟那本書是一本國小的兒童讀書,書中帶有這些字眼仍然是不妥的!希望類似這種情形的事件別再重演別再發生。

2. 學業成就動機不高的學生，在閱讀課上也能對自己生活貼近的事件表達深入的觀察。

二、蘋果日報 101年10月22日

三、國小家長。101年10月15日。新北市蘆洲仁愛國小。國小優良讀物「幹」字連篇。行政院新聞局推薦為優良課外讀物。通令各校回收該書，並加強審核機制。

四、老實說我完全不知道有這回事情，不過現在多少明白了記者是如何搜集大多重要大事，並且讓眾人知道了某區發生什麼事，好能去做探討這方面的問題，以及是由此例可知，記者不是獨立完成而是經由分工合作所進行的工作。

（三）新聞鷹架應用在閱讀小說——學生學習單

由小說中的新聞引導整本小說的閱讀，八年級學生呈現的二種文體的比較性及關聯性閱讀，其中也不知不覺地吸收了小說中的寫作結構。

1. 學習單一

二、《闕德理校園報》中，闕德理在教室的第一篇報導，（頑皮公平嗎？）（頁數，37），請問報導中的

Who（誰）是指 羅森老師　Where（在哪裡發生）教室

When（甚麼時間）今年

What（發生甚麼事）老師上課時沒有認真教學

Why（為什麼發生）老師要求學生自己學習

How（如何解決或過程發生甚麼事）學生認為他們才是應該領薪水的人

依照這樣的分析，你覺得闕德理的報導吻合新聞寫作的方式嗎？

吻合 ✓　不吻合＿＿＿　為什麼＿＿＿

三、闕德理的這一篇報導，你覺得

對闕德理的影響是 讓他知道自己的報導對別人有什麼影響。

對羅森老師的影響是 讓他重新思考自己的教學態度。

對兩人關係的影響是 兩人關係變得緊張

還有造成其他的影響嗎 羅森老師開始繼續教學

這篇報導，和整本小說故事發展的關係是 一個主要的轉折點

2. 學習單二

二、[illegible]

[illegible]

Who（誰）[illegible] 羅森老師　Where（在甚麼地點）教室

When（甚麼時間）[illegible]

What（發生甚麼事）[illegible]

1

Why（為什麼發生）羅森老師沒有教學，他表示學生要自我學習。

How（如何解決或過程發生甚麼事）學生認為應該把老師的薪水分給每位學生

依照這樣的分析，你覺得蘭德理的報導吻合新聞寫作的方式嗎？

吻合 ✓　不吻合＿＿＿為什麼 能分析出 5WIH

三、蘭德理的這一篇報導，你覺得

對蘭德理的影響是 因為這篇報導，發生了很多事，之後因為老師的引導，越來越成長。

對羅森老師的影響是 他很生氣，氣那個女孩，氣所有事，氣他自己，但後來反而去引導那個女孩。

對兩人關係的影響是 當兩人相遇時，場面很尷尬，也破壞了兩人之間的關係，不過老師想辦法引導他。

還有造成其他的影響嗎 到最後兩人互相合作，也增進師生之間的關係。

這篇報導，和整本小說故事發展的關係是 從事情發生後，老師從生氣轉為暗中引導她之後兩人關係更好。

大棒了!!　給自己一個鼓勵　:")

四　教學省思

（一）發現與尊重差異：學生閱讀現況與需求

1. 學生閱讀現況

本校學生身處社經資源較弱勢區域，部分學生表示買書對家庭而言視為奢侈品，約半數同學沒有可支配零用錢。對於閱讀喜好，學期初調查，分別為電腦資訊、漫畫、偶像或球類雜誌、小說等。小說閱讀集中在部分閱讀能力較佳的孩子，閱讀類型則為網路或紙本輕小說、奇幻流行小說、學校書箱書籍等。

整體而言，本校多數學生閱讀偏好在於圖像多、文字少、動態性、網路多媒體、或文字淺顯的故事性幻想小說。

2. 學生閱讀需求

面對學生閱讀偏好與程度上的兩極，嘗試在課程中，一方面貼近學生閱讀興趣與生活，另方面將兩種學生閱讀程度漸漸拉向整齊，最後在學生原有的閱讀基礎上加深加廣，如此一來不僅能尊重個別差異，更能透過策略性的教學方式達成教學目標。爲此教學設計上以多元閱讀策略、多媒體、學生自由選擇閱讀素材等方式，進行師生間的對話與討論，而將新聞寫作／閱讀技巧應用在閱讀文本的概念於是產生。

（二）學生實作發現

1. 搭鷹架：新聞寫作／閱讀技巧理論課程

（1）在理論課程的設計上關於新聞技巧與內容的選擇方向為：國際兒童權利公約國內法化，透過課程舉例（生存權——社會案件「攜子自殺」，健康權——合作社銷售品項等等）生活事件的對話，學生能對法律等生硬的事件產生反應。

（2）以推論遊戲方式，將此新聞內5W1H 方法逐一呈現，學生回應度高。

（3）一次上課僅給予一個主題，學生學習目標單純，易於吸收。

2. 操作練習：新聞閱讀實作課程

（1）剪報組班級自行選擇閱讀內容進行新聞分析，學生選擇與閱讀內容多元，含括許多層面，如生命科學、老人失智預防、性／別議題、食品時事、政治新聞、體育新聞等等。由於報紙篇幅短，閱讀上易有成就感，加上內容選擇能依隨學生背景與喜好的差異，反而呈現多元主題。

（2）全班一致新聞組的班級，則閱讀新聞：〈國小優良讀物「幹」字連篇〉，討論少年小說中應不應該有髒話的新聞主題。由於「髒話」作為一種口頭禪，已深入學生日常生活，形成一種次文化。透過選讀貼近他們的閱讀素材，頗能引發關注，他們在閱讀心得上往往能夠呈現和新聞內容對話或是相異的觀點，表現批判思考能力。

（3）比較二組的呈現中發現，自行剪報分析的新聞閱讀方式難度較高，並非每一個學生皆能獨自完成不同內容的分析閱讀。此時教師則利用合作學習的方式，針對善於發問的學生，由教師先與其討論，確知學生掌握新聞的能力後，把完成學生名單公佈，協助未完成學生實作。

3. 文本一《芒果冰棒日報》的閱讀觀察

（1）學生隨機選擇小說中新聞文本，透過教師引導交叉對話可透過七篇新聞，拼湊出整本小說內容概要。過程中學生會對某些具有趣味點的新聞印象深刻，或已經知道內容梗要，進而對小說產生興趣。不論學生是否真的願意讀完整本小說，但是透過集體合作閱讀及對話，讓班級學生對小說的理解認知拉近。

4. 文本二《蘭德理校園報》的閱讀觀察

（1）由於小說透過一開始就出現〈這樣公平嗎？〉此篇轉折性新聞，拉出整串小說事件與人物關係，因此帶領上透過此篇新聞閱讀／

分析，作為進入小說的開始。透過新聞閱讀技巧引導，學生多能透過小組討論或個人完成新聞式技巧閱讀（學生自行決定獨自完成或討論完成）。新聞分析後，由學習單引導，提供一種閱讀思考角度的方法。

（三）其他閱讀現場的反思

本主題的教學實踐上雖然能達成設計者的教學目標，但是透過學生的反應與回饋，仍有以下待檢討與突破之處：

1. 新聞式閱讀方法的精熟不足

新聞寫作／閱讀方法在實作中，可以見到部分學生精準地抓住 5W1H 分析方法呈現新聞內容，部分學生則是在原摘要基礎上加上新聞式閱讀方法。筆者認為，兩種方式皆具有疊加原來摘要能力與新方法的作用，對於學生閱讀技巧學習仍有意義。

2. 挑戰文本文字障礙的跨越，引導不易

僅以《蘭德理校園報》中的報導作為整篇小說的閱讀引導，對於沒有文字閱讀習慣的部分學生而言，仍顯得單薄，因而部分學生無法獨自完成學習單上的小說延伸思考。或許在引導方式及學習單上的設計仍需做更多的調整，以照顧閱讀難度較大的學生需求。

五　參考書目

（一）林佑儒，《芒果冰棒日報事件》，小魯文化事業公司，2012年。

（二）安德魯·克萊門斯著，黃少輔譯，《蘭德理校園報》，遠流出版社，2009年。

（三）陳肇宜，《拼圖真相》，小兵出版社，2006年。

六　補充資料

新聞實作中，一致新聞組，學生閱讀的素材：

〈國小優良讀物「幹」字連篇〉摘自蘋果日報2012年10月22日

國小優良讀物「幹」字連篇

【曾佳俊／新北報導】新北市一名國小家長指控，兒子就讀學校要求閱讀、由當時行政院新聞局推薦的優良課外書籍《真相拼圖》，但兒子看不懂求援，他翻閱後嚇傻，內容充斥「幹」、「雜種」與「沒卵葩」等粗話，甚至有不少性暗示辱罵字眼，痛斥：「離譜透頂！」教育局也認為不妥，已通令各校今起回收該書，並加強審核機制。

有性暗示被轟離譜

新北市蘆洲仁愛國小五年級黃姓男學生，上周從學校帶回《真相拼圖》的課外書閱讀，並依老師要求欲填寫心得學習單，但他卻怎麼也看不懂，黃父翻閱發現書中充滿髒話與性暗示，宛如A片級的成人小說，竟讓學習階段小學生閱讀，書籍採購簡直無人審核把關，大罵：「用肚臍想也知道不適合小學生，實在太離譜！」

校方回收暫停使用

仁愛國小解釋，《真相拼圖》獲獎無數，還被行政院新聞局列為中小學生優良課外讀物，五年前採購三十本，採共讀書箱方式，讓高年級班級閱讀，本學期已有三個班級讀過，內容雖有不雅字眼，皆為作者真實呈現角色性格，引發爭議後已緊急回收並暫停使用。

新北市教育局也認為不妥，「本以為行政院把關應沒問題，將行文各校回收，並採高標準加強未來選書的審核機制。」新北市家長協會理事長王欽益驚訝說：「怎麼可能會審核通過！」帶有髒話的課外讀物很不適當，小學生容易受外界影響，教育局與學校必須建立把關機制。

幹你娘！你這個雜種…

■《真相拼圖》書中不乏「幹你娘！你這個雜種」（紅框處）等辱罵字眼，家長大罵離譜。　曾佳俊攝

幼兒性平課程規劃與實作*

教案簡介

因為一場學前教育工作者的性別課程，筆者查閱相關學者或實務工作文獻，發現近年幼兒或低年級性別教育多由兒童文學擔負「橋樑」教材，使用的書籍仍是十年前翻譯引進的圖畫書，如巴貝．柯爾（Babette Cole）的《灰王子》（格林，2001年）、《頑皮公主不出嫁》（格林，1999年）、或是湯米．狄波拉（Tomie Depaola）的《奧利佛是個娘娘腔》（三之三，2001年）、夏洛特．佐羅托（Carlotte Zolotow）著作《威廉的洋娃娃》（遠流，1998年）、羅伯特．繆斯克（Robert Munsch）的《紙袋公主》（遠流，2001年）等等，這些圖畫書內容直接顛覆原有性別關係，議題相當明確。然而就筆者觀察，這十年來臺灣每年出版大量兒童讀物，只要教育者具有性別意識，大部分的兒童讀物其實都隱含性別意識（顛覆／複製傳統觀點）[1]，透過教育者的素養與兒童討論而能呈現出來。

因此筆者參酌教育部「國民中小學九年一貫課程綱要重大議題（性別平等教育）」準則延伸至學前幼兒，配合幼兒心理學及實作，

---

* 學期書單2016年於「翻轉教育」網站發表。

1 即使帶有「性別刻板印象」的教材，同時也能成為「揭露性別不平等意識型態」的最好教材。筆者曾在實作經驗中，透過《桃太郎》的陽剛文化故事，與被帶領者討論故事內容男性作為與女性作為的差異，讓被帶領者自行揭發文本的性別意識型態，反而能獲得更深刻的性別認同。同時透過這樣的文本，成為閱讀理解中與作者對話（未必要認同作者，而是形成自己觀點）等高層次思考培養的路徑。

提出自己的分類與兒童文學教材，嘗試以二十四週的性別課程設計，提供學前幼兒及低年級兒童一整個學期可執行的性別教育簡案。透過簡案與兒童讀物推薦，嘗試開拓多元的性別教育素材與觀點。

筆者將學前及國小低年級性別教育課程規劃，依「生命的誕生與成長」、「多元家庭」、「接納自己、整理自己」、「男生女生同不同？」等單元規劃，流程上則以簡單、能具體操作為準則。

一　前言

筆者參酌教育部「國民中小學九年一貫課程綱要重大議題（性別平等教育）」準則延伸至學前幼兒及坊間學者出版的學前性別教育分類，配合幼兒心理學及幼兒園實作，提出自己的分類與兒童文學教材，嘗試以二十四週的性別課程設計，提供學前幼兒及低年級兒童一整個學期可執行的性別教育簡案。透過簡案與兒童讀物推薦，嘗試開拓多元的性別教育素材與觀點。

筆者將學前及國小低年級性別教育課程規劃，依「生命的誕生與成長」、「多元家庭」、「接納自己、整理自己」、「男生女生同不同？」等單元，從孩子自我出發（如肯定自我、自我探索、良好的生活習慣），到生活經驗（如家庭成員、同儕關係）循序漸進到多元家庭等環境關注的方式設計教案，並依照近年出版兒童文學內容放入不同的閱讀策略或遊戲，將性別教育與閱讀課結合起來，流程上則以簡單、能具體操作為準則。

以下為筆者設計性平課程教案：

二　幼兒性平課程規劃範例（以學期為單位）[2]

（一）生命的誕生與成長

一方面根據教育部性別平等教育主題，另一方面孩子的誕生包含性別在生理上的合作，而帶入「生命的誕生與成長」單元。本單元從孩子自我的誕生，到孩子感受弟弟妹妹誕生的微妙心理變化，延伸到

2　性平教育應為長時間、規律性進行，同時營造性平環境與討論的習慣。因此以整學期設計取代點狀或局部課程設計。

物種的誕生、多元物種隱喻上的情感政治，略有著墨。每本圖畫書可帶入的性別觀點不同，筆者分述於課程規劃欄，提供帶領者參考。此外，由於圖畫書圖文配合的特性，圖與文各有詮釋空間，筆者觀點僅作為一種拋磚引玉，不希望成為看待文本性別的框架或唯一可能。

此單元內容分述如下：

單元	時間	流程設計	書目	備註（性別觀點）
1. 小威向前衝	40分	1. 故事＋對話《小威向前衝》（精子與卵子結合的故事） 2. 遊戲體驗「我是小威」 孩子們練習游泳動作（自由式）→以自由式移向大球（卵子）→第一個碰觸到球的是「小威」→蛙式→仰式 3. 故事＋對話《親親寶貝》（胎兒攝影繪本）	小威向前衝（維京國際，2010）、親親寶貝（格林，2000）	性別觀點： 1. 生理上，精子游動進入卵子，展現了精子的主動性；卵子包容精子進入，如同孩子們的遊戲，各種形式的「游泳方式」都能得到包容，吸納一切的能動性，為卵子所獨有特質。 2. 精子、卵子各有分工，共同孕育胎兒，同等重要。
2. 為什麼你有兩個媽媽？	30分	1. 提問討論：問問孩子們有幾個媽媽？幾個生活中的照顧者？這些人都可以稱為媽媽嗎？為什麼？	為什麼你有兩個媽媽？（狗狗圖書，2015）	1. 同性家庭也可以擁有孩子及方法。 2. 為什麼有的家庭有二個媽媽？沒有爸爸。 3. 精子銀行的概念。

單元	時間	流程設計	書目	備註（性別觀點）
		2. 說故事。 3. 媽媽大PK。我的媽媽是幾個我的高度？寬度？我的媽媽最擅長？最常說的話？		
3. 為什麼你有兩個爸爸？	40分	1. 提問討論：如果二個男生結婚後，想要有自己的小孩，應該怎麼辦？ 2. 聽故事。 3. 家家酒遊戲：同性孩子組成家庭的遊戲。 4. 討論遊戲中的現象、分工。	為什麼你有兩個爸爸？（狗狗圖書，2015）	1. 同性家庭也可以擁有孩子及方法。 2. 卵子銀行的概念。 3. 何謂「代理孕母」。有些生下孩子的女性並不是母親，有些沒生下孩子的男性卻是父親。對於「父母」意義的解構與思考。
4. 小凱的家不一樣了	20分	1. 故事＋對話 2. 預測性閱讀（結局出來前，讓孩子猜猜小凱家可能哪裡會改變？） 3. 若家長參與，孩子預測後，即由家長預測。	小凱的家不一樣了（維京國際，2010）	1. 媽媽長時間懷孕，即將誕生一個新的家庭成員，看在孩子眼裡，感受如何？ 2. 作者安東尼布朗以超現實主義畫風呈現，似乎暗示孩子心中如同精神分析後設心理學觀點般[3]，對母親

3 超現實主義畫風，主要受佛洛伊德的精神分析啟發，而以自動性技法或夢境方式呈現，部分畫作具有詭異的風格感受。

單元	時間	流程設計	書目	備註（性別觀點）
				懷孕生子與隨之而來的嬰兒的幻想。 3. 教師透過文本做為橋樑，對話中帶入孩子對弟弟妹妹出現的內在深沉經驗。
5. 多元物種的成長	40分	1. 故事＋對話《蝌蚪的諾言》（蝌蚪和毛毛蟲相戀，長大後各自變成青蛙和蝴蝶的故事） 2. 與生態議題結合討論。 3. 故事＋對話《我長大了》（雞和種子的成長） 4. 動物和植物的生長議題。	蝌蚪的諾言（天下雜誌，2008）、我長大了（維京國際，2015）	1. 從自我的誕生與成長，帶到其他多元物種的誕生與成長。 2. 不同物種間就學理上不可能產生交配式情感與後代，然而在文學隱喻上，《蝌蚪的諾言》對多元族群間的情感政治，提供了對話的可能性。 3. 教師可透過動物故事，探討多元族群請感的可能性、優點及需要克服的困難。

（二）多元家庭

「家庭」成員與組成型態，在當代臺灣社會現實情況，界線不斷在模糊、不確定與重組狀態。對於一線教學者普遍見到的，孩子只有父親、只有母親或隔代教養、遠距家庭、同志家庭、同居、同性別公寓家庭等等多元型態與家庭分工，其實都是社會現象之一，不應由傳統父母子女家庭組成的型態、父親工作，母親居家的分工模式，作為唯一參考點而對其他家庭型態產生誤讀。

同時，臺灣社會仍以母親作為主要育兒對象，為了成為一個社會期待的「夠好的」依附性母職角色，母親常掙扎在自我與孩子二個主體間「誰先？誰後？」重要性的掙扎。透過圖畫書與教案設計，同時呈現母職的困境。

以下透過此單元教案說明：

單元	時間	流程設計	書目	備註（性別觀點）
1. 各種各樣的家一家庭大書	30分	1. 故事＋對話 2. 畫出我的家人／想要住的房子	各種各樣的家一家庭大書（維京國際，2012）	1. 家庭型態的多元性，單親、隔代、同性別、大家庭，以及對於多元家庭居住的最適之所、家人工作的尊重等。
2. 抱抱	30分	1. 故事＋對話《大熊抱抱》（森林是大熊的家，動物和樹是大熊的家人，大熊總是抱抱他們，直到有人砍樹，要傷害他的家人……） 2. 熊和森林裡的動物、植物可以成為一個大家庭嗎？為什麼？	大熊抱抱（維京國際，2010）	1.「家庭價值」在當代的兒童次文化一直被鞏固中；父母子女的「家庭組成」界線現實上則一直處在模糊、消解與重組狀態。因此目前正好是一個討論的時機。 2. 回到幼兒的家庭經驗連結與分享。 3. 多元家庭的概念。

單元	時間	流程設計	書目	備註 （性別觀點）
		3. 家庭成員被傷害時的感受？經驗？我們可以做些什麼？ 4. 大熊處理的方式，你贊成嗎？為什麼？		
3. 最特別的東西	40分	1. 故事＋對話《最特別的東西》（家裡最特別的東西是什麼呢？自己的家人！） 2. 請孩子帶自己最特別的家人照片或東西，分享。	最特別的東西（維京國際，2013）	1. 家裡哥哥對小妹妹接納的過程。反映了家裡多了一個弟弟或妹妹，較大孩子的感受及異性兄妹的接納。 2. 家庭成員中最特別的人是誰？為什麼？ 3. 家中異性家人的相處經驗：差異、相似與接納。
4. 馬鈴薯家族	30-60分	1. 故事＋對話（馬鈴薯家族成員在蔬菜店一個個被買走了，但在幼兒園孩子的午餐時間，再次相遇） 2. 為馬鈴薯家人設計食譜（若能動手做，成為烤箱讀書會更佳）	馬鈴薯家族（維京國際，2013）	1. 食物的處理、製作、空間的性別權力關係。 2. 參考由男性兒童文學作家帶領的「烤箱讀書會」網路影音資料。https://www.youtube.com/watch？v=zruz6AvusII&list=PLGs2AT8sZ-AwfWxifH31KfsesggVWac8d

單元	時間	流程設計	書目	備註 （性別觀點）
		3.孩子設計馬鈴薯料理與動手製作馬鈴薯料理時，對於料理台、水槽、烤箱高低位置等空間感受，延伸到家裡的料理空間與性別關係的討論。		3.男孩女孩都能設計食譜與製作料理，性別分工的討論。 4.做料理空間的討論，引導出家中廚房空間的性別權力討論。
5. 大吼大叫的企鵝媽媽	40分	1.暖身：與孩子對話（媽媽什麼時候會對自己大吼大叫？我的感受如何？自己也會對媽媽吼叫嗎？媽媽可能有的感受是？在家裡，主要是誰在照顧自己？為什麼？） 2.說故事＋對話（媽媽對孩子吼叫後，孩子的象徵性解離） 3.延伸：畫圖（媽媽對我大叫時，我會變成什麼？）	大吼大叫的企鵝媽媽（親子天下，2015）	1.育兒的母親也有自己的情緒與自我主體性，非一味的套用孩子為主的模範母親框架。（延伸出育兒母親擺盪在孩子與自我間的兩難） 2.兒童對母親情感的兩歧：既想逃離，又必須依附。 3.母親才有能力修復幼兒的身心——母親的力量。
6. 阿肯的歡	40分	1.暖身：生活與運動玩具分類（哪	阿肯的歡樂之家（女書，2013）	1.多元家庭的接納。 2.附註：故事無注音，

單元	時間	流程設計	書目	備註（性別觀點）
樂之家		些是媽媽常用的物品？哪些是爸爸會用的物品？如果家裡有二個爸爸，玩具要怎麼分類？） 2. 看圖說故事＋對話（對話主題：「彩虹」象徵、二個同性媽媽或爸爸、同性別住宅）		適合孩子看圖，老師唸讀文字。
7. 搬過來搬過去	40分	1. 提出長頸鹿與鱷魚相戀，二人決定住在一起，而遇到的困境。（提供孩子提問閱讀的關鍵圖像即可） 2. 請孩子畫出解決問題的方法。 3. 分享。 4. 繪本解決問題的結局不用講完，	搬過來搬過去（三之三，2007）	1. 長頸鹿和鱷魚不同類動物結合的可能性。[4] 2. 居住空間的權力與協調議題。

4 筆者曾對臺南市偏遠國小低年級混齡孩子進行實作，發現詢問長頸鹿與鱷魚的結合可能，孩子們的回應全是樂觀其成，但若問及孩子自己是否願意和異族、異邦人通婚，孩子們多不贊成。理由在於語言溝通及噁心等不舒服的感覺。在「動物與孩子」故事中，動物主角到孩子的實際考量似乎仍有鴻溝。

單元	時間	流程設計	書目	備註（性別觀點）
		隨後由孩子自行閱讀。		
8. 我只有一個媽媽，但那樣就夠了	30分	1. 暖身：一個願望寫一個許願卡，寫出希望家人陪小孩做的事。同時寫下希望由哪個大人陪伴完成。 2. 閱讀故事＋討論。 3. 再次閱讀許願卡，可以調整希望陪伴完成的大人。 4. 前後許願卡是否改變與原因。	我只有一個媽媽，但那樣就夠了（狗狗圖書）	1. 若就社會分工的觀點、照護孩子的方式等，來定義爸爸與媽媽，兩者並沒有太大差別。 2. 以「媽媽」作為重新定義「爸爸」的方法。 3. 單親家庭的認同。
9. 誰來參加母親節派對？	30分	1. 暖身：故事說一半，請孩子們幫主角想想，如果沒有媽媽，母親節派對，他可以邀請誰？ 2. 重新編寫／畫故事結局。	誰來參加母親節派對？（狗狗圖書）	1. 擴大解釋「母親」的定義，認為夠好的照護者都可以是母親。 2. 同性家庭的生活和一般家庭無異。

（三）接納自己、整理自己

筆者在導航基金會集結的青少年讀物《拉拉基基站起來（青少年同志歷程）》（巨流出版），閱讀到部分青少年同志，在幼兒園時期開始感受到自己對同性友人的情感傾向，也就是說，性別的分化與情感可能從幼兒園接觸較多同儕後，就有滋長的可能與探索的需要。但孩子越小感受到自己的情感傾向，往往也是最容易被外在環境壓抑或自我否定。

另外一方面，第一線教學和少年兒童接觸的經驗，讓筆者感受到青春期孩子的流行性讀物（如，動漫）具有人物造型中性化傾向，女孩喜歡的韓流系歌手團體，男性歌手也多為中性化裝扮或命名；然而青春期的少年兒童卻也是性別區辨與排除差異者最為強烈的時期，「娘砲」、「男人婆」、「娘娘腔」與男子氣概、女人味特質兩方涇渭分明。也就是說，青春期少年兒童內在一直有一種衝突的情感在擺盪。如果孩子可以探索自己，認同並接納自我、感受別人，同儕能夠尊重同儕的性傾向認同與選擇，「和別人不一樣」不應該變成一種汙名。孩子內在興趣與外顯行為的兩個端點，代表了孩子有被教育與思考改變的可能。自我悅納與認同應該在孩子一開始的社會化進行，幼兒園教育是一個適當的開始。自我理解的同時，也應該認學習表情達意的方法。

因此，「對自我的接納與整理自己的情緒」，筆者認為在幼兒性別教育時有其需要。分述如下：

單元	時間	流程設計	書目	備註 （性別觀點）
1. 把殼丟掉的烏龜	40分	1.故事＋對話《把殼丟掉的烏龜》 2.孩子們最想把自	把殼丟掉的烏龜（維京國際，2012）、鼻子	1.遇見多元可能的自己，學習包容與接納自己的獨立個體性，

單元	時間	流程設計	書目	備註（性別觀點）
		己的什麼東西丟掉？把它畫出來→最想把自己丟掉的東西換成什麼？把它畫在同一張紙上。	變變變（維京國際，2012）	不一定受社會價值觀左右。 2. 對於書籍作為一種討論的橋樑，書籍的的價值觀，可以透過「動物」指涉各種可能性的討論，不一定完全接受。 3. 接納對於自我的各種嘗試性。
2. 威廉的洋娃娃	30分	1. 故事＋對話 2. 孩子們分享玩洋娃娃的經驗（包尿片、換衣服、梳頭髮及其他運動或遊戲），老師事先準備洋娃娃及道具數份。	威廉的洋娃娃（遠流，1998）	1. 玩具與性別刻板印象的討論。
3. 藍色的變色龍	30分	1. 故事＋對話（因朋友而變色的變色龍反而交不到好朋友） 2. 孩子帶小鏡子，畫自己，和好朋友的自畫像放在一起比比看，哪裡像，哪裡不一樣。	藍色的變色龍（維京國際，2013）	1. 變色龍好寂寞，他變成很多朋友的樣子，為什麼仍不被接納？ 2. 一定要認同同儕的價值觀，變成「變色龍」，才會有朋友嗎？ 3. 交到好朋友的方法。

單元	時間	流程設計	書目	備註（性別觀點）
4. 菲力的17種情緒	30分	1. 故事＋對話 2. 鏡像活動，帶孩子演出各種情緒表情後定格，問問孩子看見大家表情後的想法。	菲力的17種情緒（米奇巴克，2014）	1. 自我情緒的認識、理解與表達。 2. 教育部性別平等教育重大議題中，認為性別的人我關係，包含自我情緒的認識、管理、情感的表達與處理等。
5. 不會寫字的獅子	40分	1. 故事＋對話 獅子遇到了美麗又喜歡閱讀的母獅子，獅子想對母獅子表達他的情意，然而獅子不會寫字，請猴子代為寫信，猴子信中寫著香蕉，糞金龜寫著糞，獅子該怎麼辦？ 2. 孩子選擇好朋友，兩兩一組。 3. 設計圖像或自創符號，表達自己的意思。 4. 同組孩子們猜猜對方符號含意，或由創作者自行分享。	不會寫字的獅子（米奇巴克，2008）	1. 同儕間的情意表達，延伸到對好朋友的多樣性表達方法。 2. 多元物種間表情達意的不同。

單元	時間	流程設計	書目	備註（性別觀點）
6.紙袋公主	40分	1.故事＋對話（公主衣服被火龍燒掉，只有紙袋可穿，衣服智取火龍，救出王子後，王子對公主的服裝有意見） 2.牛皮紙黏貼設計紙袋服裝，塗上顏色，作出造型。 3.服裝成品展示、討論（男女同學的紙袋服裝設計與顏色，呈現了什麼樣的差異？為什麼？）。	紙袋公主（遠流，2001）	1.思考、判斷後，自信的接納自己、表達自己並有所行動。在情感關係中也具有能動性。 2.內在重於外在的展示。 3.服裝的性別權力。（從服裝史來看，服裝的設計，男性通常注重舒適與活動性，女生則為了展示吸引力。可以檢視孩子呈現的服裝製作並討論）

(四) 男生、女生同不同

男生、女生具有生理上的差異，表現在哪些地方？然而社會表現上女生也會因此與男生有差異嗎？男生、女生表情達意的方式一樣嗎？面對對象的反應，我們應如何接納／不接納並自我調適？

男孩、女孩在進入幼兒園時期，常常會因為家中沒有異性別區分的物件（如馬桶），覺得好奇而觀察異性行為。除協助男孩女孩認識彼此的生理差異，同時認知社會行為上不會因為生理差異而有所不同。

同時因為男孩女孩互有好感的年齡層下降，對於雙方可能產生不同的反應，也可以藉由繪本進行討論，進而接納對方反應、調適自己的感受。

此單元概念，可操作的閱讀課程，分述如下：

單元	時間	流程設計	書目	備註 （性別觀點）
1. 薩琪到底有沒有小雞雞	20分	1. 動畫影像看故事＋對話 http://children.moc.gov.tw/garden/animation.php？id=200201A01	薩琪到底有沒有小雞雞（米奇巴克，2015）	1. 參考書籍：我的小雞雞（維京國際）、薩琪4書：法國性別教育圖畫書（米奇巴克） 2. 生理性別與社會性別的謬誤。
2. 我的小馬桶（男生篇、女生篇）	30分	1. 故事＋對話 2. 馬桶的觀察和比較（實物或圖片）比較男生和女生的馬桶，一樣或不一樣？為什麼？二者的馬桶可以一樣嗎？為什麼？ 3. 為不同年齡、性別設計屬於他的馬桶。	我的小馬桶（維京國際，2013）	1. 參考資料：我的百變馬桶（維京國際）。 2. 生理差異的探討與因此產生的各式各樣的需求。尊重性別的差異性。
3. 如果常常這樣的話…	40分	1. 預測性閱讀：如果常常挖鼻孔的話，會怎樣？……	如果常常這樣的話……（維京國際，2015）	1. 以幽默的故事發展方式，討論低幼兒偶爾會有的，摸性器官的習慣。[5]

5 筆者曾經對臺南市國小低年級混齡實作，發現孩子們一看到書籍封面「挖鼻孔」圖

單元	時間	流程設計	書目	備註（性別觀點）
		2. 如果常常摸小雞雞的話……小雞雞會如何？ 3. 黏土創作：如果常常……的話，會變成……		2. 愛護或保護自己的身體。
4. 小浣上學去（喔！談戀愛）	20分	1. 唸讀故事＋對話（橋樑書） 2. 戀愛和喜歡一樣嗎？對好朋友的感覺是哪一種？（出示人物關係圖片） 最喜歡跟好朋友一起做的事？（分享）	小浣上學去（橋樑書，維京國際，2011）	1. 參考書籍：小浣上學去（永遠的好朋友）、我要做車子（維京國際）、薩琪4書：法國性別教育圖畫書（米奇巴克） 2. 戀愛和喜歡的差別？男女生對戀愛感知的反應一樣嗎？面對對象的反應，我們該如何調適自己的情緒與情感？

* 若為親子讀書會，家長亦可以參加討論或遊戲（遊戲略作調整為互動式遊戲）。

國民教育階段，「性別平等教育」綱要核心能力為「性別的自我了解」、「性別的人我關係」、「性別的自我突破」等，具體執行著重於認知、情意、行動三層面。筆者將此方向往學前延伸，期待能提供學前教育工作者或家長，性別平等繪本閱讀的不同嘗試。

像，就笑歪了。在其後的預測性閱讀，因為具有遊戲性，當討論到「常常碰觸小雞雞」時，孩子的心理防線放鬆，能主動分享幼兒園時期的這種習慣。

參考書目

王欣宜　《融合幼兒園性別平等教育課程之理論與實務》　臺北市　洪葉文化事業公司　2014年

導航基金會　《拉拉基基站起來（青少年同志歷程）》　臺北市　巨流圖書公司　2001年

Jeffrey Trawick-Smith 著　陶英琪、羅文喬譯　《嬰幼兒發展──多元文化觀點》　臺北市　心理出版公司　2009年

中華民國101年5月15日臺國（二）字第1010074428C 號令修正發布「國民中小學九年一貫課程綱要」（重大議題性別平等教育）　http://teach.eje.edu.tw/9CC2/9cc_97.php　2015年11月29日閱覽

文學研究叢書・兒童文學叢刊 0809008

兒童文學論文集：圖像・文創・女性研究的多元視野

作　　者　黃愛真
責任編輯　吳家嘉
特約校稿　林秋芬

發 行 人　林慶彰
總 經 理　梁錦興
總 編 輯　張晏瑞
編 輯 所　萬卷樓圖書股份有限公司
　　臺北市羅斯福路二段 41 號 6 樓之 3
　　電話 (02)23216565
　　傳真 (02)23218698

發　　行　萬卷樓圖書股份有限公司
　　臺北市羅斯福路二段 41 號 6 樓之 3
　　電話 (02)23216565
　　傳真 (02)23218698
　　電郵 SERVICE@WANJUAN.COM.TW
香港經銷　香港聯合書刊物流有限公司
　　電話 (852)21502100
　　傳真 (852)23560735

ISBN 978-986-478-011-2
2020 年 5 月初版二刷
2016 年 7 月初版一刷
定價：新臺幣 360 元

如何購買本書：
1. 劃撥購書，請透過以下郵政劃撥帳號：
　帳號：15624015
　戶名：萬卷樓圖書股份有限公司
2. 轉帳購書，請透過以下帳戶
　合作金庫銀行 古亭分行
　戶名：萬卷樓圖書股份有限公司
　帳號：0877717092596
3. 網路購書，請透過萬卷樓網站
　網址 WWW.WANJUAN.COM.TW
大量購書，請直接聯繫我們，將有專人為您服務。客服：(02)23216565 分機 610

如有缺頁、破損或裝訂錯誤，請寄回更換

國家圖書館出版品預行編目資料

兒童文學論文集：圖像.文創.女性研究的多元視野 / 黃愛真著.-- 初版.-- 臺北市：萬卷樓, 2016.07
　面；　公分. -- (文學研究叢書. 兒童文學叢刊)
ISBN 978-986-478-011-2(平裝)
1.兒童文學 2.文學評論 3.文集

812.8907　105010012